Tine Braun

Von einer die auszog das Fürchten zu lernen

*Bibliografische Information der Deutschen Nationalbibliothek:
Die Deutsche Nationalbibliothek verzeichnet diese Publikation in
der Deutschen Nationalbibliografie; detaillierte bibliografische
Daten sind im Internet über http://dnb.dnb.de abrufbar.*

*TWENTYSIX – Der Self-Publishing-Verlag
Eine Kooperation zwischen der Verlagsgruppe Random House
und BoD – Books on Demand*

*© 2017 Tine Braun
Herstellung und Verlag:
BoD – Books on Demand, Norderstedt*

ISBN: 978-3-7407-3168-7

Illustration: Steffen Sonneborn

Irgendwo dort unten zwischen den abgebrochenen Fichten liegen noch die Reste der Hütte herum. Jahr für Jahr haben sich unsere Kinder aus gesammeltem Holz, Pappe und alten Klamotten diesen Unterschlupf zusammengezimmert. Alex nannte die Hütte immer „Unterschlupf für Pubertierende". Für Pia und Gabriel war die Höhle, die sie sich in den Waldboden gegraben hatten, ein Platz zum Herumhängen. Keine Ahnung, ich habe wirklich keine Ahnung, was die Beiden da mit ihren Freunden außer Rauchen und Kiffen noch so alles gemacht haben. Jetzt, heute, und hier in unserem Haus, fühle ich mich frei. Nein, ich fühle mich nicht nur frei, ich bin frei. Außer dem Grün der Fichten sehe ich nichts weiter. Das ist auch gut so. Soll da unten herumliegen, was will. Ein paar alte Bretter vielleicht, vermoderte T-Shirts, in jedem Fall eine Menge Kippen.

Die Höhle ist verwaist, leer. Niemand versteckt sich mehr darin. Und ich, ich bin frei. Was für ein Gedanke! Was für ein Gefühl!

Die Kinder sind aus dem Haus, haben das Nest verlassen. Gabriel wohnt jetzt in der Kreisstadt und Pia studiert Germanistik in Köln.

Nach Pia ist nun auch Gabriel ausgezogen. Gestern. Seine Legokisten stehen noch im Flur. Dafür hat er meine Mikrowelle mitgenommen.

Stehe da und grabe meine Hände in meine Hosentaschen. Wippe etwas auf und ab. Was sich da so alles in den Hosentaschen ansammelt. Alles was ich unterwegs beim Gang durchs Haus so finde. Haargummis, Knöpfe, Taschentücher. Kann alles weg. Nichts wie weg mit dem alten Kram.

Taschen leeren, Hände leeren. Und nun? Weiß nicht so genau, wohin mit mir. Alles ist offen, so vieles ist möglich? Die Kinder sind aus dem Haus und ich bin noch da.

Bin da, immer noch. Energiegeladen an diesem Morgen wie lange nicht mehr. Sehe Gabriels Blick über die Schulter, grinsend, stolz. Hab es gut gemacht mit den Beiden. Ob Alex und die Kinder das auch so sehen? Was soll's. Wenn ich zurückschaue, spricht alles dafür, dass ich es gut gemacht habe.

Das Geschirr in der Küche räume ich später ein. Im Bad hängen frische Handtücher. Der Hund muss in den Garten. In der Zwischenzeit kann ich doch das Geschirr... Schon stehe ich wieder am Fenster und schaue in den Wald. Der Tag liegt vor mir, ohne Plan und ohne ein konkretes Bild.

Auf eine Weise leer und doch so, als koche etwas in mir über. Ziehe und schiebe mich von einer Ecke in die andere. Da stehe ich nun, achtundvierzig Jahre alt. Achtundvierzig, genau das richtige Alter für etwas Neues.

Etwas, das vorher nicht möglich war, oder das heute immer noch möglich ist. Am liebsten würde ich sofort loslegen. Schließlich muss kein Mittagessen mehr um ein Uhr auf dem Tisch stehen. Kein Warten auf den Schulbus. Kein Frühstück zwischen Tür und Angel, keine Pausenbrote belegen. Sogar die Wäsche wird Gabriel selbst waschen und bügeln. Genauso wie Pia, oder wird es lassen, so wie Pia. Die Tür für mich ist offen.

Ich schließe das Fenster und setze mich an den massigen Esstisch. Ein Schnäppchen vom Flohmarkt und ideal für unsere große Familie.

An diesem Tisch wurde gelacht, geweint, geschimpft, getröstet. Dieser Tisch kennt viele Geheimnisse. Der Mittelpunkt des Hauses sozusagen. Voller Kratzer, Risse, Flecken. Eine Tischlandschaft, unsere Tischlandschaft. Strecke meine Arme über das warme Holz und lege meinen Kopf auf meinen Oberarm. Ein Sonnenstrahl lässt Millionen Staubteilchen durch den Raum tanzen. Für einen Moment schließe ich die Augen. Kann die Stille kaum begreifen.

Menschenskind, nach zweiundzwanzig Jahren wieder Zeit für mich. So viel Zeit für mich allein. Neue Pläne schmieden will ich, einen Zukunftsplan nur für mich. Die Welt will ich kennen lernen, Träume wahr werden lassen, ausfliegen, ich will ausfliegen, mich rund tanzen, mich neu erfinden.

Mein Leben liegt wieder offen vor mir. Was für ein Gefühl. Nichts drückt, nichts treibt. Durchatmen bis zum Anschlag. Arme ausbreiten und nichts wie hinein ins Leben. Möglichkeiten, so viele Möglichkeiten auf einmal.

Nicht mehr ständig mit der Uhr in der Hand die Erwartungen anderer erfüllen. Meine Türen sind wieder offen und ich bin frei, wie damals, als ich mit achtzehn Jahren bei den Eltern auszog. Jetzt das gleiche Gefühl. Ab jetzt, kann ich nach zweiundzwanzig Jahren „Mama hier" und „Mama da", kann ich endlich. Ja, was?

Die Fichtenwand ist dunkel, bewegt sich nicht. Kein Wind.
Stille. Anfang Mai im kleinen Dorf. Es ist Anfang, mein Anfang. Dankbar bin ich und voller Zuversicht. Das fühlt sich
so gut an. Geschafft, ich habe etwas geschafft. Es ist wie
drei Kilo Pizzateig geschlagen und in den Ofen geschoben,
den Duft in der Nase und Kribbeln im Bauch.
Ich bin noch jung, so viel Zeit liegt noch vor mir. Die will ich
planen, einen Plan nur für mich und meine Zukunft. Ich liebe es, zu planen. Das ist, wie den Weihnachtswunschzettel
auszufüllen. Keine Ahnung, ich hab` wirklich keine Ahnung,
ob sich davon etwas erfüllen wird. Aber der Gedanke, dass
sich alles erfüllen könnte, ist grandios.
Ein letzter Blick zum Wald. Die Hütte oder das, was als
Rest von ihr übrig geblieben ist, wird nun nicht mehr gebraucht. Eine neue Zeit bricht für mich an, ja, ich spüre es
deutlich, eine neue Zeit, meine Zeit. Es liegt so viel vor mir,
so viel, dass ich es aufschreiben muss. Eine To-Do-Liste
für die Nach-Mama-Zeit. Malen will ich, Bilder malen, groß-
flächig und grell, und laufen. Auf jeden Fall will ich endlich
wieder Sport treiben, Schwimmen vielleicht oder Tennis. So
viele Ideen schwirren mir durch den Kopf. Das weiße Blatt

vor mir wird bunter und bunter. Mind-Mapping nach erfolgreicher Mutterschaft.

Wie wäre es, wenn ich mir wieder einen Job suchen würde? Noch bin ich nicht zu alt. Ja, warum soll ich mir nicht wieder einen Job suchen? Mich unabhängig machen, wieder mit anderen Menschen gemeinsam etwas bewegen. Keinen leblosen Job, sondern einen mit Herzblut, bei dem ich vor Begeisterung vergesse zu essen. Nicht mehr als Lehrerin vor einer Schulklasse, wie vor zwanzig Jahren, um Gottes Willen, nein.

Nicht mehr diesen ewigen Zoff mit Schülern oder Eltern. Etwas Kreatives vielleicht, bei dem mir das Herz aufgeht. Jetzt ist alles möglich. Die Zeit spielt keine Rolle, denn ich habe ja Alex, Alex mein Herzblatt, der mir den Rücken frei hält. Mit Alex im Rücken kann ich mir alles vorstellen. Und die Zeit, ja, die Zeit ist ganz auf meiner Seite und liegt vor mir, wie ein spannendes offenes Buch.

Die Gesichter meiner Kinder schieben sich zwischen meine Gedanken. Was machen sie jetzt? Werden sie sich etwas zu Essen kochen? Geht es ihnen gut? Ob sie heute auch nur einen Gedanken an mich verschwenden? Sie sind keine Babys mehr, nein, wirklich nicht. Sie waren so drollige Babys. Diese Händchen und Zehen, wie kleine Perlen.

Gabriel versunken in seine Bilderbücher, Pia als Prinzessin in meinen Pumps. Immer etwas los mit den Beiden. Jetzt ist es im Haus still, sehr still. Sogar der Hund atmet flach.

Mit einem Mal erscheint mir die zuvor so euphorisch von mir begrüßte Freiheit sehr überwältigend. Tränen auf der Nase. Was ist denn jetzt los? Ich lege eine CD von Van Morrison auf, weine und lächle mit Musik. Ja, meine Babys sind erwachsen, gehen aus dem Haus und lassen mich zurück. Lassen mich zurück auf freiem Feld. Ein freies Feld, ein verlassenes Feld, ein Feld voller Möglichkeiten, voller Freiheit, mein Feld. Wenn du etwas Neues beginnen willst, musst du zuerst etwas Altes loslassen. Ja, denke ich, so ist das wohl, und atme tief durch.

Es klopft an die Terrassentür, und Mama drückt die Nase von außen gegen die Scheibe. In ihrer blauen Kitteschürze steht sie da. „ Ich musste mal durch die Luft", sagt sie und lässt sich schwer aufs Sofa fallen. „Papa gönnt mir keine ruhige Minute", sagt sie.

Mein Vater leidet, und das sollte jeder wissen. Er ist alt. Damit findet er sich niemals ab. Sein Herz durch Krieg und

Krankheit geschwächt, zwingt ihn zu Langsamkeit und Passivität. Die Tage, an denen es nicht so läuft, wie er will, hält er kaum aus. Da würde er am liebsten alles zu Kleinholz hacken. Kann er aber nicht, und dass macht ihn mürbe. Je schwächer er wird, desto wütender wird er. Es gibt nur noch wenig, was ihn besänftigen kann, und um sich schlagen kann er auch nicht mehr. Plötzlich ist er über achtzig und das Leben war nicht das, was er sich vorgestellt hatte. Meine Mutter pflegt ihn, gleicht aus, so gut es geht. Versucht, zu versöhnen und zu beschwichtigen. Ist die Krücke, auf die er sich stützt. Reicht aber nicht. Wird niemals reichen.

Manchmal, wenn er es zulässt, darf ich ihr helfen, ihn zu duschen.

„Hast du schon etwas von Gabriel gehört?", fragt sie und atmet schwer über dem Kaffee, den ich ihr hinstelle. „Das Atmen fällt mir schwer", sagt sie, „Papa lässt mich kaum Luft holen." „Du musst einfach mehr an dich denken", sage ich. „Ja, ja", sagt sie und schüttelt den Kopf. „ Und die Kinder?", fragt sie, und ich erzähle von Legokisten im Flur, erzähle vom Waschmittel kaufen und davon, dass auch meine Mikrowelle zusammen mit Gabriel ausgezogen sei. Sie sackt vom Sofarand in die Kissen, schweigt. Andächtig schüttet sie ihren Kaffee aus der Tasse in die Untertasse und schlürft ihn mit geschlossenen Augen.

So trinkt meine Mutter ihren Kaffee. Schon die Oma schlürfte auf diese Weise ihren Kaffee, und die Uroma auch. Kaffee heiß und schwarz aus der Untertasse zu schlürfen, ist Familientradition. Dazu braucht es Gelassenheit und eine ruhige Hand. An besonderen Tagen versuche auch ich mich im Kaffee schlürfen meiner Vorfahren. Meistens fehlt mir dabei die ruhige Hand, oder es dauert mir zu lange. Anders als meine Mutter und meine Oma trinke ich meinen Kaffee mal hier, mal da. Auch jetzt sitze ich nicht im Sessel, sondern mit halbem Bein auf der Sessellehne. Noch bin ich, wie immer, auf dem Sprung.

Mama hört mir zu, lächelt, und für einen Augenblick vergessen wir das, was uns eigentlich beschäftigt. Sie meinen Vater und ich meine zu füllende Zeit. Die Glocken der Kirchturmuhr läuten. Es ist Mittag. Papa wartet aufs Mittagessen, und das tut er nicht gerne. Mama zieht sich aus dem Sofa hoch. „Ich muss", sagt sie und streicht mir übers Handgelenk. Die leeren Kaffeetassen verschwinden in der Küche, und als ich wieder am Fenster stehe und hinunterschaue in den Wald, da ist die Luft zum Zukunftplanen raus. Im Haus gibt es viel zu tun. Zwei halbleere Kinderzimmer warten auf mich, und einen Kuchen will ich auch noch backen.

Das Gefühl, frei zu sein, jedoch bleibt und begleitet mich durch den Tag. Es ist wie Schweben, wie kalte Füße eintauchen in warmes Wasser. Heute gelingt alles mit leichter Hand. Mit keiner Faser meines Körpers ahne ich die dunklen Schatten, die sich hinter mir formieren. Ahne nicht, dass längst Fäden gesponnen sind, die ich mir nicht ausmalen kann.

Ahne nicht, dass schon bald für Alex und mich, für Pia und Gabriel, ja selbst für den Hund kein Stein mehr auf dem gewohnten Platz stehen wird.

Am nächsten Tag klingelt früh das Telefon. „Heute Nacht war es ganz schlimm mit der Luft", sagt Mama und fragt, ob ich sie zum Arzt fahren kann.

Im Wartezimmer des Hausarztes quengeln kleine Rotznasen in den Armen blasser Mütter, und alte Männer mit fahler Haut und mit blauen Händen kontrollieren mit vorwurfsvollen Blicken ihre Uhren. Hassen es, zu warten, haben Besseres zu tun. Einige Minuten nachdem der Arzt meine Mutter ins Sprechzimmer geholt hat, bittet er mich dazu. Das bedeutet nichts Gutes. Wie immer weiß das mein Körper, bevor ich es weiß. Meine Blase füllt sich, mein Herz hämmert hart gegen die Rippen. Etwas Schweres nimmt meine Schultern in die Zange. Mama sitzt mit dem Rücken an der Wand auf einer Liege. Sie hält sich an einem weißen, zerknüllten Papierlaken fest und schaut auf ihre Hände, als habe sie etwas verbockt. Ihr Gesicht hat eine dunkelrote Farbe angenommen, nur ihre Nase zuckt verstörend gelb. Ich setzte mich neben sie, lege ihr den Arm über die Schulter. Das mag sie nicht, ich weiß, aber ich brauche das jetzt. Vor der Tür brüllt ein Kind. Angstgeschrei. Kaum zum Aushalten. Der Arzt lässt sich auf seinen Schreibtischstuhl fallen, versteckt sein Gesicht hinter dem Monitor des Computers. „Sie hat Wasser in der Lunge", sagt er, „mächtig Wasser, sie muss sofort ins Krankenhaus zum Ultraschall und zum Röntgen." „Wie", sage ich, „was heißt das?" „Ihre Mutter bekommt keine Luft, weil sie Wasser in der Lunge hat, und es muss nun schnellstens abgeklärt werden, woher das Wasser kommt." Mama hustet, rutscht auf der Liege hin und her. Streicht mit den Händen über das Papierlaken, als müsse sie es nach Gebrauch bügeln. Schaut mich nicht an, als habe sie ein schlechtes Gewissen.

Der Arzt wartet auf eine Antwort. Wir brauchen Hilfe, denke ich, das können wir beide nicht alleine stemmen. Alex, denke ich, wir müssen zu Alex. „Ich schreibe Ihnen eine Überweisung", sagt der Arzt, denn irgendwie muss es ja jetzt weitergehen. Das Wartezimmer ist voll und wir halten den Betrieb auf. Doch ich schüttele den Kopf und schiebe meine Mutter von der Liege. „Wir fahren zu meinem Mann, Ultraschall kann keiner besser als er."

Alex arbeitet als Oberarzt in einer Privatklinik in der Nähe von Köln. Die Patienten dort haben fast alle Krebs. Haben fast alle Angst. Alex liebt Dialekte und er liebt seine Arbeit. Mit den Patienten aus Sachsen, Hessen oder Schwaben redet er, wie ihm der Schnabel gewachsen ist. So, als sei er der nette Nachbar von nebenan, als kenne man sich schon seit Jahren. Das schafft Vertrauen und es verscheucht sehr oft die Angst. Alex ist ein Angstverscheucher. Ultraschall ist sein zweites Talent.

Mama und ich schleichen aus der Praxis, setzen uns auf eine Bank in der Nähe. Das Kind brüllt immer noch. Jetzt Wutgeschrei. Gott sei Dank erreiche ich Alex sofort auf seinem Handy. „Was sollen wir denn jetzt machen?", frage ich ihn, „was bedeutet Wasser in der Lunge? Und was machen wir mit Papa?" „Langsam", sagt Alex, „immer langsam. Setz' deine Mutter ins Auto und komm erst einmal her." Es wird alles gut, höre ich als Nebenton, es wird alles gut. Die Zange um meine Schultern gibt etwas nach. Alex wird alles wieder in Ordnung bringen. Auf Alex ist Verlass, immer schon.

Mama auf dem Beifahrersitz scheint geschrumpft zu sein.

Nein, zu Papa will sie jetzt nicht. Lieber will sie im Auto warten. Und das Mittagessen? Zum Mittagessen gibt es heute für ihn Kuchen vom Bäcker unterwegs, Kuchen ohne Kommentar. Da muss er jetzt durch. „Ich muss mit Mama noch wohin", sagte ich, stelle den Kuchen hin und mache mich schnell aus dem Staub. 70 Kilometer Autofahrt liegen vor uns. Ich verdränge Papas empörten Gesichtsausdruck und fahre langsam, möglichst schnell den Berg hinunter Richtung Köln, denn ich spüre, es geht um Zeit.

Mama seufzt zum Autofenster hinaus. Sie hört gar nicht auf zu seufzen und irgendwann kapiere auch ich, dass sie keine Luft bekommt. Ich streiche über ihre Hand. Auch das mag sie nicht. Aber ich brauche das jetzt. Wasser in der Lunge muss auch wieder raus. Wasser in der Lunge, denke ich, geht nicht so eben wieder weg. Krankenhaus, sie wird wohl ins Krankenhaus müssen. Alles Weitere will ich mir gar nicht ausmalen. Wenn sie ins Krankenhaus muss, was mache ich dann mit Papa. Mit den Händen im Schoß und vor sich hin seufzend sieht es so aus, als schaue Mama

sich die Gegend an. Wiesen und Wälder, durch die die
Sonne scheint. Es ist Mai, ein sonniger Tag.

Der Frühling zuckt schon überall herum. Eins nach dem
anderen, denke ich, eins nach dem anderen.

Kurz vor der Klinik schaut sie mich an, als habe sie gerade
meine Milch verschüttet, und da fasse ich sie am Ellenbogen und sage: „Dann wollen wir mal." Den Parkplatz entlang, durch die Eingangshalle und mit dem Aufzug in den 1.
Stock. Ärzteabteilung.

Vor Alex' Arztzimmer sitzt ein Mann mittleren Alters auf einem Stuhl. Auch das noch, ein Pharmavertreter. Er lächelt mich an. Helle Augen, dunkle Haare. Helle Sommerhose, dunkles Jackett. Nett.

Ich lächle zurück. Mama hat es nicht gesehen. Vielleicht ein Versicherungsvertreter. Ein Patient sicherlich nicht. Zu selbstsicher. „Hallo", sage ich. Er lacht mich an und nickt. Dass das der Feind war, erfahre ich erst später.

Alex telefoniert. Setzt euch, sagen seine Hände. „Ja, ja, der Patient kann kommen, ja morgen schon." Er verdreht die Augen. Beendet das Gespräch. Nimmt erst die Mama in den Arm, dann mich. „Na, dann woll'n wir mal", sagt jetzt er. Zum zweiten Mal an diesem Tag im Frühling liegt Mama auf einer Papierlakenliege. Alex setzt den Ultraschallkopf auf ihren Bauch. Ich stehe hinter ihrem Kopf, und als ich sehe, was ich sehe, werden meine Knie wie Butter im heißen Topf und ich muss mich festhalten, denn dass das, was ich sehe, nichts Gutes ist, sehe ich gleich. Alex starrt auf den Monitor und schweigt. Es sieht aus wie eine Kartoffelknolle mit mehreren großen Kartoffeln dran. Es sieht aus, als habe Mama eine Kartoffelknolle mit mehreren großen

Kartoffeln dran in ihrem Bauch hängen. Bösartig sieht die Kartoffelknolle aus, sehr bösartig.

In Alex Stirn haben sich zwei tiefe Falten gegraben. Ich muss dringend auf die Toilette. Mama liegt auf der Liege und atmet zum ersten Mal an diesem Tag ruhig und tief. Eine Atempause für einen kurzen Moment. Noch herrscht Frieden. Alex und ich haben einen kleinen Vorsprung. Wer wagt den ersten Satz?

„Mächtig Wasser in der Pleura", sagt Alex schließlich, „klar, dass du keine Luft kriegst, und dass dein Herz hin und her stolpert." Und als sie zur Toilette geht, zischt er mir zu, dass die Knollen wie Lymphome aussehen und der Erguss in der Pleura sofort punktiert werden muss. „Lymphome?", frage ich und tippe ihm mit kalten Fingern auf der Schulter herum, „Lymphome, was heißt das? Wie sagen wir ihr das? Und was ist mit Papa? Und wo und wohin und wie lange?" Mama kommt aus der Toilette. „Ist nichts Gutes, oder?", fragt sie, und dann sagt sie, dass sie froh ist, endlich überhaupt etwas zu wissen. „Erst mal eins nach dem anderen", sagt Alex und zieht ihr die Schuhe an, „zuerst kommt die Diagnose, und die finden wir, wenn wir die Pleura punktiert haben."

Der Mann sitzt immer noch auf dem Stuhl vor Alex Arztzimmer und wartet. Schaut mich an, lächelt. Für ihn hat
sich nichts geändert, alles ist so, wie es vor zehn Minuten
war. Unerträglich, sein Lächeln ist für mich plötzlich unerträglich. Seine gelassene Warterei ist völlig fehl am Platz.
Zum zweiten Mal an diesem Tag nehme ich meine Mutter
am Ellenbogen und schiebe sie vor mir her. Sie mag das
nicht. Sie mag es überhaupt nicht, wenn man sie anfasst.
Aber ich brauche das jetzt.

Alex telefoniert und erklärt die Situation. Im Kreiskrankenhaus wird ein Bett für Mama reserviert. Wir können sofort
kommen. Doch so schnell geht das auch wieder nicht.

So fahren wir beiden Frauen erst einmal zurück ins kleine
Dorf. Die eine fährt, die andere schaut aus dem Fenster,
mit knollenartigen Gebilden im Bauch, die da nicht hingehö-
ren. Wir reden kaum. Die Luft ist dicker geworden. Jetzt fällt
auch mir das Atmen schwer. Zu Hause liegt Papa im Bett
und schmollt. Kuchen zum Mittagessen ist eine Frechheit.
So kann man nicht mit ihm umgehen. „Mama muss ins
Krankenhaus", sage ich. Er dreht sich mit dem Gesicht zur
Wand, zieht sich die Decke über die Schultern. Jetzt reicht
es ihm aber. Ich setze Mama in der Küche ab, und als ich

wieder ins Schlafzimmer komme, da schluchzt er ins Kissen. „Wird alles gut, Papa", sage ich und lege meine Hand auf seine Schulter. „Blödsinn", jammert er und haut mir die Hand weg.

Mama kocht einen Kaffee, und ich packe die Krankenhaustasche. Die guten Handtücher, die Nachthemden, die nur für den Fall eines Krankenhausaufenthaltes immer im Schrank liegen. Der neue Bademantel, Kulturbeutel, Zeitungen, Adressbuch, Schreibkram, Bücher. Handtasche mit Geldbörse und Krankenkassenkarte,

Fotos von Gabriel und Pia. Papa stolpert barfüßig aus dem Schlafzimmer. Er hat sich in der Küche verirrt.

„Was wird denn nun aus mir?", fragt er. Dabei schaut er uns beide der Reihe nach an: Mama und mich. Er kann sich mit seinen Blicken nirgends festhalten. Wie ein Getriebener schaut er auf Mama, auf mich und wieder auf Mama. „Jetzt erst einmal Kaffee trinken", sage ich und schiebe ihn auf die Bank. Wer hätte das gedacht. Gestern eine Welt, in der Mama auf meinem Sofa saß, ich ihr von Gabriel erzählte und sie ihren Kaffee aus der Untertasse schlürfte. Gestern eine Welt, in der ich hinunter zum Wald schaute und die Freiheit auf den Lippen schmeckte. Und heute, heute eine Welt in der Mama Kaffee aus der Tasse trinkt.

Heute nichts zu erzählen vor lauter Angst. Wir reden nicht miteinander, nur jeder für sich.

Dann endlich geht die Tür auf und der große Bruder kommt, nimmt Papa sang- und klanglos unter den Achseln und geht mit ihm spazieren.

Mama und ich können los.

Am Nachmittag liegt sie schließlich in ihrem neuen

Nachthemd im weißen Krankenbett mit Blick auf den Ententeich. Zufrieden, sie ist zufrieden. „Endlich mal ein bisschen Zeit zum Ausruhen", sagt sie, „und hol mir doch noch ein paar Zeitungen."

Die Flüssigkeit aus dem Rippenfell sieht aus wie Vanillin Soße. Die Computertomografie zeigt eindeutig Lymphome. Mama hat Krebs. Lymphdrüsenkrebs. Sie muss verlegt werden, denn zur Therapie reicht's im Kreiskrankenhaus nicht. Es muss eine Spezialklinik sein. 120 Kilometer von zu Hause entfernt. Papa weint, schimpft, ist voller Wut auf Gott und die Welt und auf mich. Er ist auch wütend auf seine Söhne, die Schwägerinnen und die Nachbarin. Nur nicht auf Alex. Alex gibt sein Bestes.

Mama ist nicht wütend. Eher erstaunt. Wut ist etwas, was mir an ihr fremd ist. Während Papa seine Wut aus dem Stand herausschreien kann, wird Mama in kritischen Situationen immer stiller. Der einzige Ausdruck von Verzweiflung, den ich an ihr kenne, ist ein kurzes und heftiges Weinen und ein Rückzug ins Bett.

Jetzt wird da plötzlich so viel Wirbel um sie gemacht. Das ist ihr fremd, das kennt sie nicht.

„Eben war ich noch gesund, und hier in der Klinik bin ich schwer krank", sagt sie mit resigniertem Gesichtsausdruck, und packt schon wieder ihre Tasche.

Sie hat ihren schönsten Pulli angezogen, so, als ginge es zu einer Familienfeier. Gut sieht sie aus. Würdevoll. Dagegen fühle ich mich zerzaust, so, als sei ich durch einen Sturm gelaufen.

So fahren wir beiden Frauen, die eine würdevoll, die andere zerzaust, erneut den Berg hinunter. 120 Kilometer Autobahn in eine Spezialklinik für Krebskranke. „Geht es dir einigermaßen?", frage ich. Was soll ich sie auch sonst fragen. „Ja", sagt sie, „es geht." „Der arme Papa", sagt sie. In der Klinik nehme ich sie bei der Hand, halte sie zum dritten Mal an diesem Tag. Wer hält denn jetzt wen? Wer ist denn jetzt hier das Kind und wer die Mutter? Rollentausch. Meine Kinder haben das Nest verlassen, denke ich. So kann man sich irren.

Wir fahren mit dem Aufzug in den 4. Stock. Dort ein beleuchtetes Schild: Onkologie. Mama verknotet ihre Handtasche. Ihre Würde taut weg wie Eis in der Sonne, je näher wir der Station kommen. Eine Krankenschwester, slawischer Akzent, schaut kurz vom Computer auf. „Zimmerrr 8", sagt sie, „ komme gleich mit Aufnahmebogen." Es riecht nach Desinfektionsmittel und abgestandener, verbrauchter Luft. Hier kann ich sie doch nicht alleine lassen. Hier liegt Krankheitsgeruch in der Luft. Wie kann man hier gesund werden? In Zimmer 8 setzt Mama sich aufs Bett, die Handtasche schützend vor dem Bauch. Angst. Da kenne ich mich aus. Da bin ich genau wie sie. Die Würde ist weggetaut. Die Angst macht sich breit wie außer Kontrolle geratener Hefeteig. Mamas Angst ist wie immer leise. Sie verliert kein Wort über das, was in ihr vorgeht. Unruhe nur in den Händen, die an der Handtasche und Bettdecke herumfingern. Die Lippen schmal und verschlossen, aber die Augen schreien.

„Wann kommst du wieder?", fragt sie mich. „Leg dich erst einmal hin", sage ich, „ich bleibe noch, morgen komme ich wieder."

Wie soll ich ihr erklären, dass ich jetzt auf der Stelle am liebsten eine tausendjährige Expedition in den Himalaya machen würde, dass mein Herz brennt und mein Magen? Dass auch mir die Angst in die Knochen steigt, dass ich doch selbst bis zum Hals in Panik stecke und nicht stark sein will, nein, wirklich nicht.

Eine junge Ärztin setzt sich zu ihr aufs Bett. Schaut ihr in die Augen und hat Zeit. Mindestens zehn Minuten. Die aber reichen aus, um Mama abgeben zu können. Es ist jemand da, der sie gesehen hat.

Wirklich gesehen, nicht nur registriert. „Fahr mal jetzt wieder", sagt Mama, „und bring mir morgen Zeitschriften mit." So fahre ich wochenlang jeden Tag zu ihr in die Klinik, den Berg hinunter, Serpentine um Serpentine, ärgere mich über die Lastwagenfahrer, die immer wieder die linke Spur blockieren, die Motorradfahrer, die mir in den Kurven schräg entgegenfliegen, dass mir der Puls in den Ohren kracht, stelle Musik an, die ich mir an den Abenden aufnehme, meine Musik aus den 70ern, Soul und Blues, zu der ich mitsinge, laut und schräg und gegen meine Angst. Frühstücke in einer Bäckerei unterwegs. Handy immer in der Hosentasche. Autopilotisch, ohne große Denkprozesse. Nein, zum Nachdenken habe ich wirklich keine Zeit.

Nach einer Weile auf der Landstraße erreiche ich die Autobahn und stelle als erstes das Radio aus. Autobahn fahren vergällt mir alle Musik. Ich hasse die Autobahn. Was für eine wahnsinnige Welt.

Im Rückspiegel heranschießende dunkle Limousinen, die überholen, blinken, überholen, und in denen meistens Männer mit weißen Hemden, kurzgeschorenen Haaren und aufgeblähten Nasenflügeln ihren Unfug treiben. Kleintransporter, deren Fahrer ihre Fähigkeiten überschätzen. Lastwagen an Lastwagen. Zwischendrin Frauen mit grauer Dauerwelle, die sich ans Lenkrad krallen. Zusammengepresste Lippen. Und dann ich, eine Autobahnphobikerin vom Feinsten. Was haben wir nur alle auf der Straße verloren?

Endlich die Abfahrt. Schließlich die Klinik. Blumenladen im Eingang. Wenn ich wollte, könnte ich Mama Nelken und Lilien mitbringen und das Krankenzimmer mit schweren Düften belegen. Liliendüfte, um Himmels Willen.

Die Station gleicht einer Lagerhalle. Enge Flure, Schwestern hinter Glas, eine Reihe benutzter Betten, dazwischen der Essenswagen, der im Weg steht wie ein Roboter ohne Strom. Ein Mann schiebt seinen Tropf in die Sitzecke am Fenster. Rote und gelbe Flüssigkeit fließt durch eine Kanüle in seinen Arm. Später sitzt er alleine im Raucherraum. In der einen Hand eine Zigarette, den Tropfständer in der anderen. Sein Blick ist auf den Boden gerichtet. Nur in den Augenblicken, wenn er einen Zug an seiner Zigarette nimmt, schaut er auf. Ich versuche seinem Blick zu begegnen. Doch ich habe keine Chance, denn der Fremde mit der Zigarette in der einen und dem Tropf in der anderen Hand nimmt mich nicht wahr. Er ist in sich gekehrt, nimmt keine Notiz davon, was um ihn herum geschieht. Er scheint nicht mehr von dieser Welt zu sein. Hüllt sich ein im Nebel seiner Zigarette. Ich wende mich ab, kann den Anblick nicht länger ertragen.

Mama wartet auf mich. Sie liegt am Fenster, und wenn sie geradeaus schaut, sieht sie die Stadt. Nach oben den Himmel mit Wolken und Flugzeugen und abends den Mond.

Die Frau im Nachbarbett hat starken Husten und einen Ehemann, der ihr jeden Mittag selbstgemachtes Mittagessen bringt. „Das Essen hier ist ungenießbar", sagt sie. Der Kleiderschrank ist zu klein und der Fernseher hängt zu hoch. Im Krankenhaus ist der Nachttisch auch ein Tagtisch, der sich gerne zwischen Bett und Fensterbank verkeilt.

Nach mehreren Pleura Punktionen und Therapien ist Mama zu schwach, um das Kopfteil ihres Bettes zu verstellen, und muss deshalb die Schwester rufen.

Die kommt im Laufschritt, verstellt das Kopfteil, und ist schon wieder weg, weil sie anderes zu tun hat. Dokumentation zum Beispiel. Behandlungspläne erstellen, Urlaubspläne, Wochenendpläne, Aushilfspläne. Die Blicke verweilen wesentlich länger in den Krankenakten als bei den Menschen in den Betten. Wie wollen sie sehen, dass Mama nicht trinkt? Wie wollen sie hören, dass sie vor Schmerzen und Übelkeit stöhnt? Wie wollen sie fühlen, dass sie Fieber hat? Mama meldet sich nicht. Zieht die Bettdecke bis zur Nase, schaut aus dem Fenster und leidet. Leiden war schon immer ihre Stärke, leiden konnte sie gut. Aber im Aushalten ist sie noch besser als im Leiden. Nie kann sie darüber sprechen, wenn sie leidet. Sie hält das Leid einfach aus.

So fahre ich jeden Tag zu ihr in die Klinik und rede für sie. Warst du auf Toilette? Hast du geduscht? Was ist das für eine neue Tablette? Wenn du keinen Tee magst, was magst du dann? Bier mit Cola. Okay.

Nach einigen Tagen punktiert man ihr das Knochenmark. Das ist mir nun doch zu viel und ich sage, dass ich lieber auf dem Flur warte, um nicht zu stören, und bin schnell draußen.

Damit hat sie nicht gerechnet. Nicht damit gerechnet, dass ich kneife. Die Station wird mir zu eng. Im angrenzenden Park bleibe ich eine Weile stehen, atme die stickige Luft aus mir heraus und setze mich auf eine Bank. Mit geschlossenen Augen kann ich mich für einen Moment aus der Zeit fallen lassen. Höre einige Vögel und in der Ferne das Grollen der Autos auf der Autobahn. Schließe die Augen, und das Grollen der Autos wird zum Grollen der brausenden Wellen des Atlantiks, und ich liege auf dem Rücken im Sand. „Na, Krankenbesuch gemacht?" Eine alte Frau hat sich neben mich gesetzt und stochert mit ihrem Stock im Kies herum. „Tja", sage ich, und stehe auf von der Bank, denn auf ein Gespräch habe ich nun wirklich keine Lust. „Wenn man Herzeleid hat", sagt die Frau, „hilft es, wenn man erst einmal lange und sorgfältig den Hof kehrt."

Wenn es so einfach wäre, denke ich, und mache mich auf den Weg zu Mama. Hoffentlich ist alles gut gegangen. Hoffentlich hatte sie keine Schmerzen. Hoffentlich ist sie nicht sauer auf mich.

Mama ist selten sauer, eher enttäuscht. Enttäuschung erschöpft sie. Früher zog sie sich dann ins Bett zurück. Auch gab es Tage, da verursachte ihr die Enttäuschung Schmerzen. Migräneattacken oder Ischiasschmerzen. Mitunter war ich der Auslöser der Enttäuschung. So hasste ich es zum Beispiel, nach dem gemeinsamen Essen das Geschirr abzuspülen. Meine Brüder hatten mit dieser Frauenarbeit nichts zu tun, waren außen vor. Ja, die Eltern und auch Großeltern unterschieden klar und unbarmherzig zwischen Frauenarbeit und Männerarbeit. Das war in den 60er Jahren so. Ich hasste es. Schon während des Essens überlegte ich manches Mal, ob und wie ich mich vor dem Abwasch drücken könnte. So schob ich die noch zu erledigenden Schularbeiten vor, schwindelte, dass die Hausaufgaben dieses Mal besonders aufwändig seien. Mama durchschaute mich, ließ mich aber gewähren, erledigte den Abwasch ohne mich und war enttäuscht. Das war der Preis. Die Enttäuschung, unter der sie litt, und mein Gefühl, an Mamas Erschöpfung oder Schmerzen Schuld zu sein.

Genau dieses Gefühl klebt jetzt in meinem Magen, genau wie damals. Klebt in meinem Magen, als hätte ich

Schuld an diesem ganzen Elend, an ihren Schmerzen und an ihrer Übelkeit, an Papas Traurigkeit und Wut.

Mitten im raschen Schritt zurück in Mamas Krankenzimmer halte ich inne. Nein, damit will ich nichts zu tun haben. Keine Schuld an ihrer Krankheit, keine Schuld an ihren Schmerzen, keine Schuld an ihrer Enttäuschung. Mein Verstand hat verstanden, zeigt mir klar die Unsinnigkeit meiner Gedanken.

Dennoch ziehe ich den Kopf ein, als gäbe es einen sicheren Platz unter dem Teppich, möchte alles ungeschehen machen, was immer ich auch angestellt habe. So geht mein schlechtes Gewissen mit mir hinein ins Zimmer, wo meine Mutter mit frischem Nachthemd in weißen Laken liegt und mich durchschaut hat, natürlich.

„War nicht so schlimm", sagt sie und hakt ihren Blick fest an den meinen. „Du musst mir etwas versprechen", sagt sie, und das überrascht mich nun sehr. „Sag mir, was mit mir passiert. Sag mir, was die Ärzte vorhaben und ob es wehtun wird. Erklär mir, warum die Ärzte dies oder das machen und ob es wirklich hilft. Wenn du offen mit mir redest, dann habe ich keine Angst."

So hat Mama noch nie mit mir geredet. Ich verspreche alles, was sie will. Zum ersten Mal gewährt sie mir einen

Blick hinter ihre Distanz. So nah war sie mir noch nie. Ich kann es kaum glauben. Da schnappe ich sie einfach und nehme sie in den Arm, und auch das lässt sie ohne Zögern zu.

Bloß nicht heulen jetzt. Dieses warme Gefühl auf einmal macht mich klitzeklein.

„Es ist besser, miteinander zu reden, als nur mit sich selbst", sage ich. Da nickt sie und tätschelt meine Hand.

Als sie endlich schläft, fahre ich in die Stadt, laufe durch die Geschäfte, kaufe Lippenstift und Nagellack, Cremes und T-Shirts, kaufe mein gesamtes Geld weg und esse ein großes Stück Käsekuchen mit Schlagsahne. Seelennahrung.

Meine Brüder, der große und der kleine, kümmern sich um

Papa.

Abends erzähle ich ihm von Mama, und er weint in den

Kartoffelsalat hinein. „Ich bin das ärmste Schwein der

Welt", sagt er.

Ich nehme ihn in den Arm. Papa lässt sich im Gegensatz zu

Mama gerne umarmen. Er weint sich die Augen leer und

haut mit der Faust auf den Tisch. Mama kann das nicht.

Am Abend stehe ich am Fenster, schaue hinunter zum

Wald. Sehe nichts. Im Keller steht seit Monaten ein unbe-

nutzter Straßenbesen. Langsam und sorgfältig kehre ich

den Hof. Es dauert eine Weile, bis ich wieder bei mir ange-

kommen bin.

Am nächsten Tag werden Mamas Kartoffelknollenlympho-

me punktiert. Der Arzt lächelt uns an. Sympathisch. Er

schaut mir lange und tief in die Augen und streichelt Mama

über den Kopf.

Es ist ein Non-Hodgkin-Lymphom, ein niedrigmalignes.

Glück im Unglück. Bekomme Kopfschmerzen vor Erleichte-

rung. Keine Metastasen, gut zu therapieren. Telefoniere

alle an, nur Papa überlasse ich ihr. Ich sehe durch die

Wand, dass er weint.

Als sie ein paar Tage später neunundsiebzig wird und in der Ecke des Stationsflurs Erdbeerkuchen isst, sagt sie, dass sie niemals gedacht hätte, dass ihr so etwas einmal passieren könnte. Das glaube ich ihr.

Auf dem Weg nach Hause fahre ich durchs Bergische Land. Abschalten, ins Grüne schauen. Bäume, Butterblumen, Wind. Es wird Sommer und es wird schon alles gut gehen. Ich denke in Kringeln und Schleifen, nichts Konkretes, alles offen.

Zwei Tage nach Mamas Geburtstag liegt Frieda, ihre jüngere Schwester, in der Klinik. Gleiche Symptome, Luftnot, fußballgroße Milz, umgefallen beim Friseur. Sie telefonieren miteinander. Was es so alles gibt. Pass bloß auf dich auf. Die Knochenmarkspunktion tut nicht weh, und ruh dich aus. In der Nacht träume ich von Gabriel und schwarzem Wasser und Ertrinken mit Kind und Kegel. Will an die Oberfläche schwimmen, werde zurückgehalten von irgendwem. Versuche zu schreien. Geht nicht. Wache auf. Alex schnarcht neben mir als ginge es darum einen Wald zu roden.

Zittrig steige ich aus dem Bett, ziehe mir im Bad das verschwitzte T-Shirt aus. Ich bin allein. Die Stille und Dunkelheit um mich herum flüstern mir zu: Du bist allein, nicht frei, sondern allein.

Knoten im Hals. Keine Tränen. Keine Tränen in dieser Nacht, aber auch kein Schlaf mehr.

Ich frühstücke mit meinem großen Bruder. Manchmal machen wir das so. Dann kommt er über die Straße durch den Garten, klopft an die Terrassentür, setzt sich an den Küchentisch und hält mir die Tasse entgegen. Manchmal springe ich auf ohne zu überlegen. Springe sogar wieder auf, um für ihn den Zucker zu holen. Springe auch für Papa auf und für den kleinen Bruder.

Wenn Mama nicht springt, springe ich für sie. So sind die Männer meiner Familie das gewohnt. Manchmal durchschaue ich das Familienspiel vorher und frage ihn, was die hochgehaltene Tasse bedeutet. Er verdreht die Augen und antwortet: „Bitte!" – oder er holt sich den Kaffee selbst.

Heute bin ich zu müde zum Fragen und springe lieber. So geht das aber wirklich nicht weiter.

„Lass mich verdammt nochmal nicht immer springen", sage ich.

„Meine Güte, bist du empfindlich", blafft er zurück.

Trotz allem ist es gut, einen großen Bruder zu haben. Zum Reden und Zanken, zum Trösten in Momenten, in denen ich auf den Knien im Jammertal liege.

Abends treffen wir uns mit dem kleinen Bruder und seiner Frau Cora. Es ist auch gut, einen kleinen Bruder zu haben.

Der wohnt im Haus der Eltern und hat die wenigsten Fluchtmöglichkeiten. „Was machen wir denn jetzt?", fragt er und zupft seiner Cora an den Haaren herum. Damit meint er, was wir jetzt mit Papa machen sollen und schaut mich an wie früher, als er nicht wusste, wie man über einen Zaun klettert. Papa hat immer etwas für ihn zu tun. Die Kellertür muss repariert werden und die Mülltonne raus und vergiss nicht, das Garagentor zu schließen, und wenn doch bloß die Mama wieder hier wäre, und das Essen von Cora, na ja.

Da sitzen wir drei nun in einem Boot, das wir uns nicht ausgesucht haben. Damit haben wir nicht gerechnet. Wollten doch dies und das machen. Und nun, beide Eltern alt und krank. Wer denkt denn an so etwas? Ich sitze zwischen den Brüdern.

Schaue von einem zum anderen und wünsche mir noch eine Schwester dazu. Oh ja, eine Schwester wäre jetzt wirklich gut.

„Wir müssen einen Plan machen", sage ich, und das tun wir dann auch.

Nach der ersten Chemotherapie darf Mama nach Hause. Blass und klein sitzt sie am Küchentisch und nippt an einem Joghurt. Die Nachbarn kommen und auch Alex' Mutter. Die Gespräche verlaufen zähflüssig. Wie geht es dir denn, und viele Grüße auch von Herbert, und lass dich nicht unterkriegen. Gespräche machen Mama noch kleiner und im Bett zieht sie sich die Decke über den Kopf. Papa ist beleidigt.

Am Abend beiße ich mir einen Backenzahn aus, und das macht mich nun wirklich fertig.

Es dauert nur wenige Tage und sie atmet wieder schwer. Alex hört durchs Stethoskop den Pleuraerguss rasseln. Mittendrin stehen wir wieder am Anfang. Keiner weint, aber wir reden auch nicht. Wir gehen uns aus dem Weg. Nur Papa knallt die Türen.

Am Nachmittag liegt sie schon wieder im Krankenhaus mit Blick auf den Ententeich. Ein Drama beginnt. Der Erguss muss jeden dritten Tag punktiert werden. Die Pleura füllt sich immer wieder mit Lymphflüssigkeit. „Lebenssaft", sagt Alex, „das ist ihr Lebenssaft."

Wie lange hält man das aus, frage ich mich. Sitze auf einem Stuhl an ihrem Bett, decke sie zu, decke sie auf, lese, schaue aus dem Fenster, halte nicht ihre Hand, denn das mag sie wieder nicht.

Zwei Tage später kommt das Fieber. Nun reicht`s wieder nicht im Kreiskrankenhaus. Sie muss erneut in die Onkologie der Spezialklinik. Gleiche Station, gleicher Geruch, im Zimmer eine Frau im Nebenbett, die wie ein alter Seebär schnarcht.

An einigen Tagen holt der Arzt bis zu 1.500 Milliliter Flüssigkeit aus ihrer Pleura. „Lebenssaft", sagt ebenfalls er leise zu mir. Mama tut so, als habe sie nichts gehört.

Sie kann nicht mehr stehen. Sie kann nicht mehr alle ne essen. Der Löffel zum Essen der Suppe ist ihr zu schwer und ihre Beine auch. Sie muss jetzt erbrechen und schnell zur Toilette. Sie schwitzt und sie friert, sie vergisst zu trinken. In der Klinik gibt es keine Einzelbetreuung. Die übernehme ich, ungefragt.

Frieda, Mamas jüngere Schwester, stirbt bereits nach sechs Wochen. Keine Therapie mehr möglich. Ende. Ich schleiche vom Parkplatz zur Klinik und überlege, wie ich es Mama sagen könnte. Mache eine zusätzliche Runde durch den Park, beiße mir die Fingernägel ab und kratze mir den Kopf. Als ich es ihr sage, weint sie in ihr Kissen. Viel zu schwach zum Schreien

Draußen in der Natur kommt nach einem einladenden Frühling ein völlig verregneter Sommer, der das Land überschwemmt.

Im Autoradio bringen sie halbstündlich die neuesten Pegelstände der Elbe. In Dresden liegt der Pegel mittlerweile über neun Metern und die Menschen dort werden evakuiert. Die Altstadt ist überschwemmt und der „Aufbau Ost" durch eine Woche Dauerregen praktisch ins Wasser gefallen.

Papa interessiert das weniger. Seine Welt ist aus den Fugen. Fünfzig Jahre deftige schlesische Küche, Essen pünktlich auf dem Tisch, frische Hemden im Schrank, Unterhosen und Strümpfe sortiert in der Schublade, Kühlschrank gefüllt, Getränke im Vorratsraum. Fünfzig Jahre zusammen mit Mama - und auf einmal sind sie alt, krank und allein.

Die Brüder kümmern sich um ihn, die Cora und die Nachbarn sowieso, und wenn ich abends zurück bin im kleinen Dorf, bringe ich ihm die neuesten Zustandsberichte aus der Klinik und Würstchen mit Kartoffelsalat. Alle springen wir um ihn herum, holen, bringen, machen, tun. Aber wir sind nicht Mama, nein, das sind wir nicht.

Dass die Brüder ihm beim Duschen helfen, kommt überhaupt nicht in Frage.

Er lässt sich doch nicht von Männern duschen. Aber ich kann nur entweder Papa duschen oder zu Mama in die Klinik fahren und versuche, mich mittendrin nicht unterwegs zu verlieren. So bleibt er manchmal ungeduscht. So schnell kommt man aus dem Tritt.

Pia und Gabriel bringen einen neuen Freund mit nach Hause. Pascal trägt Gabriels Pullis und nimmt sich aus dem Kühlschrank, was er braucht. Er ist mir seelenverwandt, sagt Pia. Aber er ist auch ganz schön dreist, denke ich. Aber ich sage nichts, denn ich bin sehr müde.

Mama fühlt sich am wohlsten im Bett. Ganz besonders jetzt, wo sie matt und kraftlos ist. Ins Bett und Decke über den Kopf. Ohne viel Aufhebens lässt sie die Therapien über sich ergehen und nutzt jeden Augenblick zum Ruhen. Schläft sich einfach weg aus Schmerzen, Übelkeit und Leid und wird von Tag zu Tag weniger sichtbar. So geht das nicht weiter.

„Du musst dich bewegen, raus an die Luft", sage ich, und sie ist entsetzt. Je länger sie liegt, umso durchsichtiger wird sie. Also raus aus dem Bett, wann immer es geht, und mit dem Rollstuhl in den Park.

Wir bewegen uns von Bank zu Bank, und wenn sie gut drauf ist, dann steht sie auf und schiebt den Rollstuhl vor sich her, wie damals den Kinderwagen mit Pia oder Gabriel. Läuft ein wenig, meist bis zur nächsten Bank. Es macht mir keinen Spaß, diese Drängelei, aber ich glaube, dass Bewegen und frische Luft genauso wichtig sind wie Chemotherapie. Mama überzeugt das nicht. Sie schaut mich an, als würde ich ihre Pralinen wegessen. Fehlt nur noch, dass sie mir auf die Finger haut. Aber das Laufen mit ihr fühlt sich für mich richtig an, warum auch immer.

Auf dem Rückweg fahre ich bei Alex in der Klinik vorbei.

Alex freut sich hinter vollgepacktem Schreibtisch. Hat viel zu tun, wenig Zeit. „Ist es richtig, sie gegen ihren Willen zu mobilisieren?" frage ich ihn. „Das wird sich zeigen", sagte er, „jedenfalls ist es nicht gut, wenn sie nur liegt."

„Muss jetzt wieder", sagt er dann, und meint damit, dass ich jetzt wieder gehen soll. Vor seinem Arztzimmer sitzt mit übergeschlagenen Beinen ein Mann mittleren Alters, der mir bekannt vorkommt. Ach ja, der saß doch vor einigen Wochen schon einmal hier, als ich Mama zum Ultraschall brachte. „Hallo", sage ich erstaunt. „Kommen Sie rein, Herr Berger", höre ich Alex von hinten. Der Mann lächelt mich an von oben nach unten, und dann höre ich nur noch zwei sich lachend begrüßende Männer. Lachen miteinander, als hätten sie etwas gemeinsam ausgeheckt. Kurz verspüre ich den Impuls, an der Tür zu lauschen. Scheint meinem Alex ja wichtiger zu sein als ich.

Einige Tage später hat Alex einen Termin beim Hautarzt für mich gemacht, denn die ewige Herumkratzerei auf meinem Kopf muss aufhören. Merkwürdig, warum habe ich immer so ein extremes Kopfjucken, ausgerechnet dann, wenn ich in Stresssituationen bin?

Das war bei mir als Kind schon so. Ich kann mich noch daran erinnern, dass ich mir den Kopf aufkratzte, wenn mein Vater meinen Bruder schlug.

Wollte ich vielleicht dadurch die Schmerzen meines Bruders nachempfinden? Oder wenn sich meine Eltern stritten, dann war es auch wieder da, dieses Kopfhautjucken.

Jetzt gibt es wieder Probleme mit den Eltern. Obwohl, jetzt sind sie alte Leute und ich bin erwachsen. Aber mein Kopf juckt trotzdem.

Der Hautarzt hat viel zu lange Haare, aber schöne schmale Hände. Er streicht meine Haare auseinander, prüft die wunde Haut darunter und stellt die Diagnose. „Sie haben eine Schuppenflechte", sagt er, „das ist wahrscheinlich erblich". Das hätte ich nun auch wieder nicht gedacht. Kann mich nicht daran erinnern, dass irgendjemand in meiner Familie Schuppenflechte hatte. Niemand kratzt sich die Haut wund und blutig, außer mir.

„Du musst mal raus", sagt Alex, und als es Mama etwas besser geht, fahren wir beide am Wochenende an die Mosel.

Hotel am Fluss, Gott sei Dank kein Hochwasser, wie im Osten. Blick auf die Burg. Ein warmer Abend im August, Weißwein und Fisch und ein Zimmer mit orangefarbener Bettwäsche. Ein Ausflugsschiff mit Lichterketten an den Rampen legt an, Musik plärrt durch die Gegend, Ententanz für Damen und Herren ab 60.

Wenn ich neben Alex im Auto sitze und wir wer weiß wohin fahren, denke ich mich frei. Lege die Füße aufs Armaturenbrett und die Hände in den Nacken. 34 Grad Hitze mittlerweile. Wir fahren die Mosel entlang und meine Augen werden weich durch die gelben Sonnenblumenköpfe entlang der Straßen und ihr flirrendes Licht. So wie jetzt könnte das Leben weitergehen. Im Auto sitzen, die Gegend genießen, Musik aus dem Autoradio und die Füße hoch.

Bevor wir zum Essen gehen, muss ich schnell noch wissen, wie es Mama in der Klinik geht. Sie fühlt sich durchs Telefon schwach an und, na ja, es geht ihr so.

Wie immer versuche ich zu erraten, wie es ihr nun wirklich geht.

Wie immer deutet sie nur an, lässt mich erahnen und vermuten, klagt nicht, jammert nicht, spricht leise und monoton. Mir bleibt nichts als Vermutungen und die ungute Ahnung, dass es ihr schlecht geht.

Mit diesem Gefühl sitze ich später vor einem Teller Lachsspaghetti mit Sahnesoße und einem guten Riesling, und mein Magen verklebt sich und möchte rein gar nichts zu sich nehmen.

Alex schüttelt den Kopf und gibt mir Tropfen gegen Übelkeit. Warum musste ich auch vor dem Essen telefonieren? Mit meiner Übelkeit habe ich ihm nun den Spaß verdorben. Kann ich nicht einmal für zwei Tage die negativen Dinge verdrängen, so wie er? Alex kann das gut. Er ist ein Meister im Verdrängen von üblen Dingen. Bewiesen hat er das oft genug. Es gelingt ihm immer wieder, die negativen Dinge aus unserem Leben herauszuhalten. Nicht, dass er sie nicht ernst nimmt, nein, aber er hält sich nicht lange damit auf. Gestern ist gestern und heute ich heute. Warum sich sorgen oder grämen? Nach vorne schauen und weitermachen. Da ist er manchmal sehr schnell und ich komme nicht mit. Wie immer beneide ich ihn um dieses Verdrängen können, dieses Umlegen des Schalters von einem Moment auf den anderen. Auch jetzt beneide ich ihn, denn er isst, trinkt und genießt ohne Verklebungen im Magen, ohne Stress.

Zugegeben, in diesem Moment wusste ich nichts über das, was wirklich in ihm vorging, wusste nichts über seine zweite Seite, wusste nichts von dem, was um mich herum passierte.

Die Tropfen wirken nicht, mir ist weiter übel, und es sieht so aus, als habe ich nun Alex den Spaß gänzlich verdorben. Um das wieder gut zu machen, lade ich ihn auf ein Glas Wein in ein Weinlokal an der Mosel ein.

Später im Hotel und nach mehreren Gläsern Wein braucht Alex noch einen Absacker an der Bar. Dort sitzt ein kahlköpfiger Mann mit glasigen Augen, die nicht mehr von Alex lassen, und verdreht seine Stimme nach oben. Eine Musikbox aus den 60ern spielt „A whiter shade of pale" und der Kahlkopf ist so schwul wie die Nacht.

Alex bemerkt gar nicht, dass ihn der Schwule von der Seite anmacht. Wie ärgerlich und blöde ist das denn? Meine mühevoll erreichte bessere Stimmung verflüchtigt sich wie Wasserdampf.

Alex, der Meister der Verdrängung, singt und schunkelt währenddessen auf dem Barhocker herum. Der Typ wird immer nervöser und versucht, ein paar verdrehte Sätze zu platzieren. Doch es wird zu Gewäsch und verpufft vorbei an meinem unschuldigen und betrunkenen Alex im Rauch der Bar.

In den Spätnachrichten berichtet Anne Will über das über-
flutete und evakuierte Bitterfeld und über Dresden, wo der
Pegel der Elbe sinkt. Die Höchstmarke lag bei 9,70 Metern.
In der Nacht träume ich, dass ich mit Gabriel und seinem
Freund Pascal nach Italien fahre und Alex auf einer Papierlakenliege in der Klinik schläft. Und von Gummibärchen
träume ich, allerdings nur am Rande, aber in großen Men-
gen.

Drei Tage bemühe ich mich, durch räumlichen Abstand einen inneren Abstand zu finden. Der Versuch scheitert, und
schon bin ich wieder auf dem Weg zu Mama in die Klinik.
Mittlerweile hat sie die vierte Chemotherapie hinter sich.
Mittlerweile fahre ich fast jeden Tag zu ihr. „Wann kommst
du wieder?", fragt sie nachmittags. „Morgen", sage ich.
Wenn ich „übermorgen" sage, dann seufzt sie ins Kissen,
und wenn ich „am Wochenende" sage, dann werden ihre
Augenränder dunkler.

Wenn man so sehr krank ist wie meine Mutter, sollte man nicht im Krankenhaus sein. Man sollte nicht auf kalten Fluren in einer Bettenreihe liegen, um auf Untersuchungen zu warten. Man sollte nicht in einen Schieber pinkeln müssen, während man auf kalten Fluren in einer Bettenreihe auf eine Untersuchung wartet.

Wenn man so krank ist wie sie, ist es eine Katastrophe, wenn Untersuchungen anstehen, bei denen man im Bett liegend und in einer Bettenreihe mit anderen Kranken auf einem kahlen Flur warten muss, bis man endlich dran ist. Besucher laufen an den Bettenreihen vorbei, Schwestern, die sich lachend über den jungen Assistenzarzt amüsieren, Frauen, die die Flure reinigen. Lärm, Geschwätz, Desinfektionsmittel.

Auch wenn sie ihr allerschönstes Nachthemd anhat, die Haare frisch gewaschen und geföhnt sind, auch wenn sie eingecremt und parfümiert ist, schämt sie sich ob ihrer Hilflosigkeit und Schmach. Das Bett, ihr diskreter und intimster Rückzugsort, steht öffentlich zur Schau. Kaum zu ertragen für meine Mama.

Es bleibt ihr nichts anderes übrig, als den Kopf einzuziehen, mit der Nase unter die Decke zu kriechen und sich

schlafend zu stellen, bis man sie endlich ins Untersu-
chungszimmer schiebt.

An Untersuchungstagen wie diesen, fahre ich besonders
früh los, lasse alles stehen und liegen, um mich wie ein
Wachposten an ihr Bett zu stellen und ihre Stimme zu sein.
Zu drängeln und zu nörgeln, dem Arzt Erklärungen abzufordern, die er meiner Mutter nie gegeben hätte. Ich mache
einen unangenehmen Eindruck auf das Pflegepersonal, ich
stehe im Weg, ich stehle ihnen Zeit. Manche halten mich
für nicht normal, andere lächeln nur milde. Aber ich bin nur
da, mehr ist es nicht.

Unterwegs, zurück zum Zimmer, schläft sie ein. Das Gesicht im Kissen, wird immer kleiner. Aus dem leicht geöffneten Mund sickert ein Speichelfaden auf ihr Nachthemd. Die
Finger nesteln auch im Schlaf an der Bettdecke, werden
irgendwann ruhiger und ich fürchte, jetzt ist es soweit. Mit
steifem Nacken rücke ich den Stuhl näher heran, prüfe den
Atem, kontrolliere den Puls, warte.

Eine Krankenschwester bringt das Mittagessen herein. Ein
flüchtiger Blick auf meine sterbende Mutter, und schon ist
sie wieder aus dem Zimmer. „Halt!", will ich schreien, „ich
befürchte, dass meine Mutter stirbt!" Aber ich sage nichts,
schreie nicht, sitze steif und starr und warte.

Nach einer Ewigkeit dreht sich Mama auf die Seite und schnarcht. Es ist bereits Nachmittag.

Draußen regnet es ohne Unterlass und ich stehe am Fenster, weine, ohne einen Laut von mir zu geben.

Zum ersten Mal habe ich die Nähe des Sterbens gefühlt.

So ungefähr fühlt es sich also an, wenn jemand, den du lieb hast, stirbt. Aber ob es wirklich so sein wird, keine Ahnung. Wird es so unspektakulär sein, so alltäglich für alle anderen? Wird es so einsam und still, so hilflos ohnmächtig sein? Wie wird es für sie sein? Und wie wird es für mich sein? Da war nur ein Hauch, eine sensible Veränderung der Atmosphäre. Kein Lärm, kein Schwanken des Bodens. Der Hauch eines inneren Erdbebens in mir. Habe keine Ahnung, was in ihr vorging. Frage nicht. Tue so, als sei nichts gewesen. Mit Gewissheit weiß ich mit einem Mal, dass das der Probelauf war. Jedenfalls für mich. Mit Gewissheit weiß ich jetzt, dass ich bei ihr sein werde, dass wir diesen Schritt zusammen gehen werden. Ich halte das aus. Ich wecke sie auf. Nein, essen will sie nicht. „Ich fahre dann jetzt", sage ich. Sie nickt und schläft wieder ein.

Nach dieser Erfahrung lässt mich der Gedanke, dass sie diese Krankheit nicht überleben wird, nicht mehr los.

Ihr Sterben zu begleiten ist das eine, aber wie sage ich das dann der Familie?

Das Versprechen, dass ich mir und ihr gedanklich gegeben habe, nimmt mich in die Zange. Wie läuft Sterben ab? Wie wird das für sie sein? Werde ich etwas tun müssen? Sie im Arm halten vielleicht. Was passiert beim Sterben? Und was wird mit Papa?

Plötzlich stehe ich im Krankenhauskeller. Bin mit offenen Augen in die falsche Richtung gelaufen.

So kann ich jetzt nicht auf die Autobahn fahren. Vor dem Kiosk in der Eingangshalle ist Platz an einem Stehtisch und ich hole mir ein Stück Käsekuchen und einen großen Kaffee. Aber auch damit lassen sich meine Gedanken nicht verdrängen. Müde, satt aber nicht mehr ganz so verwirrt mache ich mich auf die Fahrt ins kleine Dorf.

Tagelang fahre ich mittlerweile zwischen der Klinik und dem kleinen Dorf hin und her, und der Gedanke, dass meine Mutter sterben wird, heftet sich an mich, wie eine Zecke. Das ist eine Nummer zu groß für mich. Ich brauche Hilfe, oder wenigstens einen Standpunkt. Und ich brauche Zeit. In der Nacht wache ich auf. Regen, schon wieder prasselt Regen ans Fenster. Kein Mond zu sehen, keine Sterne, nur Wolken und Regen. Ich stehe am Fenster, sehe nichts als Dunkelheit und Regen, weine nicht. Schließe einen Pakt mit mir. Solange ich da bin, wird sie nicht sterben, nicht in dieser Klinik, nicht an dieser Mistkrankheit, nicht bevor sie achtzig ist. Dunkelheit und Regen berühren mich nicht. In dieser Nacht habe ich meinen Standpunkt gefunden. Sie wird nicht sterben, bevor sie achtzig ist, und wenn es soweit ist, werde ich bei ihr sein.

Der kleine Bruder und seine Cora kommen mit den beiden Rackern zu Besuch in die Klinik, und schon wird das Krankenzimmer zum Spielzimmer. Der zweijährige Paul setzt sich auf den Nachtstuhl, der fünfjährige Max schiebt ihn um die Betten, und Mama kleben die Haare an der Stirn.

Die Tante kommt, und der Onkel, und sogar der Pastor findet den Weg.

Sie alle mühen sich Gespräche ab, würgen sich Neuigkeiten aus den Köpfen, man muss doch die Zeit herumkriegen am Krankenbett, und das hofft besonders Mama. Auf die Zeit ist Verlass, und sie vergeht, Gott sei Dank, und alle atmen wieder durch.

Mama dreht sich auf die Seite, seufzt, schläft ein, und ich lese mein tausendstes Buch oder schreibe Gedichte über Vergänglichkeit und Schicksal.

Die Flutwelle im Osten dringt weiter nach Norden. Der Pegel der Elbe sinkt auf 8,15 Meter. Häuser sind einsturzgefährdet. Wittenberge, Dessau, Torgau und andere Orte sind überflutet. Die Menschen weinen in die Kamera, haben Hab und Gut verloren. Der Chemiepark in Bitterfeld wird verzweifelt gegen das Wasser verteidigt.

Am Nachmittag mache ich mich auf den Weg zurück ins kleine Dorf. Unterwegs brummt Papa durchs Handy, er brauche dringend Weintrauben oder Kartoffelsalat, und wo ich denn so lange bleibe? Später setze ich mich einige Zeit zu ihm, erzähle etwas, aber nicht so viel von Mama, bin viel zu müde für alles.

Zu Hause lasse ich den Hund in den Garten und koche mir einen Kaffee, so schwarz wie die Nacht. Telefoniere mit Pia und erfahre, dass Gabriel eine neue Freundin hat. Suche den Hund im Garten und schaue die Post durch. Drei Briefe an Alex, gelber Umschlag, etwas Offizielles. Amtsgericht L. steht da auf dem ersten, Amtsgericht K. auf dem zweiten. Der dritte ist von einem Rechtsanwalt aus Düsseldorf. Was bedeutet das denn? Was hat Alex mit dem Amtsgericht zu tun?

Als Alex nach Hause kommt, bin ich auf dem Sofa einge-schlafen. „Da sind drei Briefe für dich", sage ich. „ Weiß schon", sagt er, „darauf habe ich gewartet. Eigentlich soll-ten die in die Klinik kommen."

„Etwas wichtiges?", frage ich. „Nein", sagt er, „hat mit der Klinik zu tun."

Am nächsten Tag wird meine Mutter auf die Lungenabteilung verlegt, weil sich die Pleura immer wieder erneut mit Lymphflüssigkeit füllt und der Lebenssaft sich sammelt, wo er sich nicht sammeln soll, und sie immer wieder punktiert werden muss, so dass ihr Rücken mittlerweile aussieht, als habe sie Windpocken.

Der Krankenpfleger ist ratlos, weil der Computer spinnt. Nur der Computer weiß, wo die Medikamente stehen und in welchem Zimmer der Nachtstuhl steht. Ohne Computer ist ein Krankenhaus hilflos. Das macht mir Angst. Ich suche den Nachtstuhl selbst. Suche alle Zimmer ab und finde ihn im Gemeinschaftsbad.

Drei Nachtstühle für eine Station mit krebskranken Menschen, da kann es schon einmal zu Streitereien kommen. Egal, jetzt habe ich einen, und der bleibt im Zimmer, solange ich da bin. Mama kann nicht ohne Nachtstuhl, und fünf Tage kein Stuhlgang ist kein Spaß.

Ich lasse mich von einer pampigen Ärztin anpöbeln, weil ich nachfrage, wann Mama endlich geröntgt wird, und schiebe ihr Bett selber durch die Flure, auch wenn mich die Stationsschwester angiftet.

Ich hole Mama Medikamente aus dem Schwesternzimmer und mache ihr einen Einlauf.

Ich bin lernfähig und weiß schnell, wie das geht. Ich achte darauf, die Papiere mit in die Diagnostik zu nehmen und die Brechschale sauber zu machen. Ich wasche Mama und ziehe die Bettwäsche ab. Nur um den Port kümmern sich die Schwestern, so denke ich. Und dann bekommt sie Fieber und Schmerzen.

Als die Ärztin das Pflaster über dem Port entfernt, quellen Blut und Eiter aus der Portnadel. Keiner weiß, wie lange die Nadel schon liegt. Mama auch nicht, und jetzt hat sie Fieber. Ich heule vor Wut auf dem Besucherklo. Muss man denn auf alles selber achten?

In der Nacht träume ich den „Schwarze-Mann-Traum". In einem palastähnlichen Wohnzimmer sitze ich mit einer gelangweilten Familie an einer festlich gedeckten Tafel. Mir gegenüber Al Pacino in einer schwarzen Robe. Er mustert mich, und ich versuche ungeschickt, das Essen mit einer Gabel aufzuspießen. Ich spüre seinen Blick. Er unterhält sich mit seiner Tischdame über mich, und ich höre ihnen zu, weil das, was sie reden, sehr wichtig für mich ist.

Als ich aufwache, weiß ich weder, was sie geredet haben, noch welcher Tag heute ist.

Die Tage gleichen sich an. Sonntag wie Mittwoch, wie Montag, wie Samstag.

Immer fahre ich die gleiche Strecke zur gleichen Uhrzeit. Panik vor der Autobahn habe ich schon lange nicht mehr, dafür einen Stammparkplatz vor der Klinik. Und als ich eines Tages in den Spiegel schaue, der über dem Waschbecken hängt, in das sich meine Mama erbricht, während ich ihr den Kopf halte, sehe ich, dass ich auch noch steile Falten bekommen habe, rund um meinen Mund herum.

Ich mag den Oberarzt, der Mama regelmäßig den Pleuraerguss punktiert, ich mag ihn wirklich.

Er hat ein warmes Lächeln und streichelt über ihre Hände. Wenn er bloß den Mund halten würde.

„Ich bringe Ihnen die Astronautenkost", sagt er, „aber ich kann verstehen, wenn sie die nicht runterkriegen, sie schmeckt wirklich scheußlich".

Warum nur diese Kommentare? Sie probiert das Essen erst gar nicht. Schüttelt den Kopf. Von Übelkeit hat sie genug.

„Wir schaffen es nicht, den Erguss zu stoppen", sagt er, „wir werden zusätzlich zur Chemo ab morgen den Bauch bestrahlen, aber ich glaube, dass wird auch nichts bringen."

Wenn er „nichts bringen" sagt, erbricht Mama anschließend grünes Wasser, wenn er „vielleicht etwas bringen" sagt, erbricht sie nicht.

Er kennt nicht den Unterschied der Wirkung von „vielleicht"
und „wahrscheinlich nicht". Als ich ihm sage, dass sie den
Tee bei sich behält, wenn er nickt und lächelt, und den Tee
erbricht, wenn er ernst ist und den Kopf schüttelt, lächelt er
mich mitleidig an. Es ist sehr wahrscheinlich, dass er nicht
versteht, wovon ich rede.

Mama kann kaum sprechen, aber ihre Antennen sind auf
Maximalpotenz.
Ich mag ihn wirklich und ich glaube, er wäre ein guter Feu-
erwehrmann geworden.

In meinem Rucksack trage ich Bücher und ein Heft mit mir herum. Wenn sie schläft, lese oder schreibe ich. Das Essen wird für sie püriert, und immer fehlt das Salz. Sie winkt schon ab, wenn sie die Schwester mit dem Tablett klappern hört. Und dann sagt sie eines Tages, dass sie gerne ein kaltes Bier trinken würde.

Im Krankenhauskiosk drängeln sich Patienten in Bademänteln und Besucher mit nassen Schuhen um zwei Regale mit Tampons, Zahnpasta, Prinzenrolle und Deo Spray. Ich finde zwei Flaschen Warsteiner und eine Flasche Frankenheimer Blue. Sie freut sich, als ich damit zurückkomme, und trinkt zwei große Schlucke. Das reicht ihr schon. Schade.

Frankenheimer Blue wird für einige Zeit das einzige sein, was sie zu sich nimmt.

Zur Bestrahlung fahre ich Mama in den Klinikkeller. Im Warteraum warten alle durcheinander. Menschen, die von außen kommen, Menschen in Rollstühlen und Menschen in Krankenbetten. Die Wartezeit ist tausendmal so lang wie die Bestrahlung. Mamas Bauch sieht aus, als habe sie zu lange in der Sonne gelegen, und muss gepudert und gesalbt werden.

Die äußere Haut wird gepflegt und geschützt. Wie es im Bauch aussieht und was die Strahlen dort anstellen, will ich gar nicht wissen. Mama auch nicht.

Sie will schlafen und öffnet ab und zu ein Auge, um zu sehen, ob ich noch da bin. Das haben Pia und Gabriel auch immer gemacht, wenn sie krank waren.

An einem Sonntag sehe ich schon beim Hereinkommen, dass sie versucht zu sterben. Ich setze mich nahe an ihr Gesicht, erzähle ihr von Pia und Gabriel, erzähle von den Brüdern und etwas von Papa.

Erzähle ihr von den Blumen in ihrem Garten und den neuesten Gerüchten aus dem kleinen Dorf. Ich weiß nicht, ob sie mich hört, aber ich weiß, dass sie weiß, dass ich da bin. Meine Blase drückt mich, aber ich traue mich nicht aus dem Zimmer. Habe Angst, sie könnte sterben, während ich weg bin. Habe Angst, sie könnte sterben, während ich da bin. Ich habe noch nie jemanden sterben sehen. Mama hat da mehr Erfahrung. Sie hat schon einige Tode erlebt in der Familie. Ich immer nur von weitem. Ich wünschte, Alex wäre bei mir. Alex, der immer länger in der Klinik bleiben muss. Manchmal rufe ich ihn an, weil mir das Herz überläuft, oder weil ich hoffe, in seinen Kittel weinen zu können. Seine Zeit ist knapp. Die Patienten müssen versorgt sein.

Es gibt immer mal wieder Probleme und Komplikationen. Da muss er da sein. Das schaffen die Assistenzärzte und Krankenschwestern nicht allein.

Manchmal gehen wir abends essen und er sagt: „Lass uns mal von etwas anderem reden." Und ich rede von etwas anderem. Immer diese Krankheitsgeschichten. Man muss auch mal abschalten können. Alex gelingt das wieder einmal besser als mir. Während ich von etwas anderem rede, bin ich doch in der Klinik und hoffe, dass Mama genug trinkt.

Alex genießt den Rotwein und erzählt in einem Nebensatz, dass er am Wochenende zu einer Fortbildung nach Leipzig muss. „Das passt mir gar nicht", sagt er, „aber es ist sehr wichtig."

In der Nacht stehe ich am Fenster, schaue hinunter zum Wald, sehe Nebel. Spätsommer. Wie wird es weitergehen? Was ist, wenn sie stirbt? Was ist wenn sie überlebt?

„Bist du im Moment noch in deinem Leben", fragt meine Freundin. Wenn ich nicht so müde wäre, würde ich gründlich über diese Frage nachdenken.

Die Lymphflüssigkeit lässt sich nicht aufhalten, fließt weiterhin in Mamas Pleura und nimmt ihr Kraft und Luft. Die Ärzte ziehen alle Register, Chemotherapie und Bestrahlung.

Nach achtzehn Bestrahlungen und vier Zyklen Chemotherapie sind alle Therapiemöglichkeiten erschöpft. Mama vergeht wie ein Gänseblümchen im November, und es reicht ihr jetzt in der Klinik. Sie will nach Hause. Sie will, wie früher, in ihrem Fernsehsessel liegen und in aller Ruhe die Lindenstraße sehen. Sie will in den Garten gehen, oder wenigstens aus dem Küchenfenster heraus die Blumen und das Gemüse sehen. Und in ihr Bett will sie, endlich wieder in ihr eigenes Bett.

Sie wird in einem Krankenwagen gebracht, denn sie kann nur noch für kurze Zeit sitzen. Ein kalter Wind fetzt die Blätter von den Bäumen, und Papa will vor lauter Aufregung nicht aus dem Bett. Seine Beine zittern in der Schlafanzughose, und er traut ihnen heute keinen festen Stand zu.

Später liegt Mama neben ihm mit einem kleinen gelben Gänseblümchengesicht und Knochenfingern. Sie kann nicht mehr alleine essen, nicht alleine trinken. Sie ist zu schwach, um sich von der einen Seite auf die andere zu drehen, und wenn sie Wasser lassen muss, dann hebe ich sie aus dem Bett auf den Nachtstuhl.

Damit hat Papa nicht gerechnet. Bisher war er der Kranke, und nun gibt es jemanden neben ihm, der kränker ist als er. „Wie soll das denn jetzt werden?", weint er, und Mama macht die Augen zu und stellt sich schlafend.

Ja, wie soll das jetzt werden? Da liegen nun beide in ihren Betten und ich stehe mit den Brüdern herum und fühle, dass ich irgendetwas verloren habe. Aber ich weiß nicht was.

Ich brauche Bewegung. Laufe aus dem Haus, den Weg hinauf zur Straße. Über die Wiese bis zum Wald. Den buckeligen Waldweg entlang bis zum See und wieder zurück. An manchen Tagen laufe ich um den See herum, laufe bis ich nicht mehr denken muss. Wenn es regnet, hält mich nichts mehr. Bei Regen begegne ich niemandem. Lasse Tränen und Regen fließen, bis ich nass bin bis auf die Knochen. Wind ist auch gut. Gegen Wind zu laufen ist wie zuschlagen.

Manchmal läuft der große Bruder mit. Dann laufe ich seinen Rhythmus, ohne es zu merken. Ich bin da wie ein Chamäleon. War vielleicht in einem früheren Leben ein Chamäleon. Um mich nicht anzupassen, laufe ich lieber allein. Dann höre ich nur mir zu und lasse die Gedanken fliegen.

Im Schlafzimmer meiner Eltern herrscht mittlerweile dicke Luft. Da steht der Nachtstuhl vor Mamas Bett, und Papa hält das Fenster zu. Mama schwitzt und japst nach Luft. Papa friert und zieht sich lange Unterhosen unter den Schlafanzug.

Das Leben meiner Eltern ist aus der Bahn geraten. Sie stehen sich im Weg, während sie in ihren Betten liegen.

Wenn der eine schläft, ist der andere wach und muss auf den Nachtstuhl. Sie wenden ihre Gesichter ab.

Sie sind vom anderen und dem Leben enttäuscht. Und Angst liegt wie ein schmuddeliger Teppich herum, überall. „Wo ist unser Leben?", frage ich meine Freundin, und sie sagt: „Mitten in der Scheiße, in der wir sitzen". Und dann lachen wir uns krumm und tun uns gut.

Es wird Herbst und es wird Winter.

Seit Monaten komme ich kaum aus dem Haus, trage Handy und Telefon immer mit mir herum. Ich sitze auf der Toilette, und Papa ruft an, weil Mama Schmerzen hat. Ich koche Kaffee, und Papa ruft an, weil sie auf den Nachtstuhl muss. Ich bügele tausend weiße Kittel, und Papa ruft an, weil sie nass geschwitzt ist. Das Leben meiner Eltern spielt sich im Schlafzimmer ab, und sie beginnen, alte Geschichten aufzurechnen. Verletzungen der letzten fünfzig Jahre erfahren eine Replik. Nicht erfüllte Erwartungen, Enttäuschungen, Kränkungen, alles holen sie aus ihrer Erinnerungskiste. Die Krankheiten und das Älterwerden geben ihnen den Rest.

Sie quälen sich durch die Tage und Nächte, können nicht vergessen, nicht vergeben, nicht verzeihen. Dabei braucht es nicht immer vieler Worte. Es genügen Gesten und Blicke.

Was habe ich mit dem Ganzen zu tun? Warum sitze ich an manchen Abenden am Küchentisch und fühle mich schuldig? Es ist nicht möglich, sie zu besänftigen. Sie müssen da wohl durch. Längst bin ich nicht mehr ihr Kind.

Das ist ein schwerer Schlag. Aber so ist es. Während ich zum See laufe, rede ich mir gut zu. Rede mit mir und laufe.

Es gibt Abende, da rede ich auch mit Alex. Alex hat an Gewicht abgenommen. Er sieht schal aus.

„Das macht der Stress in der Klinik", sagt er. Außerdem ist da schon wieder eine Fortbildung angesagt. Dieses Mal in Freiburg, und das schon in zwei Wochen.

Am nächsten Tag presst der Pleuraerguss Mamas Lungen so zusammen, dass sie kaum noch atmen kann. Sie muss zurück in die Klinik.

Jetzt legt man ihr eine Drainage, und eierlikörfarbener Lebenssaft fließt aus ihr hinaus. Das ist mehr an Flüssigkeit, als sie in den letzten Tagen zu sich genommen hat. „Es ist genug", flüstert sie, „so kann ich doch nicht leben. Hoffentlich holt mich der liebe Gott bald." Was soll ich dazu sagen?

Schaue sie an. Auch lächeln geht jetzt nicht. „Sag doch den Schwestern mal Bescheid, dass sie die Schnabeltasse richtig herum auf den Nachttisch stellen", sagt sie, und da finde auch ich meine Worte wieder.

Der erste Schnee fällt. Wie schön wäre es, jetzt einen Winterschlaf zu machen, im Frühjahr wieder aufzuwachen, und alles war nur ein böser Traum.

Jeden Abend massiere ich Mamas Beine, denn sie sind mittlerweile taub und fühlen sich an, als lägen sie in einem anderen Zimmer. „Polyneuropathie", sagt Alex, „durch die Chemotherapie. Da kann man wenig machen", sagt er, „aber massieren ist sicherlich gut."

Ich besorge Massageöle und ein Buch über Fußreflexzonen und lerne, dass Massieren anstrengend ist und müde macht.

Ich knete ihre Füße und reibe die Beine rauf und runter, und nachher redet sie nicht mehr vom Sterben wollen, sondern schaut mich einfach nur an.

Auf dem Ententeich schwimmen keine Enten mehr, und ich frage mich, warum Krankenschwestern in der Mittagszeit auf den Fluren herumschreien müssen.

Mama hat keine Schmerzen. Sie schläft oder ruht und wird in ihren Kissen immer kleiner.

Wenn sie wach ist, erzählt sie Geschichten aus der Vergangenheit. Immer öfter fallen ihr Erinnerungen ein aus Schlesien, vom Krieg, von der Flucht.

Sie erzählt über die Verletzungen in ihrer jungen Ehe und den Demütigungen als Flüchtling. Nichts ist vergessen, nichts verziehen, in fünfzig Jahren Ehe.

Wie kann man leben, wenn man nicht verzeihen kann?
Wenn man diese alten Bilder hervorholt, immer und immer
wieder, und die Worte, immer dieselben bösen Worte.
„Ich weiß, woher ich diese Lymphome im Bauch habe",
sagt sie, „das ist der heruntergeschluckte Ärger über all die
Jahre."
Ich stelle mich ans Fenster und erzähle ihr, dass der erste
Schnee gefallen ist in der Nacht und die Straße glatt war in
der Früh.
Habe ich etwas mit ihrem Ärger zu tun? Nein, ich beschließe, mich nicht verantwortlich zu fühlen. Und doch ärgere
ich mich. Weiß nicht genau warum. Es ist die Behauptung,
die sie ausspricht. Es ist die Fantasie, die ich dazu habe.
Diese Fantasie von Schuld, die mich so leicht befällt. Die
mich schon als Kind befallen hat, immer wenn es Streit
gab. Immer wenn Vorwürfe auf den Tisch knallten. Immer
wenn es Tränen gab.
Am nächsten Tag will der Oberarzt versuchen, die Pleura
zu verschließen. Dafür wird er Talkum in die Pleura injizie-
ren, und das tut weh.
Mama bekommt zum ersten Mal Morphium, liegt im Däm-
merschlaf auf der Seite, während der Arzt die Kanüle setzt
und ich ihm die Instrumente reiche.

Es ist bereits Nachmittag und das Licht schon trübe. Das macht brennende Augen und matte Knochen.

Während Mama morphiumschwanger den Tag verschläft, fließt die Lymphe fleißig weiter durch die Drainage in den Urinbeutel, als sei nichts passiert.

Erst nach einer weiteren Pleurodese gibt die Lymphe endlich Ruhe und fließt in ihren normalen Bahnen und nicht mehr in die Pleura. Hat Mama es jetzt geschafft? Jetzt, wo der Lebenssaft wieder normal fließen kann? Noch traue ich dem Ganzen nicht. Kontrolliere immer wieder ihre Atemzüge. Beobachte die Bewegungen des Brustkorbs. Mama ist nach zwei Tagen im Morphiumrausch heftig durcheinander. Mal meint sie sich im schlesischen Heimatdorf, mal irgendwo und auf der Flucht. Angespannt und gereizt, wie sie ist, hält sie sich jetzt nicht mehr zurück. Morphium macht es möglich, dass ihre Zunge gelöst wird und sie reden kann ohne Skrupel.

„Satu, ja, ja die schöne Satu", zischt sie mir entgegen, und da fällt es mir wie Schuppen von den Augen. Diesen Namen, den sie nie ausspricht, den ich aus ihrem Mund so gut wie niemals höre. Dieser Name ist die Glut, die immer noch schwelt, die Glut der Enttäuschung und Entfremdung zwischen meinen Eltern. Dieser Name birgt Wut und Sehnsucht, Trauer und Hass. Dieser Name, mein Name. Satu.

Mama nennt mich Kind, einfach Kind. Ich gebe mich damit zufrieden. „Kind, komm her und hilf mir mal." „Kind, zieh dir die Jacke an." „Kind, mir geht es nicht gut." Kind ist ihr Name für mich. Mein Vater dagegen genießt meinen Namen, wie einen guten Wein. „Satu", sagt er, „ach Satu, mach doch mal das Fenster zu."

Dennoch sagt auch er ihn nicht oft. Es sind besondere Momente, in denen ich aus seinem Mund meinen Namen höre. Es entsteht dadurch eine ungewohnte Nähe zu ihm, und doch ist da immer das Gefühl, gar nicht gemeint zu sein. Mein Name hat eine Geschichte, eine Geschichte, die niemand erzählt. Es gibt Fragmente dieser Geschichte, die die Schwester meiner Mutter hinter vorgehaltener Hand erzählt. Fragmente, die sie mir auf meine Frage, warum ich so komisch heiße, zuraunt, damit bloß Mama und Papa nichts hören. „Das ist doch ein wunderschöner Name", tröstet die Tante mich. Ja, aber niemand heißt so außer mir. Bis heute habe ich nicht gewagt, meinen Eltern Antworten abzufordern, Antworten auf die Frage, warum sie mich Satu nannten. Habe mich zufrieden gegeben mit lapidaren Antworten und ungeduldigem Abwehren. Bis heute nenne ich selbst meinen Namen nur ungern.

Reagiere unwirsch auf Nachfragen, genau wie meine Eltern. Nun liegt Mama im Morphiumrausch und öffnet mir die
Augen.

Was genau weiß ich überhaupt? Welche Geschichten kenne ich? Da ist die Geschichte von Papas Soldatenzeit in
Hitlers Armee in Finnland. Die Geschichte, als er in Gefangenschaft geriet und nach Russland gebracht wurde. Es
gibt die Vermutung meiner Tante, dass es eine finnische
Frau gab, damals in der Soldatenzeit. Eine Frau, die Satu
hieß. Schließlich war es Papa, der mir diesen Namen gab.
Ja, der darauf bestand, dass seine erste Tochter Satu heißen solle. Vermutungen und Schweigen gibt es, und eine
Anzahl sich immer wiederholender Geschichten über
Flucht, Vertreibung, Gefangenschaft.

„Finnland", sagt Papa am Abend, „Finnland war eine gute
Zeit." Diesen Satz kenne ich bereits. Bis zu diesem Satz bin
ich früher schon durchgedrungen. Papa ist guter Dinge an
diesem Abend. Die Nachricht, dass die Pleurodese offensichtlich geglückt ist, macht ihn froh und sanft. Das ist eine
gute Gelegenheit, und ich falle mit der Tür ins Haus.

„Papa, erzähl mir von Satu aus Finnland."

Dass das ein Fehler war, spüre ich sofort. Als sei ein Schalter umgedreht. Die Temperatur im Zimmer kühlt schlagartig runter. Ich halte die Luft an.

Von Papa geht eine ungute Ruhe aus. Wie hypnotisiert starrt er auf seine blassen Hände. Nimmt innerlich Anlauf, bevor er mich mit seinem Blick an die Wand zu nageln versucht.

„Du redest dummes Zeug", faucht er mich an, „absolut dummes Gewäsch. Lass mich in Ruhe mit deinem Blödsinn." Der Rollator knallt gegen die Tischkante, die Küchentür kracht ins Schloss. Weg ist er.

Ich räume den Tisch ab. Mein Herz klopft hart, in hohem Tempo. Unruhe in meinem Bauch. Fühlt sich an, als habe ich etwas verschluckt. Etwas Giftiges, das wieder raus will. Oder als habe ich etwas Verbotenes getan und niemand darf es wissen. Alte Gefühle, so vertraut wie Schläge auf die Fingerkuppen. Gehören diese Gefühle überhaupt zu mir? Sind das meine Gefühle, oder bin ich nur die, die sie fühlt, weil meine Eltern nicht fühlen. Nicht fühlen wollen.

Von Papa nichts mehr zu sehen oder zu hören. Reicht auch für heute.

Am Abend telefoniere ich mit meiner Freundin. Wir haben uns lange nicht mehr gesehen. Alle meine Freundinnen habe ich lange nicht mehr gesehen. Sie hört mir zu, hört sich meine Geschichten und meine Vermutungen an, hört sich mein Jammern an und auch mein Husten. „Warum musst du es eigentlich immer allen recht machen?", fragt sie mich. „Weil ich das Gefühl habe, irgendwie schuld zu sein", erwidere ich. „Mach eine Therapie oder hör auf damit", sagt sie, „und werde endlich erwachsen."

Es gelingt mir nicht, mich verständlich zu machen.

In der Nacht träume ich vom Karussellfahren und zwei alten Indianerfrauen. Sie beraten miteinander, wie viel Zeit sie mir geben, entscheiden sich für vier Jahre. Ich stehe in einem Karussell, halte mich an einer Stange fest. Bin ihnen irgendwie ausgeliefert. Die eine mault mich ärgerlich und griesgrämig an. Die andere beschwichtigt geduldig und liebevoll. Ich stehe herum und begreife nichts. Das Karussell wird immer schneller, ich kann mich kaum noch halten. Meine Kraft lässt nach, ich lasse los. Fliege heraus aus dem Karussell, wache auf. Höre eine Stimme: „Erwache", sagt sie, „Erwache!". Ich schrecke auf. Es ist kurz vor Zwei. Schweißperlen brennen in meinen in den Augen.

Im Bad wechsele ich das T-Shirt, trinke Wasser aus dem Wasserhahn, bis mir schlecht wird.

Die Pleurodese ist tatsächlich gut verlaufen, der Erguss gestoppt. Weiter kann man in der Klinik nichts mehr für Mama tun. Ein Krankenwagen bringt sie nach Hause. Ihre Hände zittern, sie kann nicht stehen und nicht gehen. Sie kann den Löffeln nicht alleine halten und nicht die Schnabeltasse. Sie muss gefüttert und gewindelt werden. Nun braucht sie Pflege rund um die Uhr. Sie ist immer noch verwirrt, erkennt den Papa nicht. „Was macht die alte Frau neben mir im Bett?", fragt sie mich. Papa schaut mich an, als hätte ich ihm gegen das Schienbein getreten, dreht sich mit dem Gesicht zur Wand. „Das halte ich nicht aus", weint er ins Kissen, „ich wünschte, ich wäre tot." Ich verbringe einige Nächte auf dem Küchenstuhl nebenan. Und ich lasse es geschehen, dass er sich sein Bett auf der Couch im Wohnzimmer aufbaut. Nachts auf dem Stuhl, mit der tickenden Küchenuhr im Hintergrund, lese ich und schreibe, esse tütenweise Gummibärchen und beginne wieder zu rauchen. Mama halluziniert Gestalten und dunkle Wesen an der Zimmerdecke, die ich verjage und verscheuche, bis das Schlafzimmer gespensterfrei ist und sie sich wieder beruhigt.

Nach einigen Tagen erholt sich ihr Verstand. Langsam realisiert sie ihre Situation. Mein Vater zieht wieder ins Schlafzimmer und ich werfe die Zigaretten weg. Zwischen meinen Eltern beginnt das große Schweigen.

Aber auch ohne Worte sagen sie mehr, als ich ertragen kann. Wenn Papa könnte, würde er zuschlagen. Wenn Mama könnte, würde sie weglaufen. Zornige Hilflosigkeit schlägt mir bereits an der Tür entgegen. Noch nie waren mir meine Eltern so fremd.

In meinem Haus gegenüber sitze ich am Schreibtisch und suche nach Ideen in meinem Kopf und nach Auswegen. Zeigt sich endlich eine Idee, ruft Papa an, und die Idee macht „Plop", wie eine Seifenblase. Papa hat die Kontrolle über das Telefon. Mamas Kontrolle ist eingeschränkt. Die Sprache zwischen ihnen ist auf dem Tiefpunkt angekommen. Kurze, knappe Mitteilungen laufen hin und her. „Ich muss mal. Durst. Rückenschmerzen. Nachthemd nass." Papa drückt die Wiederholungstaste. Ich komme.

Wenn er mich in den Nächten ruft, verweile ich manchmal für einen Moment auf dem Weg, schaue in den Himmel, diesen Himmel, mit seiner unglaublichen Vielfalt. Das ist dann so, als würde ich mir einen Augenblick stehlen, einen Augenblick mehr, als andere besitzen.

Allein auf dem Weg. Absichtslos den Himmel schauen für einen Moment. Alles rund um mich herum ist dunkel, außer dem Himmel. Stehe einfach auf dem Weg, manchmal ist es zwei Uhr, manchmal ist es vier Uhr, und hier in unserem kleinen Dorf schlafen alle, bis auf die Katzen, Mama und mich.

Über Deutschland fegt ein Orkan, reißt Bäume aus, deckt Dächer ab. Mittlerweile ist es Dezember. Der Winter kommt unerbittlich. Kälte steigt den Berg hinauf. Nebel seit Wochen, undurchdringlich.

Mama fiebert. Schüttelfrost in der Nacht, dass das Bett quietscht. Papa sitzt auf der Bettkante, den Kopf in die Hände gesackt. „Das schaffe ich nicht", sagt er, „ich schaffe das nicht mehr." Die Brüder helfen in der Nacht, wenn nichts mehr weiter geht. Schnelle Handgriffe, ohne Worte, und wieder weg. Es geht weiter, trotzdem geht es immer weiter. Tage wie leere Wundertüten. Wie war das noch mit der Freiheit? Nur noch ein Wort, ohne Gefühl. Dagegen kriechen andere Gefühle wieder an die Oberfläche. Solche, die längst begraben schienen. Gefühle, nicht richtig zu sein, nicht zu genügen und immer wieder das Gefühl, schuld zu sein. Sie verunsichern mich in meiner Müdigkeit und machen mich zu jemand anderem.

Ich bitte den großen Bruder, heute Mittag Mama zu füttern, denn der Husten lässt mir keine Ruhe. Mittlerweile zittern Mamas Hände wie welke Blätter, und die Finger fallen kraftlos auf die Decke, wenn ich ihr den Löffel reiche.

„Sie hat allein gegessen", sagt er nachher, „und sie hat nicht gezittert."

Ich fasse es nicht.

Es kommt mir der Gedanke an ein Spiel. Meine Eltern spielen ein Spiel miteinander, und mit mir. Ja, sie spielen es auch mit mir, ungefragt. Meine Mutter kann bei meinem Bruder alleine essen, aber nicht bei mir.

Zum ersten Mal seit Monaten frage ich mich, welche Rolle ich in ihrem Spiel spiele. Welche Rolle ich überhaupt in dieser Familie spiele. Meine Gedanken verfangen sich, verkleben. Nichts Konkretes entsteht. Alles verworren. Nur eines zieht sich wie ein roter Faden durch dieses Spiel: Mein Name. Satu. Mein Name und seine Bedeutung für Mama, für Papa und für mich.

Wenn Mama alleine essen kann, dann kann sie auch reden. Ihre Krankheit wird nicht schlimmer werden, wenn sie endlich alles auf den Tisch legt. Sie wird nicht sterben, wenn sie mir die Wahrheit sagt. Und Papa? Vielleicht wird er etwas gegen die Wand schmeißen, oder die Bettwäsche zerreißen. Vielleicht schlägt er auch den Tisch kaputt. Nur mich, mich wird er nicht mehr schlagen.

In den Abruzzen hat es ein schweres Erdbeben gegeben. Ein Schulzentrum ist eingestürzt und hat viele Kinder unter sich begraben. 20 Tote wurden bereits gefunden.

Das ist schlimmer als die Furcht vor der Wahrheit. Und doch fühlt sich die Furcht vor der Wahrheit ähnlich schlimm an, wie die Furcht vor dem Tod an Mamas Krankenbett. Sie liegen beide im Mittagsschlaf. Wie beginne ich? Welche Worte nutze ich, damit nicht sofort alles wieder schief geht? Ich setze erst einmal Kaffee auf. Bereite ein Tablett vor. Eine Tasse, eine Schnabeltasse und einige Schokoladenplätzchen. Klappere mit Geschirr, stelle die Kaffeemühle an. Gebe ihnen die Chance, wie jeden Tag langsam wach zu werden und sich ahnungslos auf frischen Kaffee zu freuen.

Die Stimmung ist trotz Kaffeeduft im Schlafzimmer meiner Eltern auf minus 20 Grad. Eiszeit.

Das Elternspiel ist ein Kriegsspiel, und ich befinde mich mittendrin. Was will ich eigentlich, frage ich mich, im Türrahmen stehend. Frieden will ich, endlich Frieden. Wie lange führen sie diesen Krieg schon? Und wie lange stehe ich mitten im Schlachtfeld? Wie lange bekomme ich schon die Querschläger mit, und wie lange tragen sie ihren Kampf bereits auf meinen Schultern aus?

Lange genug, beschließe ich, und stelle mich ans Fußteil ihres Bettes. Niemand schaut mich an. Zwei Lager, zwei Fluchtburgen, zwei vermauerte Menschen. Meine Eltern. „Warum heiße ich Satu?" Eine kleine Ewigkeit erfüllt Stille den Raum. Wird verdrängt von einer drückend aufgeladenen Ruhe vor einem Sturm. „Jetzt reicht's mir aber. Ich wünschte, ich wäre tot." Die Wut meines Vaters verleiht ihm einen ungewöhnlichen Energieschub. Er schwingt sich aus dem Bett und verlässt mit geballten Fäusten und ausladendem Schritt das Schlafzimmer. Türen knallen, weg ist er. Mama schaut mich verschmitzt an. „Siehst du", sagt sie, „das schlechte Gewissen. Er liebt sie immer noch, dieses finnische Miststück." Bevor ich etwas sagen kann, dreht sie sich zur Seite, schließt die Augen, klinkt sich aus. Sie lassen mich stehen wie ein schales Bier. Was mache ich eigentlich hier? Warum mühe ich mich ab? Draußen hat es begonnen zu schneien. Ein Hauch von weißer Kälte bedeckt langsam den Fliederbaum vor dem Fenster. Der lässt das einfach zu, wie in jedem Jahr. Ergibt sich dem Kreislauf von Sommer und Winter. Wehrt sich nicht. Es ist, wie es ist.

Hier vor dem Fenster, mit dem Blick auf den Baum, gebe ich auf. Ich, Satu, bin das Kind unglücklicher Eltern.

Ja, so ist es. Meine Eltern sind miteinander nicht glücklich, waren es womöglich nie.

Es kann sein, dass es andere Momente gab, vielleicht sogar glückliche Zeiten. Dennoch versickerten die Quellen des Glücks, denn es gab keine gemeinsame Ausrichtung. Die Vergangenheit stand ihnen immer im Weg. Und heute, hier vor dem Fenster im Schlafzimmer meiner Eltern, scheitert mein Wunsch, sie glücklich zu sehen, ja, sie glücklich machen zu können, wenn ich mich nur genug bemühe. Dieser Kinderwunsch verflüchtigt sich wie durch ein Wunder durch die geschlossene Fensterscheibe, legt sich auf frischgefallenen Schnee, verschmilzt mit dem kalten Weiß und vergeht. Der Druck, verantwortlich dafür zu sein, dass es meinen Eltern gut geht, und dass sie glücklich sind, endlich glücklich, weicht, als habe mich hohes Fieber verlassen, endlich. Was für eine Erleichterung. Das Schneetreiben wird dichter. Vom Fliederbaum ist nur noch ein weißer Umriss zu erkennen. Das Licht wird fadenscheinig. Meine Entscheidung ist dies nicht, denn nicht ich habe sie getroffen. Sie hat mich getroffen. Der tiefe Wunsch des kleinen, verzweifelten Mädchens löst sich auf, wie eine Schneeflocke auf der Haut. Es gelingt mir, ohne Worte und ohne eine Regung, die Verantwortung für das Glück meiner Eltern zurückzugeben. Lasse sie in ihren Eigenarten sein. Nehme mir die Freiheit, einen Abstand zu schaffen, indem ich ihnen näher komme, ohne Angst, zwischen ihnen zerrieben zu werden.

Aber was ist mit der Geschichte, der Geschichte meines Namens? Ich wende mich ab vom Fenster, sehe meine Mutter, die wie ein Säugling zusammengerollt in ihren Kissen liegt. Ich sollte sie in Ruhe lassen. Nicht noch mehr Glut ins Feuer geben. Nicht von ihr verlangen, dass sie meine Probleme löst. Denn genau das ist es. Nicht meine Mutter muss sich mit meinem Namen aussöhnen. Ich muss es, ganz alleine ich.

Ich gieße den Kaffee ein, stelle Tasse und Schnabeltasse auf die Nachttische, lege jedem einige Schokoladenplätzchen daneben und gehe nach Hause. In der Garage steht der Gartenbesen. Bei Herzeleid ist es immer gut, zuerst einmal den Hof zu fegen. Nicht nur bei Herzeleid, denke ich.

Der Ätna auf Sizilien droht auszubrechen. „Was für eine Welt!", sagt Alex' Mutter. „Eine normale", sage ich, ein Vulkan ist ein Vulkan, ein Skorpion ein Skorpion, Krebs ist Krebs, und eine Schwiegermutter eine Schwiegermutter. Letzteres sage ich nicht, denke es aber.

Seit einigen Tagen setze ich Mama in den Rollstuhl und fahre sie an den Küchentisch. „Lass uns frühstücken wie früher", sage ich und stelle mir vor, wie sie den Kaffee aus der Untertasse schlürft. Wünsche mir, alles sei nur ein böser Traum, und wir könnten das alte Leben wieder herstellen, wenn sie einfach nur ihren Kaffee wieder trinkt wie früher. Mama will nicht in den Rollstuhl und schon gar nicht an den Küchentisch. Wenn sie sitzt, wird ihr schwindlig und übel. Der Kaffee muss in die Schnabeltasse und Hunger hat sie auch keinen. Sie will im Bett bleiben. Im Bett kann sie essen und trinken. Im Bett ist sie sicher. Papa tappert mit hängenden Schultern ins Bad. „Sie muss mehr raus", zischt er mir ins Ohr, „so wird das nie was."

Zu Weihnachten wünsche ich mir die Hilfe eines ambulanten Pflegedienstes für meine Eltern.

Am Tag vor Heiligabend befürchte ich zum ersten Mal, verrückt zu werden. Papa will wieder aus dem Schlafzimmer ausziehen. „Ich schaffe das nicht mehr", schimpft er, „kümmere du dich um deine Mutter.

Nimm sie mit zu dir oder schlaf du bei ihr. Ich jedenfalls schlafe ab jetzt im Wohnzimmer auf der Couch."

„Das kannst du doch nicht machen", sage ich.

„Und ob", mault er, „ich kann diesen vorwurfsvollen Blick nicht mehr ertragen. Ich brauche Schlaf, kann mich nicht ständig nachts um sie kümmern."

Mama schweigt. Sie wird nicht nachgeben. Ihr Blick ist eher triumphierend als erschrocken. Sie weiß, dass es eine Lösung geben wird, und dass sie sich nicht darum kümmern muss. „Was macht ihr eigentlich mit mir?", frage ich in einen Raum, in dem mich niemand hört.

Ich ziehe meine Joggingschuhe an, die dicke Jacke, die Mütze, Handschuhe. Laufe durch die Eiseskälte dieses Dezembertages, bis ich mich wieder fühle. Frost schmerzt unter meinen Fingernägeln, wie früher als Kind, wenn ich zu lange mit nassen Handschuhen im Schnee spielte. Ich trommle die Familie zusammen. Die Brüder kommen auf einen Sprung. Gabriel kommt mit seiner neuen Freundin. Pia muss schnell wieder weg, es fehlen ihr noch Weihnachtsgeschenke. Alex kommt heute nicht nach Hause, er übernimmt für den erkrankten Assistenzarzt den Nachtdienst.

„Sie ziehen mir das Fell über die Ohren", sage ich, „und jetzt will mich Papa auch noch erpressen." Dass ich ihre Hilfe brauche, sage ich, und zwar sofort,und dass ich manchmal daran denke einfach abzuhauen, sage ich auch noch. So machen wir wieder einen Plan und die Brüder übernehmen einige Nächte.

„Weißt du eigentlich, dass Mama, wenn sie sich unbeobachtet fühlt, alleine auf den Nachtstuhl geht?", sagt der große Bruder.

Er habe das zufällig am Morgen mitbekommen, und auch, dass Papa jeden Tag mit meiner Schwiegermutter telefoniert und ihr sein Elend klagt.

Ich fasse es nicht. Sie sind wie Kinder geworden. Am Abend verweile ich einen Moment länger auf der Straße und schaue in den Himmel. Lasse mir Zeit. Mal sehen, was geschieht. Papa hat angerufen. Mama muss auf den Nachtstuhl. Im Türrahmen stehend sehe ich, wie sie sich langsam aus dem Bett aufsetzt und schwungvoll auf den Nachtstuhl überwechselt. Sie hat mich nicht kommen gehört. „Da freue ich mich aber", sage ich, und Mama bekommt einen roten Kopf.

Papa sitzt mit nacktem Hintern auf einem Hocker im Bad, die Füße in einer Waschschüssel mit Seifenlauge. „Trockne mir mal die Füße ab", sagt er. „Du wirst nicht ins Wohnzimmer umziehen", sage ich, „du bleibst im Schlafzimmer. In guten wie in schlechten Zeiten. Erinnerst du dich?" „Dann bringt mich doch gleich um", zischt er mir entgegen, „schlagt mich doch tot, das wollt ihr doch alle." Die Füße noch in der Schüssel, baut er sich in nackter Größe vor mir auf und reißt mir das Handtuch aus der Hand. Jetzt, genau jetzt, würde er mich gerne schlagen. Das sehe ich in seinen Augen.

Ich lasse ihn stehen. Lasse alles stehen und liegen, renne aus der Tür, zittere mich in mein Haus, atme, zittere ins Bad, weine. Weine auch im Bett noch weiter, bis es irgendwann vorbei ist, das Weinen, und ich schlafe. Höre kein Telefon, höre keinen Alex, höre nicht, dass Alex sich in der Nacht auf den Weg zu meinen Eltern macht, höre erst die Kirchenglocken am nächsten Morgen um sieben, bin hellwach und ausgeruht und denke, dass es jetzt reicht. Ich lasse mir Zeit. Heute lasse ich mir Zeit. Beschließe, dass es genug ist, genug der Fürsorge, genug der Pflege, genug der Kontrolle, genug der Erwartungen, genug der Beschimpfungen, genug, genug. Stehe am Fenster und schaue zu den Fichten, die in Winterstarre und schneebedeckt die Zeit verstreichen lassen. Gut tut das. Trinke einen Kaffee, heiß und süß, so langsam wie seit langem nicht mehr. Aber wie kann ich dieses „Genug" leben? Was kann ich verändern, wenn ich meine Eltern nicht verändern kann?

Über meinem Schreibtisch hängen einige Familienbilder, eine Art Familiengalerie. Die Kinder als Babys, das Hochzeitsfoto, mein erster Schultag, meine Brüder und ich als Kinder auf einer Wiese mit Hund. Mama und Papa als tanzendes Paar auf einer Jubiläumsfeier. Ich schaue mir das Foto genauer an. Wie alt mögen sie damals gewesen sein? Vielleicht so alt wie jetzt Alex und ich. Ein fröhliches Bild. Eine lachende Mama und ein stolzer Papa mit geradem Rücken. Ein guter flüchtiger Moment, eingefangen und festgehalten auf einem zufälligen Bild. Natürlich hatten auch sie Träume. Die hatten allerdings durch Krieg und Flucht keine Chance, und auch später nicht mehr. Blieben dennoch als Schatten, saugten sich mit den Jahren voll mit Trauer und Wut, wie ein Schwamm. Die Zeit, in der Veränderung möglich gewesen wäre, ist vorbei.

Und jetzt, gibt es jetzt überhaupt noch einen anderen Weg für sie? Und für mich, gibt es einen anderen Weg für mich? Ich wünsche mir, dass ich irgendwie aus dieser Sache herauskomme, dass etwas geschieht, dass ich ein Schlupfloch finde, ohne meine Eltern im Stich lassen zu müssen. Ich ahne nicht, wie schnell sich Wünsche erfüllen können. Ahne nicht, dass das Erfüllen der Wünsche auf vielerlei Wegen erfolgen kann, und dass man mit Wünschen vorsichtig sein soll.

Als erstes werde ich einen Pflegedienst beauftragen, beschließe ich. Jemand, der mir morgens bei der Körperpflege meiner Eltern hilft. So gewinne ich Zeit, kann meine Kopfhaut ölen und um den See laufen, um mich nicht zu verlieren. Zuerst einen Pflegedienst, und dann sehen wir weiter.

Die Gutachterin vom Medizinischen Dienst der Krankenkasse kommt, um Mama und mich zu begutachten und
bringt viel Papier zum Ausfüllen mit. „Sind Sie berufstätig?"
will sie wissen und legt die Stirn in Falten, als ich verneine.
„Wie viele Stunden verbringen Sie bei Ihrer Mutter?" So
genau kann ich das nicht sagen. Einige Fragen kann ich
wirklich nicht beantworten, weiß nicht, wie oft ich des
Nachts da bin, und auch nicht, wie viel Liter Flüssigkeit
Mama genau zu sich nimmt. Mittlerweile schäme ich mich,
denn offensichtlich mache ich vieles falsch, und einen Job
habe ich auch nicht. Ein Gefühl, mich irgendwie verdächtig
zu machen, überkommt mich. Ich versuche, mich herauszu-
reden und weiß nicht, aus was. „Zeigen Sie mir bitte, wie
Sie Ihre Mutter aus dem Bett heben", fordert die Gutachterin mich auf, und Mama versteht die Welt nicht mehr. „Ich
muss doch gar nicht", sagt sie, und dass die fremde Frau
doch bitte draußen warten soll. Die Gutachterin bleibt un-
beeindruckt am Bettende stehen, beobachtet, wie ich Mama aus dem Bett auf den Nachtstuhl hebe, gibt mir mit einem Fingerzeig zu verstehen, dass sie das Ganze jetzt
auch wieder rückwärts sehen möchte und vervollständigt
ihr Formular. Das war nicht notwendig, nein, wirklich nicht.

Jeder kann sehen, wie krank meine Mutter ist, wie kraftlos und verwirrt. Mittlerweile sitzt die Gutachterin wieder am Küchentisch und telefoniert mit ihrem Sohn, verbietet ihm, seinen Freund zu besuchen, bevor die Schularbeiten erledigt sind. Es ist mir egal, ob Mama eine Pflegestufe zugesprochen bekommt. Ich will nur noch, dass diese Frau endlich verschwindet. Als die Haustür hinter ihr ins Schloss fällt, reiße ich Fenstern und Türen auf und schmeiße die gebrauchte Kaffeetasse in den Mülleimer.

„Bist du verrückt geworden?", fragt Mama aus ihrem Kissen, und das überrascht mich doch nun sehr.

Vielleicht ist es nicht das Schlechteste, etwas verrückt zu werden, denke ich, und mache mich auf den Weg nach Hause.

Im Briefkasten liegt eine Mitteilung auf gelbem Papier. Der Gerichtsvollzieher war da. Er bittet um sofortigen Rückruf, da er ansonsten eine Pfändung veranlassen wird. Es geht um 53.687,45 Euro Schulden bei einer mir unbekannten Bank.

Alex hat jetzt wirklich gerade keine Zeit, um mit mir zu telefonieren, muss sich um einen Patienten kümmern, wird mich zurückrufen. Der Zettel in meiner Hand wird schwerer und schwerer, fällt mir schließlich aus den Fingern.

Schuld und Schulden, was hat das alles mit mir zu tun? Ich schaue aus dem Fenster. Ein tiefverschneiter Wald, in dem irgendwo eine Hütte verrottet. Der Schnee hat alles, was dort unten herumliegt, versteckt. Nichts deutet mehr auf einen Unterschlupf für Pubertierende hin. Wasser tropft mir auf den Arm. Tropft mir aus den Augen, einfach so. Was bedeutet Pfändung? Wir haben doch keine Schulden. Das Haus ist abgezahlt. Oder etwa nicht? Was weiß ich eigentlich über unsere Finanzen, und warum ist mir so kalt?

Alex ruft zurück. Keine Zeit, Visite und noch eine Chemotherapie bis zum Mittag. Was denn nun schon wieder los sei? Er wird sich mit dem Gerichtsvollzieher in Verbindung setzen. Diese Idioten aber auch. „Das hat nichts mit uns zu tun", sagt er, „ich kläre das sofort, wenn ich Zeit finde."

„Ist eigentlich unser Haus abgezahlt?", frage ich.

„So gut wie", sagt Alex und legt auf.

Ich krieche in die heiße Badewanne, stecke die Finger in die Ohren und tauche ab. Ich schrubbe meine Haut mit der Bürste und wechsele die Wäsche. Trotzdem fühle ich mich klebrig.

„Alles geklärt", sagt Alex beim Abendessen, öffnet eine Flasche Rotwein zum Gemüseauflauf und eine zweite zum

Nachtisch. „Meine Mutter setzt sich alleine auf den Nachtstuhl", sage ich. „Wunderbar", entgegnet er und verschwindet in seinem Büro.

Am Abend ist Mama weniger verwirrt und bittet mich, zum
lieben Gott zu beten, dass sie endlich sterben darf.

Auf dem Weg nach Hause verweile ich einen Augenblick.
Der Mond steht unbeirrt über dem Wald, das Dorf liegt still,
als hätte es den Frieden der Welt gepachtet. „Lieber Gott,
denke ich, mach irgendwas."

Am zweiten Tag im neuen Jahr klingelt der Briefträger und händigt mir eine Zustellung von einem Amtsgericht aus. „Normalerweise bekommt ihr Mann ja seine Post in die Klinik", sagt er, „aber dies scheint wohl eine Ausnahme zu sein."

Der Hund stupst an mein Bein und ich setze mich zu ihm auf den Fußboden. „Hier, friss", sage ich und halte ihm den Briefumschlag des Amtsgerichtes hin. Er schnüffelt und dreht den Kopf weg. „Du hast es gut", sage ich und reiße den Umschlag auf. Es geht um eine Wohnung in Dresden. Es geht um etwa dreihunderttausend Euro und um eine Bank, die ihr Geld will. Und es geht um den Käufer dieser Wohnung, und der heißt Dr. Alex Berger.

Ich lege den Brief auf den Esstisch und stelle gleich eine Flasche Rotwein dazu. Heute Abend müssen wir reden. Alex ist noch nicht ganz in der Tür, da klingelt das Telefon, Mama muss sich übergeben.

Gemeinsam ziehen wir sie um und betten sie. Alex setzt sich zu Papa und redet von Mann zu Mann. Ich koche den Tee für die Nacht und weiß nicht, was ich sagen soll bei so viel Chaos.

„Was hast du gemacht?", frage ich später beim Rotwein, und Alex erzählt. Eine Wohnung habe er gekauft, um gutes Geld anzulegen.

Zurzeit gebe es eine Menge günstiger Wohnungen zu kaufen, besonders im Osten, reine Anlagegeschäfte, die sich durch die Mieten selbständig rentierten. Die Zahlungen der Bank hätten sich etwas verzögert, deshalb das Schreiben des Gerichts. Mittlerweile sei aber alles in trockenen Tüchern. „Warum kaufst du eine Wohnung?", frage ich, „es geht uns doch gut, was wollen wir mit einer Wohnung in Dresden?"

„Reine Geldanlage", sagt er, „diese Immobilien sind Gold wert." Ich verstehe nichts. Ich kenne mich damit nicht aus. Ich will damit nichts zu tun haben. Solche Geschäfte machen mir Angst. Alex allerdings ist ganz zuversichtlich. Er wisse, was er tue, und er arbeite da mit Fachleuten der Banken zusammen.

Mir ist ganz schlecht vom vielen Fragen, und doch ist das Wichtigste noch nicht gefragt: „Warum lässt du deine Post in die Klinik kommen?" Alex zögert keine Sekunde. „Manche Dinge müssen schnell geklärt werden, verstehst du, da kann ich nicht immer bis zum nächsten Tag warten.

Hier liegt die Post mindestens ein bis zwei Tage. Manches muss ich einfach am gleichen Tag beantworten."

Das sehe ich ein. Bin sehr froh, dass alles so einfach zu erklären ist. Der Rotwein schmeckt gleich besser, weil alles klar und geregelt ist. Mit einem Mal bin ich sehr müde und Kopfschmerzen ziehen mir den Nacken zusammen.

„Bitte Alex, kauf keine Wohnungen mehr. Das macht mir Angst. Wir müssen doch auch unser Haus erst einmal ab-bezahlen", sage ich. „Vertrau mir", sagt er, und das tue ich, blind und mit großer Erleichterung.

Alex' Mutter hat sich einen Hund zugelegt. Der hat sie fest an der Leine, und gemeinsam ziehen sie täglich ihre Kreise um unser Haus. Wenn der Wind gut steht, verweilt sie einige Zeit an unserem Gartenzaun und versucht, mich hinter der Hauswand zu orten. Sie kennt sich aus im Dorf und berichtet von diesem und jenem, und manchmal macht sie Andeutungen, die ich nicht deuten kann. „Alex sieht schlecht aus", sagt sie, und als ich sie frage, was sie damit meint, zuckt sie mit den Schultern. Ihr Blick verfängt sich in den Wolken, als warte sie auf eine Erlösung. Ich lasse sie stehen, finde keine Worte für so viel Unausgesprochenes. Ob sie etwas weiß von Alex' Wohnungsgeschäften? Ob sie vielleicht sogar mehr darüber weiß als ich? Obwohl, es ist doch alles geklärt. Wie kommt sie darauf, dass es Alex nicht gut geht? Ich habe wirklich keine Lust, mit ihr über Alex und mich zu reden. Da käme ich nicht weit. Es würde wieder nur ein Ringen um die mütterliche Vormachtstellung werden.

Wenn der kleine Bruder abends nach Hause kommt, schaut er immer mal bei Mama und Papa vorbei. Erzählt von der Arbeit und was noch so ansteht, und Papa gibt Anweisungen, was noch alles zu machen ist am Haus und im Garten.

Und der kleine Bruder hört gelassen zu, nur wenn wir unter uns sind, macht er sich Luft. Meine Brüder nehmen Papas Wut gelassener als ich, dafür kann ich sein Jammern besser aushalten.

Mama ist zeitweilig nicht bei Sinnen, irrt in anderen Welten herum, kann ihren Körper kaum noch bewegen, kann sich nicht einmal mehr selber zudecken.

In der Nacht wird sie wach und sagt in die Stille, dass sie jemand zudecken muss, weil sie friert, und weil Papa auch friert, nimmt er das Telefon und zitiert mich herbei. Dabei friere ich auch in der kalten Nacht, so mitten aus dem warmen Bett geholt.

Ich wünsche mir, wieder einmal mit Pia durch die Stadt zu bummeln. Reden, lachen und Kuchen essen, wir beide ganz für uns. Aber einen ganzen Nachmittag weg sein, unmöglich.

Als Mama wieder Fieber bekommt und die ganze Nacht schwitzt und phantasiert, liege ich am nächsten Mittag platt auf dem Sofa, döse ein und phantasiere einen Traum von schwarzen Bären und verhungernden Kindern.

„Was bedeutet dieser Traum?", frage ich die Freundin am Telefon. „Fühl mal hin, wo du nicht bereit bist, dein eigenes

Leben zu leben", sagt sie, und ich bekomme große Lust, sie durchs Telefon zu schlagen.

Ich frage Papa beim Hereinkommen am frühen Morgen, wie er denn geschlafen habe. „Von fünf bis sechs", zischt er mir kreuzottermäßig entgegen. Mama schluchzt ins Kissen, will sterben, weil sie allen zur Last fällt und weil sie es nicht mehr aushält mit diesem Papa. Da fängt auch er an zu weinen. Er tue doch, was er kann, und eigentlich kann er auch nicht mehr. So stehe ich herum und beide weinen, und ich gehe in die Küche und koche erst einmal Kaffee. Ich laufe nicht mehr. Schiebe es auf das Wetter, auf die Nächte, auf die Wäsche, die ungebügelt herumliegt. Dabei habe ich einfach keine Lust. Müde.

Stimmungsmäßig liegen wir im Elternschlafzimmer wieder bei minus 20 Grad Celsius und Papa schiebt mir bereits eine Ladung Vorwürfe entgegen, obwohl ich noch nicht einmal die Jacke ausgezogen habe. Ich käme zu spät und zu selten, und wenn ich da sei, bliebe ich nicht lange genug. Ich würde mich nur um Mama kümmern und er sei mir egal. Ich würde sie zu sehr bemuttern, sie müsse mehr raus aus dem Bett, sonst werde das nie was. Meine Brüder würden sich aus dem Staub machen und er sei uns allen völlig egal. Alles müsse er selber machen, und keiner danke es ihm.

Meine Paradentitis hat sich verschlimmert, mittlerweile sind die Zahnfleischtaschen sechs Millimeter tief.

Der kleine Bruder hat Geburtstag, wird sechsundvierzig.

Papa ist zweiundachtzig. Das ist eine Ungerechtigkeit. Das nimmt Papa allen übel. So kommt ihm der große Bruder gerade recht. Kaum steht der in der Tür, haut ihm Papa altvertraute Vorwürfe um die Ohren, dass es kracht. Die Brüder und ich stehen sprachlos herum und Mama schluchzt in ihre Kissen.

Auf den Rollator gestützt, schwankt er bedrohlich. Ein großer, magerer, gekrümmter alter Mann, mit langem, kastenförmigen Gesicht und Mundwinkeln bis auf die Schlüsselbeine. Seine Worte zischen heiser, aber immer noch laut genug durch die Küche. Alles hängt an ihm herunter, die langen, weißen Unterhosen genauso wie die Arme im angerauten Unterhemd. Die Füße, kalt und blau, schlurfen über den Boden und machen immer wieder die gleichen Geräusche, als zöge er einen Kartoffelsack hinter sich her. Der Rücken nach vorne gebeugt, die Stimme hart und kratzig. Er macht einen Schritt nach vorne, torkelt uns entgegen, so als verlöre er das Gleichgewicht. In diesem Moment schauen wir weg, drehen uns um und gehen zu Mama hinein. Lassen ihn einfach stehen in seiner Wut. Die Marotte mit dem Gleichgewicht kennen wir schon.

Am Abend des Geburtstags fiebert Mama bis fast vierzig Grad, und Papa droht mit Selbstmord, wenn wir uns nicht endlich so kümmern, wie er das will.

ch gebe Mama ein Fieberzäpfchen und einen Messlöffel Beruhigungssaft für Kinder, damit sie schlafen kann. Es war ein langer Tag.

Ich trinke ein Glas Rotwein auf den kleinen Bruder, hole mein Buch aus der Tasche und setze mich in die Küche. Alleinlassen will ich Mama noch nicht. Erst einmal warten, bis das Fieber sinkt.

Nach zwei Stunden kann sie sich nicht mehr bewegen. Sie kann nicht mehr sprechen und kaum noch schlucken. Sie kann noch nicht einmal ein Bein anheben, und sie muss pinkeln.

Alex und der kleine Bruder haben sich mit den übrigen Geburtstagsgästen betrunken und reagieren noch nicht einmal auf Anschreien. Papa zieht sich die Decke über die Ohren, dreht sich zur Wand. Der große Bruder kommt im Schlafanzug auf bloßen Füssen durch den Garten gerannt. Gott sei Dank wohnt er nebenan und ist halbwegs nüchtern. Gemeinsam packen wir Mama in Pampers und drehen sie auf die Seite, den Kopf nach unten gebeugt, damit sie nicht erstickt.

Anschließend setze ich mich neben das Bett und halte Wache, kontrolliere ihren Atem, messe ihren Blutdruck. Vielleicht habe ich sie vergiftet mit all den Medikamenten? Vielleicht war der Beruhigungssaft für Kinder zu hoch dosiert? Was um Himmels Willen habe ich gemacht? Irgendwann atmet sie wieder ruhig und regelmäßig. Später sinkt das Fieber und sie schläft.

Draußen dämmert der Morgen als ich mich aus dem Haus schleiche. Wieder einmal stehe ich auf dem Weg zwischen unseren beiden Häusern. Damals, als Alex und ich unser Haus auf die Wiese meiner Großeltern bauten, waren sie alle noch da, Mama, Papa, Alex, Pia und Gabriel. Jetzt scheinen mir alle abhanden zu kommen. Gemächlich wird es heller, ein zarter grauroter Streifen schiebt die dunklen Wolken nach oben. Warum gehe ich nicht einfach weg? Warum gehe ich nicht jetzt auf der Stelle einfach weg? Und dann trotte ich doch nach Hause. Viel zu müde zum Flüchten. Viel zu müde zum Denken.

Mama ist am nächsten Morgen erstaunlich ausgeruht und redet wie ein Wasserfall. Ich renne von hier nach da und tue alles, was sie will. Ich habe sie nicht vergiftet, Gott sei Dank.

Papa kommt mit der Dosenmilch nicht klar, weil wieder so ein Idiot die Löcher nicht richtig gemacht hat.

Ich bekomme Akupunktur gegen meine Rückenschmerzen und es trifft mich jeder Stich. Sie sind aber sehr empfindlich, sagt Dr. Kang.

Am Abend liege ich auf dem Sofa und jammere. Ich bin so müde und meine Knochen schmerzen. Ich jammere weil ich das alles nicht will, weil ich etwas anderes will, aber ich weiß nicht was. „Ich will das nicht mehr, ich will etwas anderes", sage ich zu Alex. Da unterbricht er mich, weil er vergessen hat, in der Klinik anzurufen und das sofort erledigen muss. Mit dem Telefon in der Hand verschwindet er in seinem Arbeitszimmer und ich mache den Mund zu und warte. Schnell ist er wieder zurück, doch als ich den Satz wieder aufnehmen will, da muss er eben nochmal schnell auf die Toilette, und dann habe ich vergessen, was ich sagen wollte, und räume den Tisch ab.

Am nächsten Morgen sitze ich in der Küche des kleinen Bruders und jammere, weil ich schon so lange nicht mehr richtig geschlafen habe, und weil Papa so gemein ist. Der kleine Bruder zuckt die Schultern und sagt, dass er viel weniger schlafe, weil der kleine Paul jede Nacht komme, und dass Papa zu ihm noch viel gemeiner sei, als zu mir, und ich schlucke den Kaffee runter und räume die Tasse weg.

Am Nachmittag sitze ich in der Küche des großen Bruders und jammere, dass ich Angst habe, wie es weitergehen soll, und dass ich mich so alleingelassen fühle. Der große Bruder hängt seine Schultern noch etwas tiefer und sagt „ja, ja" und er sei ja selber so allein wie ein alter Hund.

Seit einigen Tagen nutze ich jede Gelegenheit, um wieder um den See zu laufen. Wenn ich Glück habe, höre ich die Stille und nehme sie eine Zeitlang mit nach Hause.

An diesem Tag bleibt die Stille allerdings nur einen Augenblick. An diesem Tag bekomme ich einen Anruf von der Bank. Die Rate für unser Haus konnte nicht abgebucht werden. „Warum nicht?", frage ich. „Das Konto ist nicht gedeckt", sagt der Banker.

Alex ist telefonisch nicht zu erreichen. Mama und Papa warten auf ihr Mittagessen, und Alex ist nicht zu erreichen. Hier passiert gerade etwas Grässliches, und er ist nicht zu erreichen. Mein Kopf steht kurz vor der Explosion.

Zuerst das Mittagessen für die Eltern. Ich wasche Salat und brate Reibekuchen. Warum ist niemand da? Niemand zum Reden, niemand zum Schreien, niemand zum Schlagen. Niemand. Mama und Papa in ihren Betten. Nicht mehr da für mich, jetzt wo ich sie so sehr brauche. Niemand. Ich stehe im Türrahmen und schaue von einem zum anderen. Außer „Guten Morgen" haben sie noch nichts zu mir gesagt. Ich habe sie verloren. Sie sind als Eltern nicht mehr für mich da. Sie sind da als alte Kinder.

Meine Mutter, die sich meine Gedanken anhörte, Probleme mit mir besprach. Nicht mehr da. Mein Vater, der auf den Tisch haute und Entscheidungen traf, auch für mich. Nicht mehr da.

Das Konto ist nicht gedeckt, und Alex ist nicht zu erreichen. Ich bin niemandes Kind mehr und mein Mann hat unser Konto abgeräumt.

Die leeren Teller in meiner Hand wiegen tausend Kilo. Schaffe es kaum, sie in die Küche zurück zu tragen.

Etwas Schreckliches bahnt sich an. Ich spüre es. Keine Ahnung, was da kommt. Keine Ahnung. Nur dieser kaum auszuhaltende Druck in meinem Bauch, und die Kälte. Diese Kälte, die mich nicht aus ihren Klauen lässt. Eine Katastrophe liegt in der Luft. Ein Sturm, der sich unaufhaltsam auf mich zubewegt. Einen Sturm, von dem ich nicht weiß, aus welcher Richtung er kommt.

Frischer Schnee ist gefallen. Frischer Schnee, und der Schneeflug ist noch nicht durch. Egal, ich muss zu Alex, und zwar sofort.

Die Straßen sind glitschig und matschig. Es ist mehr ein Rutschen als ein Fahren den Berg hinunter. Ich weine nicht. Meine Hände schmerzen. Diese Kälte in den Knochen.

Meine Finger sind so klamm, dass ich kaum das Lenkrad halten kann. Alles entgleitet mir. Die Räder nehmen eine andere Richtung als das Lenkrad. Kurz nur, dann bin ich wieder in der Spur. Irgendwie schaffe ich den Berg. Stelle mich an den Straßenrand, atme, zittere eine Weile. Es stellen sich keinerlei zusammenhängende Gedanken ein. Keine vernünftige Stimme in meinem Ohr, nur das Pulsieren meines Blutes. Wenn mich jetzt der Schlag träfe, so träfe er eben.

Im Tal scheint die Sonne.

Alex telefoniert. „Warte kurz", sagt er, schickt mich mit einer Kopfbewegung zurück vor die Tür. Wie ferngesteuert gehorche ich. Wie immer. Wie ein braves Schaf. Wie ein dummes, braves Schaf. Die Tür gegenüber öffnet sich und die Dame der Klinikverwaltung grüßt mich knapp. Ein Blick, der alles sagt. Sie weiß etwas.

Sie weiß etwas, und ich weiß das nicht. Oder doch nicht? Sieht man mir vielleicht den luftleeren Raum an, in dem ich gerade umher irre? Habe ich etwas an mir, etwas Aussätziges? Die Gelegenheit, sie anzusprechen, verschwindet mit ihr die Treppe hinauf, und Alex lässt bitten. „Was um Himmels Willen machst du hier?", fragt er. Auf seinem Schreibtisch stapeln sich medizinische Zeitschriften,

Akten, Formulare.

„Räumst du aus?" Etwas Besseres fällt mir nicht ein.
Mir fehlt die Luft in den Lungen für längere Sätze. Ich
möchte ihn mit meinen Worten schlagen. Aber mit welchen
Worten? Es fehlt das Thema, der Inhalt. Wie fange ich an?
Langsam kommt die Erinnerung. Ach ja, die Bank. Es ist
wichtig, dass die Erinnerung endlich kommt, denn Alex' Zeit
ist knapp, und wie ich sehe, sein Geduld auch.

„Die Bank hat angerufen. Unser Konto ist nicht gedeckt."
So einfach ist das. Zwei klare Sätze in ruhigem Ton. Geschafft.

„Das weiß ich." Alex schiebt einen Wust Papiere zur Seite,
lässt die Faust auf den Schreibtisch knallen. „Bist du etwa
deshalb hergekommen."

„Die Rate vom Haus wurde nicht abgebucht."

„Das ist längst geklärt." Alex ist nun wirklich sauer. „meine
Güte, ich habe dir doch gesagt, dass ich unser Geld anle-
ge. Da musste ich in Vorleistung treten. Hör auf, mich zu
kontrollieren. Ich weiß schon, was ich tue."

„Es macht mir Angst, verdammt nochmal, es macht mir
Angst, Alex, wenn die Bank anruft und mir sagt, dass das
Konto nicht gedeckt ist." Jetzt gleich, ja, jetzt gleich werde
ich ihn anschreien, werde ich ihm meine verdammte Angst

um die Ohren hauen. Wie kann er so etwas mit mir machen?

Es klopft an der Tür. „Nein, jetzt nicht", sagt Alex, und die
Schwester zieht den Kopf wieder zurück. Stille.

Eine Weile stehe ich herum, friere, atme. Weine nicht. Alex
lässt die Finger knacken.

„Es tut mir leid. Ich hätte dich informieren müssen", sagt er,
kommt um den Schreibtisch herum, nimmt mich in den
Arm, pustet mir ins Ohr. „Vertrau mir einfach. Ich habe einen Rentenfond angelegt. Ich tue das doch für uns und die
Kinder. Diese Investitionen sind supersicher.

Die Banken sind manchmal langsamer als die Kunden. Da
braucht es etwas Spielraum. Aber jetzt muss ich wirklich
zur Visite."

Küsst mich auf die Nase. Schiebt mich aus der Tür. Da stehe ich und mir ist immer noch kalt. Alex rennt die Treppe
hinauf. Zwei Krankenschwestern schieben lachend einen
leeren Toilettenstuhl vorbei. Ich bin ein Idiot. Der Schlaf-
mangel macht mich verrückt. Wahrscheinlich sieht man
wirklich Gespenster, wenn man jede Nacht auf dem Weg
steht und in den Himmel starrt und den Eltern den eigenen
Rücken reicht, damit sie darauf ihren verdammten Rosenkrieg austragen können.

Urlaub, ein paar Tage Urlaub täten mir gut. Raus, weg, an nichts anderes denken, als an Essen, Schlafen, Laufen.

In der Cafeteria trinke ich einen doppelten Espresso und esse ein Stück Käsesahnetorte. Die Dame aus der Verwaltung tuschelt mit der Bedienung. „Reiß dich zusammen, Satu", denke ich, und grüße freundlich mit schmerzenden Zähnen.

Papa hat zehnmal auf meinem Handy angerufen. Es brennt wohl wieder die Luft.

Papa und Mama haben beschlossen, nicht mehr miteinander zu reden. Auch mit mir redet Papa nicht. Hoffentlich hält das etwas an.

„Wie konnte ich nur fünfzig Jahre mit solch einem Mann verheiratet sein?", sagt Mama in den Raum, und Papa gibt dem Kater einen Tritt.

Es ist bereits dunkel, als ich nach diesem verrückten Tag nach Hause komme. Alex Wagen steht schon vor der Haustür. Verweile noch einen Augenblick auf dem Weg. Das Laufen fehlt mir, ja, ich sollte wieder mehr um den See laufen. Der Schnee knackt unter meinen Schuhen. Der klare, kalte Himmel dehnt sich über meiner Enge. Es wird Zeit, eine Entscheidung zu treffen. Lasse ich meine Eltern zusammen bleiben oder hole ich Mama zu mir ins Haus? Sollte ich meine Eltern trennen? Wenn ich nicht eine Lösung finde, dann sterben sie womöglich aus purem Trotz.

Alex arbeitet in seinem Arbeitszimmer. Eine leere Flasche Rotwein steht auf dem Küchentisch. Auf der Kommode im Flur liegt sein Aktenkoffer. „Vertrau mir", hat er gesagt. Vielleicht, wenn ich etwas in seinem Koffer finde, das alles erklärt. Vielleicht könnte ich dann nicht nur mit dem Kopf, sondern auch mit dem Bauch vertrauen. Vielleicht könnte ich dann heute Nacht schlafen, endlich schlafen, ohne diese Grübelei. Es ist unmöglich, den Koffer nicht zu öffnen. Einige braune Umschläge. Raiffeisenbank, Rechtsanwälte, Gericht, Immobilienfirma. Koffer zu.

Etwas Wichtiges entgleitet mir, aber ich weiß nicht was. Im Bad schaue ich in den Spiegel. Bin ich das, diese weißhaarige Alte mit den scharfen Furchen um den Mund?

Er belügt mich, ich weiß, dass er mich belügt. Was ist ein Rentenfond und was hat ein Rentenfond mit Immobilien zu tun? Wir leben getrennt. Er lebt etwas anderes als ich. Wir wohnen zusammen. Er ist weg und ich bin auch nicht mehr hier. Ich rolle mich in meine Decke und hoffe mehrere Stunden lang auf Schlaf. Alex kriecht irgendwann neben mich. Streckt sich, schnarcht. Ich brauche Hilfe.

Am nächsten Morgen ist im Elternbad der Teufel los. Mama sitzt auf der Toilette. Wie ist sie dort hingekommen?

Um das leisten zu können, braucht sie Hilfe. Hilfe entweder vom kleinen Bruder oder von mir.

Der kleine Bruder ist schon früh zur Arbeit gefahren. Was hat Papa mit ihr gemacht? Sie lehnt mit der Schulter an der Wand, hält sich mit einer Hand am Klopapierhalter fest, stöhnt. Papa stampft mit nackigem Hintern vorm Waschbecken herum. „Warum habt ihr mich nicht gerufen?", frage ich. Sie beginnt zu weinen.

„Er ruft nicht an, wenn ich dich brauche. Ich habe doch gesagt, er soll dich rufen."

Das lässt Papa nicht auf sich sitzen.

„Sie tyrannisiert mich", keift er zurück, „ständig soll ich dich anrufen. Langsam muss sie auch mal wieder selber auf die Beine kommen. Ich bin es leid."

So geht das nicht. So geht das wirklich nicht mit den Beiden.

„Bitte, Papa, ruf mich an, wann immer das auch ist", sage ich, „zerr' sie nicht alleine ins Bad."

Da platzt ihm der Kragen. Ab jetzt wird er mich bei jedem quersitzenden Furz rufen, weil er es satt hat immer springen zu müssen, wenn Mama es will. Bis ich schwarz werde, wird er mich ab jetzt rufen.

Ein Knoten löst sich tief in mir, ein zähes Stück Unverdautes aus meiner tiefsten Tiefe. Meine Schultern werden weich, als wachse ich einige Zentimeter in Sekundenbruchteilen. Ich brülle zurück, zum ersten Mal in meinem Leben brülle ich zurück, dass er endlich ruhig sein soll, und dass er hier in meiner Gegenwart nie wieder zu brüllen hat. Seine Wut wirft ihn fast von den Beinen. Aber er schafft es noch, die Waschschüssel aus dem Waschbecken zu ziehen und sie mir mitsamt dem Waschwasser vor die Füße zu werfen. Die Schüssel bekommt einen kräftigen Riss. Warme Seifenlauge verteilt sich auf meiner Hose. Angelassener Dampf verteilt sich im Bad. Papa schlurft ohne Unterhose aus der Tür und will sich umbringen. Ich mache ihm Platz. Mama sagt, sie sei jetzt fertig.

Mit dem Rollstuhl fahre ich sie in die Küche. Papa sitzt bereits am Tisch, wartet auf den Kaffee. Lebt noch. Ein guter Morgen, trotz nasser Hose. Satu zieht den Schafspelz aus. Ich wünschte Alex hätte mich gesehen. Kaffee und Brötchen, wie jeden Morgen. Sie sprechen nicht miteinander, An diesem Morgen beschließe ich, mehr zu denken als zu reden. Die Entscheidung ist gefallen. Mama bleibt in ihrem Bett in ihrem Zuhause. Sie zieht nicht in eines unserer Kinderzimmer. Meine Eltern bleiben zusammen.

Eine Trennung brächte keinen Frieden, keinen Frieden für beide und keinen für mich.

Der kleine Bruder kommt von seiner Arbeit auf einen Sprung herein und Papa weint in der Küche, von Mann zu Mann.

Alex hat am Abend eine Idee. „Wie wäre es, wenn deine Mutter für drei Wochen in unserer Klinik aufgepäppelt wird und deine Brüder sich in dieser Zeit um deinen Vater kümmern? Wie wäre es, wenn du ganz allein ein paar Tage Urlaub machst?"

„Geht das denn?", frage ich, und kann nicht glauben, dass es ein Schlupfloch gibt. „ Wir machen es gehend." sagt Alex.

Ich schnappe mir meine Laufschuhe und tanze um den See. Zwei Wochen werden reichen. Zwei Wochen ganz für mich alleine. Zwei Wochen Freiheit. Schlafen, lesen, laufen.

Am Mittag gibt Alex grünes Licht. Mama kann in der Rehaklinik aufgenommen werden. Der kleine Bruder zögert eine Weile. Da müsste er ja Urlaub nehmen. „Ja, sage ich, da musst du Urlaub nehmen. Aber du bist ja nicht allein. Der große Bruder ist ja auch noch da."

Auf dem Weg zu den Eltern überlege ich mir Worte. Dass ich es nicht mehr schaffe, werde ich ihnen sagen, oder dass ich eine Auszeit brauche.

Vielleicht sollte ich einfach sagen, dass ich einen wichtigen Besuch bei meiner Freundin machen muss, oder dass ich zu Pia fahre, um ihr in der neuen Wohnung zu helfen. Das Gespräch mit Papa wird der schwerste Brocken, befürchte ich.

Im Haus ist es warm und ruhig. Mama schläft mit dem Gesicht zur Wand. Papa sitzt am Küchentisch und liest die Zeitung. Wortlos setze ich Kaffee auf, stelle Tassen auf den Tisch, lege die letzten Weihnachtsplätzchen auf einen Teller. „Papa, sage ich, was ist Finnland eigentlich für ein Land?" Er schaut nicht auf, liest weiter in seiner Zeitung, schweigt.

Ich setze mich an den Tisch, schütte Kaffee in die Tassen, lege ein Plätzchen dazu. „Irgendwie ist dieses Land so unauffällig. Ich weiß noch nicht einmal, wie groß es ist", versuche ich es erneut. Er nimmt einen vorsichtigen Schluck aus der Tasse. „So genau weiß ich das auch nicht", sagt er, „ich war ja überwiegend im Norden." Seine Hände zittern leicht, wie immer, aber sie entspannen sich mit einem Mal. „ Warst du im Winter dort oder im Sommer?" frage ich. Da schaut er mich an. Seit langer Zeit schaut er mich wieder so an. So wie früher, wenn er mir über seine Arbeit mit den Pferden erzählte.

So wie an Tagen, wenn er aus der Kirche kam oder vom Wandern mit seinen Männerfreunden. So schaute er immer, wenn er sich freute mich zu sehen. Satu, ach Satu, da bist du ja.

„Wir kamen im Sommer", sagt er, „Sommer 1941, ein trüber, feuchter Sommer. Wir gingen in Stettin aufs Schiff."

„Aber wieso Finnland, was hatten die denn mit den Deutschen zu tun?"

Papa trinkt langsam seinen Kaffee aus. Ich schütte nach, lege Plätzchen dazu. Frage nicht nach Satu, frage jetzt nach Papa. Papa und der Krieg. Papa und Finnland.

„Wir sollten die Finnen in ihrem Kampf mit den Sowjets unterstützen. Die hatten Gebiete der Finnen eingenommen. Das war natürlich auch für Hitler nicht zu tolerieren."

„Ich verstehe das nicht", sage ich, „eigentlich waren doch alle gegen Hitler. Wieso denn die Finnen nicht?"

„In den ersten Kriegsjahren waren wir Verbündete. Plötzlich, und das war die Sauerei, schlossen sich die Finnen mit den Sowjets zusammen, und wir saßen in der Scheiße."

Wie war das Land, Papa, erzähl mir von dem Land."

Und dann erzählt er. Seine Haut verliert die blaue Farbe, wird hell und rosig. Seine Augenringe verschwinden. Er lächelt. Seine Stimme wirkt fast zärtlich.

Er erzählt von Rovaniemi und seinen beiden Flüssen. Der Freundlichkeit der Menschen und den gemütlichen Holzhäusern, die durch einen schrecklichen Brand zerstört wurden. Aber da war er schon nicht mehr dort. War schon in russischer Kriegsgefangenschaft.

Aus dem Schlafzimmer ruft Mama: „Kann ich auch wohl einen Kaffee haben?"

Papa verdreht die Augen. Ich mache es ihm nach. Wir lachen. Da ist er wieder. Mein anderer Papa.

„Ich fahre ein paar Tage Urlaub machen", sage ich, „etwas ausspannen. Ist das okay?"

„Möchte ich auch gerne", sagt er „und wie soll das dann hier gehen?"

„Mama kann zu Alex in die Klinik, und die Brüder bleiben bei dir."

„Na, dann bring ihr das mal bei."

Er kramt nach seiner Zeitung und ich traue mich, ihn kurz zu umarmen, wie früher, wenn er mir erlaubte, am Samstag mit meinen Freunden länger unterwegs zu bleiben.

Mama nickt das Ganze einfach ab. „Ja ja, gib mir doch noch ein paar von den Weihnachtsplätzchen." Draußen auf dem Weg bin ich zitterig vor Freude. Wie als Kind nach der Weihnachtsbescherung.

Ich darf ein paar Tage Urlaub machen, und ich habe eine Medizin für Papa gefunden. Erzähl mir von Finnland, Papa.

Für zehn Tage buche ich eine Ferienwohnung am Bodensee. Zehn Tage nur für mich. Zehn Tage.

Es ist kein normaler Urlaub. Es ist eine Flucht. In ein paar Tagen geht es los. Ich erkläre nichts, rede wenig, mache meine Arbeit, bereite alles vor. Schnell, nur nichts vergessen. Lasse mich auf kein Gespräch ein. Nur nichts kaputt machen. Erst, als ich im Wagen sitze, das kleine Dorf nicht mehr in Sichtweite ist, erst, als auch nach zweihundert Kilometern Autobahn kein Anruf auf meinem Handy ist, erst jetzt lege ich die CD von Van Morrison ein, lasse mich in den Sitz gleiten und entspanne meine Oberarme.

Allein am Bodensee, werde ich krank. Eine Erkältung erwischt mich. Und, wie soll es jetzt weitergehen? Der See ist wunderbar weiß eingerahmt mit Eis und Schnee. Mir ist kalt und ich habe Zeit. Lese wieder Bücher. Ernähre mich herzlich schlecht mit Nudeln, Würstchen, Süßkram, und schlafe fast jeden Abend um neun Uhr ein. Am zweiten Tag wage ich mich hinaus, laufe mit eingezogenem Kopf den Strandweg entlang. Es stürmt von Osten. Niemand begegnet mir. Ich habe den Bodensee für mich allein. Tag für Tag laufe ich etwas weiter. Schließlich traue ich mich in die Stadt. Unter anderen Menschen zu sein, fällt mir schwer.

Irgendwann sitze ich in einem Café, vor mir Cappuccino und Käsesahnetorte, um mich herum Menschen, die lächeln, freundlich sind. Kann ich das auch wieder? Traue mich, langsam. Kann wieder lächeln und genießen, schaue den Menschen wieder in die Augen, ohne den Blick abzuwenden vor lauter Müdigkeit.

Einige Tage später ruft Mama aus der Klinik an. Sie will nach Hause. In der Klinik ist alles fremd, und Frühstück gibt's immer erst um neun. „Wann kommst du wieder?", fragt sie, „und wie lange muss ich noch hier bleiben?" Es ist sehr leicht, mir Schuldgefühle zu machen. Es ist sehr leicht, weil diese Gefühle dicht unter meiner Haut liegen, immer bereit, aus der Deckung zu springen, sobald sich ihnen die Chance bietet. So stehe ich am See und zweifle. Zweifle an der Richtigkeit meiner Flucht, bis ich wieder einmal kurz davor bin, sie zu beenden. Alles abzubrechen, wie gewohnt zu rennen, zu springen, zu retten. Da klingelt das Handy. Gabriel ruft an, was für eine Freude.

„Mama", sagt er, „ich fliege vielleicht von der Schule."
Wind kommt auf. Der See tobt. Das Schneetreiben wird dichter. Wieder von Osten. Hart und gefroren ins Gesicht. Wohltuender Schmerz. Gut gegen komische Gefühle unter der Haut.

Schuldgefühl und Zweifel ziehen den Kopf ein, kriechen zurück, gehen in Deckung.

So geht das nicht, verdammt noch mal. Nicht abbrechen, nein, verlängern sollte ich den Urlaub.

In der Nacht werde ich von meinem eigenen Herzrasen geweckt. Mein Herz flattert von rechts nach links. Mir ist hundeübel. Ich trinke kaltes Wasser, laufe in der Wohnung hin und her. Die Stille treibt meinen Puls noch weiter an. Was ist, wenn ich jetzt auf einmal kollabiere oder tot umfalle? Der Schweiß bricht mir aus. Ich schlucke dreißig Kreislauftropfen, lege mich ins Bett, starre auf den Sekundenzeiger der Uhr. Ich bin allein. Es ist sehr still, und ich fürchte, dass es nun für immer so bleiben wird.

Am nächsten Tag ziehe ich die dicken Schuhe und zwei Jacken an und renne den See entlang. Doch irgendwann komme ich immer wieder an einen Punkt, an dem ich umkehren muss.

Am Abend hustet Gabriel ins Telefon, und auch den Opa hat eine heftige Bronchitis erwischt. Es ist schwierig, durch den Bodenseeschnee zu rennen, wenn man eigentlich schon wieder zu Hause ist und heißen Tee kocht.

Die Tage vergehen. Nichts hat sich verändert. Ich konnte etwas Zeit gewinnen. Weglaufen konnte ich nicht.

Die Reha hat Mama gut getan. An manchen Tagen kämpft sie sich sogar aus dem Bett, setzt sich in den Rollstuhl und fährt alleine zur Toilette. An solchen Tagen gelingt es mir, ohne zu hetzen einkaufen zu fahren oder den Wagen zu tanken.

Im kleinen Dorf gibt es seit vielen Jahren eine kleine Tankstelle. Der Tankwart ist auch gleichzeitig der Besitzer. Wir kennen uns aus Kindergartentagen. Seit Jahren tanken Alex und ich bei ihm auf einer Sammelkarte. Bezahlen den Betrag am Ende des Monats. Eine sinnvolle, einfache Methode. Bis heute.

Heute haut mir der Tankwart Beschimpfungen um die Ohren, bevor ich „Guten Morgen" sagen kann. Schon wieder habe er die Rechnung nicht abbuchen können, und nun sei er es aber wirklich leid. Er sperre unsere Tankkarte.

„Das muss ein Irrtum sein", sage ich. Gleichzeitig weiß ich, dass es kein Irrtum ist. Mein Gefühl, dieses mulmige schwere Gefühl, das mich seit Wochen begleitet, trügt nicht. Ich weiß es. Ich versuche den Schein zu wahren. Seit Wochen schon. Den Schein zu wahren.

Welchen Schein, Satu, welchen Schein?

„Ich kläre das", beschwichtige ich ihn, „das kann nur ein Irrtum sein."

Sicherheitshalber behält er trotzdem meine Tankkarte ein. Ist mir nur recht. Hier tanke ich nie wieder. Von diesem Mann lasse ich mich nie wieder anschreien. Ich lasse mich von niemandem mehr anschreien. Habe ich etwas an mir? Etwas Schwächliches? Etwas, das es Männern leicht macht, den Mund aufzureißen und mir ihre Wut ins Gesicht zu brüllen?

Warum hat mich dieser Idiot nicht angerufen? Warum mich nicht darauf aufmerksam gemacht, dass die Rechnung nicht abgebucht wurde.

Alex am Telefon verfällt in den Tonfall des Tankwarts. Hebt die Stimme zum gleichen Gebrüll. Jetzt reicht es.

„Mach was!", sage ich und lege auf.

Bevor ich am Abend den Mund aufmachen kann, erklärt mir Alex, dass er nicht mehr Arzt sein will. Jeden Tag Krankheit und Tod. Er hat genug. Er will das nicht mehr. Er hat sich überlegt, in das Immobiliengeschäft einzusteigen, und deshalb am Wochenende bereits eine Schulung in Düsseldorf gebucht. „Man muss da ganz einsteigen, keine halben Sachen machen", sagt er. „Wohnungen gibt es, das glaubst du nicht. Da braucht man nur den richtigen Riecher, dann ist da eine Menge Geld drin."

„Du kannst doch nicht so schnell und nach so vielen Jahren als Arzt komplett alles hinwerfen, um etwas anderes zu machen", sage ich. Obwohl - ich kenne Alex. Alex ist schon viel weiter mit seinen Ideen, als ich ahne. Da kenne ich ihn. Wenn Alex von einer Idee spricht, hat er sie in den meisten Fällen bereits so gut wie umgesetzt.

Deshalb überrascht es mich nicht, dass er einige Tage später einen Aufhebungsvertrag mit der Klinik auf den Tisch legt.

So stehe ich einfach da, mit offenem Mund. Versuche, Worte für Gedanken zu finden, die ich noch gar nicht habe.

Alex hat alles durchgeplant.

Er wird genug verdienen, um alle Rechnungen bezahlen zu können. Die Unstimmigkeiten mit den Banken sind so gut wie aus der Welt geschafft.

„Was hältst du davon, wenn wir wegziehen aus dem Dorf, vielleicht in eine größere Stadt?", fragt er mich und öffnet dabei die zweite Flasche Rotwein.

Meine Gedanken beginnen zu kreisen. Richtig zu Hause war ich eigentlich nie in diesem Dorf.

Schon als Kind habe ich davon geträumt in einer größeren Stadt zu wohnen. Schließlich gab es hier nichts außer Bauernhöfen, Wiesen, Wald und alten Leuten. Alle meine Freunde wohnen längst nicht mehr hier. Leben seit Jahren in München, Freiburg, Köln oder sonst wo. Wie oft habe ich in der letzten Zeit vom Weggehen geträumt. Flüchten, weg, nur weg, alles hinter mir lassen. Aber wie soll das gehen? Was ist mit den Eltern, mit Pia und Gabriel, und was ist mit dem Haus?

„Lass uns einen Schnitt machen", sagt Alex, „lass uns ganz neu anfangen."

Das Telefon klingelt. Mama hat Brechreiz und muss zur Toilette. Im Elternschlafzimmer bullert die Heizung auf der höchsten Stufe. Papa friert. Mama stöhnt: „Ich komme um vor Hitze." Es gelingt mir nicht, einen Standpunkt zu finden.

Nicht zu den ständigen Reibereien meiner Eltern, nicht zu Alex als Immobilienhändler, nicht zu einem Umzug, nicht zu einem Neuanfang. Ich verbiege und verdrehe meine Gedanken. Einen Standpunkt finde ich nicht.

Dafür finde ich später Alex, der mit Kopfhörern über den Ohren im Wagnerland verschwunden ist.

An den darauffolgenden Tagen kommen mehrere Mahnungen. Alex nimmt alles mit in die Klinik, um sich dort darum zu kümmern.

In der Nacht träume ich von rennenden Schweinen, die mich verfolgen und fressen wollen. Schreiend werde ich wach. Panik. Kaum in der Lage, einen klaren Gedanken zu fassen. Das schaffe ich nicht mehr alleine. Warum habe ich immer noch keinen Pflegedienst organisiert? Der erste Versuch vor Monaten ist im Ansatz gescheitert. Papa fühlt sich in seiner Würde getroffen.

„Bin ich so verdreckt?", tobt er.

Die Schwester hat sich Gummihandschuhe angezogen. Hat ihn dann gewaschen, mit Gummihandschuhen gewaschen. Zugegeben, die Schwester war auf meine Eltern nicht gut vorbereitet, redete und erklärte zu viel, mit einer übertrieben guter Laune, die aber im Schlafzimmer meiner Eltern gegen Wände krachte.

Die hungrigen Schweine in meinem Traum rannten nicht grundlos hinter mir her. Ich brauche dringend Hilfe, und ich werde es ein zweites Mal versuchen. „Wir brauchen einen Pflegedienst."

Innerhalb von wenigen Sekunden verbarrikadieren sie sich gemeinsam hinter einer eisigen Schweigemauer.

Mama spricht den ganzen Tag lang kein Wort mehr mit mir. Papa wütet und jammert. „Altwerden ist eine Qual", zischt er und tritt mit dem Fuß gegen die Tür. Es kracht. Ich kapituliere. Vielleicht hat er Recht. Lege die Idee mit dem Pflegedienst in meinem Hinterkopf ab.

Im Bad schaue ich in den Spiegel. Da sehe ich eine Frau von Ende Vierzig. Die Haare fast weiß. Die Haut auf dem Kopf wund und rot.

Ziehe meine Laufschuhe an, zwei Jacken. Laufe los, heule eine Runde durch den Wald.

An manchen Tagen bin ich sehr müde. Alex' Ideen von einem neuen Leben springen durch mich hindurch wie Gummibälle.

Der Hausarzt untersucht Mama, die nichts mehr isst und nur noch Malzbier in Tropfenform zu sich nimmt. Er hört die entzündete Lunge ab. Hinter der Tür sagt er: „Nur ein Wunder kann sie retten."

Jeden Morgen, wenn ich ins Elternschlafzimmer schleiche und langsam die Gardinen zurückziehe, rechne ich damit, dass einer von ihnen tot im Bett liegt.

In den Nächten wälze ich mich wach in meinem Bett hin und her. Manchmal blicke ich hinüber zu Alex und ertappe mich bei dem Gedanken, ob es da nicht irgendwo eine andere Frau gibt mit der er seine Geheimnisse teilt.

Es passiert etwas um mich herum, das ich nicht sehe, nicht höre. Aber ich fühle es. Da passiert irgendetwas. Alex weiß es und ich weiß es. Aber er weiß mehr und sagt es mir nicht. Wir drehen uns nicht mehr miteinander. Jeder dreht sich in seinem eigenen Kreis. Beide Kreise scheinen sich voneinander zu entfernen.

Ich suche nach Worten, um das alles aufzuhalten. Finde keine Worte, keine Gesten. Leere Hände, leerer Kopf und Schritte, die immer unsicherer und zögerlicher werden. Manchmal höre ich ein Martinshorn, obwohl gar keins zu hören ist. Ich weiß nicht, wen ich fragen soll, außer Alex. Und Alex sagt: „Du siehst Gespenster. Alles ist in Ordnung, lass mich nur machen." Immer glaube ich ihm für den Moment.

Nein, ich glaube ihm nicht, obwohl ich mich so sehr danach sehne, ihm zu glauben. Schon immer war er viel klüger als ich. Wünsche mir, dass ich Gespenster sehe. Wünsche mir, dass ich es bin, die alles durcheinander bringt. Wenn nur diese Stimme in meinem Kopf nicht wäre. Diese Stimme, die darauf besteht, dass er lügt. Vielleicht sollte ich hinter seinem Rücken eine dieser Banken anrufen und nachfragen. Schließlich bin ich seine Frau. Aber ich traue mich nicht. Was ist, wenn ich wirklich nur Gespenster sehe? Aber was ist, wenn ich keine Gespenster sehe?

Ich ahne, dass er weitere Immobilien gekauft hat, obwohl er es abstreitet.

„Nein, Satu, wirklich nicht."

Und weil ich mir so sehr wünsche, dass er mich nicht belügt, da bleibt für mich das Nein ein Nein, und ich frage nicht mehr.

Immer öfter denke ich an eine andere Frau und kann das, was ich denke, kaum ertragen.

Der große Bruder hat eine neue Wohnung gefunden. „Endlich", sagt er. In einigen Wochen zieht er weg aus dem kleinen Dorf. Zieht weg, einfach so. Er kann und darf das.

„Du schaffst das schon", sagt er, „und der kleine Bruder ist ja auch noch da."

Er fehlt mir jetzt schon, obwohl er noch da ist. Wie gerne würde ich ihm von meinem Kummer erzählen, davon, wie allein ich mich fühle. Ihn fragen, ob auch er an Gespenster glaubt. Aber auch dann wird er nicht bleiben, oder vielleicht sogar gerade dann nicht. Also sage ich nichts. Nicht noch einen weiteren Schmerz. Dabei beneide ich ihn insgeheim.

Mama isst so gut wie nichts mehr. Ich befürchte, sie will verhungern. „Lasst mich einfach in Ruhe", sagt sie und hustet, bis sie erbricht, und wenn ich nicht schnell genug bin, dann erbricht sie alles mitsamt ihrem Gebiss.

Sie kollabiert auf dem Nachtstuhl, und wenn ich sie nicht mit Schwung aufs Bett gezogen hätte, würden wir beide jetzt auf dem Boden liegen. Alles wird für sie beschwerlich, sogar das Kämmen der Haare. Das hat sie früher immer so genossen.

So in ihren Kissen leuchtet sie wie eine Wachsfigur. Dabei geht es in ihrem Körper zu wie auf einem Schlachtfeld.

Einige Tage später überrascht mich Alex damit, dass er aus Krankheitsgründen von seiner Arbeit freigestellt wurde. „Krankheitsgründe?", frage ich.

Was meint er denn damit? Gut, die dunklen Ränder unter seinen Augen sind schon auffällig, aber er klagt nie über Beschwerden. Das tut er auch jetzt nicht, sondern macht weiter wie bisher, in rasantem Tempo. Ich kann kaum folgen, so schnell hat er eine Idee nach der anderen in die Tat umgesetzt. Einige Wochen macht er Bereitschaftsdienst in einem Akutkrankenhaus in Göttingen. Und dann ein Vorstellungsgespräch in Bayern. Auf einmal sieht es so aus, als würden wir uns auch räumlich trennen, dabei sind wir doch kaum zusammen. Ich denke nicht darüber nach, was werden wird, wenn er die Stelle in Bayern bekommt, denke nicht darüber nach, wie ich das meinen Eltern beibringen soll, und was das überhaupt alles bedeutet. Es geht so schnell, mein Verstand ist viel zu langsam, um bei diesen heftigen Rotationsbewegungen mitzuhalten.

Manchmal sitze ich abends allein auf dem Sofa und denke daran, ein anderes Leben zu führen. Ich versuche mir vorzustellen, wie das aussehen könnte. Aber egal, ob ich die Augen öffne oder schließe, ich sehe nichts.

Es ist, als sei ich zweigeteilt. Die eine Seite will weg, schnell weit weg. Alles beenden, die alte Farbe ab und neue drauf. Am besten die gesamte Existenz umdrehen wie einen alten Strumpf und einen neuen überziehen. Irgendwo, irgendwie.

Die andere Seite will bleiben. Will die Eltern nicht im Stich lassen. Sie haben doch so viel getan. Und die Kinder? Was werden Pia und Gabriel dazu sagen, wenn wir nach Bayern ziehen würden?

Ich kann die Gedanken kaum noch ertragen vor lauter schlechten Gefühlen. Weiß ich nicht, wie lange ich diesen Spagat zwischen allen noch aushalten kann.

Abends stehe ich wie so oft am Fenster. Der Wald ist tiefschwarz. Ein halber Mond zieht Lichtfäden über die enge Fichtenwand.

Freiheit. Da war doch mal was?

Am nächsten Morgen klingelt es früh an der Haustür. Alex' Mutter lädt sich zum Frühstück ein. Nach der zweiten Tasse Kaffee schaut sie mich lange über den Brillenrand an. Diesen Blick kenne ich. Der verheißt nichts Gutes. Diesem Blick kann ich kaum standhalten, so sehr bedrängt er mich. Sie tätschelt meine Hand.

„Ja ja", sagt sie, „jetzt muss ich wieder ein bisschen zurück-
legen, jetzt, wo ich Alex mein Gespartes gegeben habe."

Ich ziehe meine Hand weg, als habe ich mich verbrannt.
Würde sich doch bitte jetzt der Boden öffnen, um mich zu
verschlucken. Bilder rasen an mir vorbei. Alex und seine
Mutter hinter den Gardinen, Geld von der einen in die andere Hand. Bloß nichts sagen. Heimlich. Dass bloß die Satu
nichts mitkriegt.

Ich finde keine Formulierung für das, was in mir vorgeht.
Als Alex am Abend nach Hause kommt, stelle ich ihn zur
Rede. Gefühle und Gedanken in mir laufen Amok. Das bin
nicht ich. Das ist wie gegen Wände rennen und keiner hält
dich auf. Als habe sich eine Schleuse geöffnet, stelle ich
ihn zur Rede und - erwische die falschen Fragen. Alex beschimpft daraufhin seine Mutter, weil die nichts für sich behalten kann und alles ausquatscht. Das hilft mir nicht weiter. Macht alles nur undurchsichtiger, nur quälender. Ich
bleibe an der Mauer hängen.

Zwei Tage später kommt der Winter zurück und verstopft
die Autobahnen nach Süden. Alex kämpft sich durch zum
Vorstellungsgespräch in Bayern und wird sofort als Oberarzt genommen. Jetzt ist er erst einmal weg.

Mit einem Mal bin ich allein in unserem Haus. Alex meldet sich telefonisch aus einer Ferienwohnung. „Sobald die Probezeit vorbei ist, suche ich eine richtige Wohnung", sagt er, „die Klinik ist super und ich verdiene wesentlich mehr als vorher."

„Da bin ich ja beruhigt", sage ich, „ und was ist jetzt mit den Immobilien?"

„Das läuft ganz gut nebenbei", meint Alex, „ich habe da jemanden kennengelernt, der regelt das."

Als ich ihn frage, ob er eine andere Frau hat, legt er auf.

In der Nacht werde ich von meinem eigenen Schrei wach. Das Fenster steht auf. Im Zimmer ist es lausig kalt. Mein T-Shirt klebt an meinem Körper. Zitternd stehe ich auf, wanke ins Bad, trinke Wasser aus dem Wasserhahn und übergebe mich. Schleppe mich zurück. Komme nur bis in den Flur. Wo sind bloß alle hin?

Was ist mit mir los, und was ist um Himmels Willen mit Alex los? Was ist aus uns geworden? Wer bin ich überhaupt in diesem Drama? Schluss, es muss endlich Schluss sein. Schluss mit diesem Albtraum. Wenn das so weitergeht, verliere ich mich in meiner eigenen Familie. Wenn ich weiter den Kopf in den Sand stecke, ersticke ich.

Mitten in der Nacht sitze ich zwischen Hundekorb und Schirmständer auf der Holzbank im Flur, schlinge meine Arme um mich und warte auf den nächsten Schlag. Es ist kalt. Meine Zähne schlagen aufeinander, ohne dass ich etwas spüre. Versuche, meine Beine zu beruhigen.

Kein klarer Gedanke, nur Matsch und zwischendrin ein jämmerliches Nein. Nein, Nein.

Mein Blick fällt auf die Chinesische Vase in der Glasvitrine im Esszimmer. Ein Geschenk meiner Schwiegermutter zu unserer Hochzeit. Wertvoll, ein Mitbringsel ihres Vaters aus dem China der Zwanzigerjahre. Ein Erbstück zur Hochzeit des einzigen Sohnes. Haltet sie in Ehren, das wertvolle Stück, ihr Lieben.

In dieser Nacht will ich nichts mehr in Ehren halten, nichts mehr bewahren, von dem ich nicht weiß, ob es der Mühen lohnt. Bewegen, ich muss mich bewegen. Nur nicht mehr aushalten, durchhalten, stillhalten. Was für eine Kraft, oh mein Gott, was für eine Kraft habe ich in den letzten Monaten verloren. Es wird Zeit „Nein" zu sagen. Es wird Zeit „Nein" zu tun. Und am besten beginne ich gleich mit dieser idiotischen, chinesischen Vase.

Die Stille im Haus liegt ahnungslos herum. Das Aufschlagen der Vase auf den Fliesenboden erschüttert die Wände.

Es ist kaum zu glauben, wie gut das tut. Der Hund rast kläffend zwischen meinen Beinen hindurch. Weitermachen, denke ich, weitermachen, wieder und wieder Zerspringendes, Zerbrechliches auf den Boden schmettern. Zertrümmern, zerreißen, Kostbares in Grund und Boden feuern. Gelänge es mir, meine Beine zu bewegen, wäre das Haus heute Nacht in wahrer Gefahr. So aber ist mein Körper klüger als meine Wut. Zitternd schaukele ich über den Flur. Die Wände geben mir Halt. Ich nehme mich an der Hand und wanke zurück ins Bett. Der Mond lacht mir ins Gesicht. Rolle mich in die Decke ein, schlafe. Höre nichts, träume nichts.

Am nächsten Morgen entsorge ich die kostbaren Scherben ohne Skrupel in der Mülltonne. Das fühlt sich gut an, tatsächlich, das fühlt sich richtig gut an. Die Vase war ein Stück, das längst fällig war. Schwiegermutter wird entsetzt sein. Gut so. Alex wird entsetzt sein. Auch gut so. Noch kann ich diese Euphorie, die mich an diesem Tag trägt, nicht einordnen. Aber sie tut mir gut. Nein sagen, Nein tun und den Hof kehren sind Medizin gegen Herzeleid.

Im Schlafzimmer meiner Eltern herrscht Saunatemperatur.

Papas Puls hüpft herum wie ein betrunkener Frosch. Sein Blutdruck ist kaum zu messen und seine Arme sind kalt. Er hat bläuliche Ränder unter seinen Augen, die Haut in seinem Gesicht ist angeschwollen. Er muss sich schrecklich fühlen. „Dein Blutdruck ist o.k.", schwindele ich, denn ich befürchte, dass er mir von der Bank fällt, wenn ich ihm die Wahrheit sage. Ich habe das Gefühl, als flattere sein Herz wie ein Schmetterling im Sturm hin und her. Es geht ihm hundsmiserabel. Seit Jahren hat er eine chronische Herzerkrankung. Solange ich jedoch „gute" Werte messe, schafft er es immer wieder, Kraft für seinen täglichen Kampf zu finden. Wenn die Zeichen günstig stehen, nehme ich ihn in den Arm und sage ihm, wie froh ich bin, dass er da ist. „Ich bin ein armer Hund", sagt er, und ich stimme ihm nickend zu.

Mama braucht neue T-Shirts, Cremes und einige Medikamente, damit sie sich besser fühlt. Papa verwaltet das Geld. Das war immer schon seine Aufgabe. Er spart sorgfältig und hortet das Angesparte in einer roten Geldkassette. Den Schlüssel für die Kassette verwahrt er in seinem Portemonnaie. Das trägt er immer in seiner Hosentasche.

Die Geldkassette ist sein Heiligtum und eines der wenigen Dinge, die er noch kontrollieren kann.

Auch das ändert sich nun durch seine und Mamas Krankheit. Kranksein ist kostspielig. All sein Erspartes wird gebraucht für Cremes, Hautöle, neue Nachthemden oder Medikamente, die die Krankenkasse nicht bezahlt. „Muss das denn schon wieder sein?", mault er. Ich schaue ihn nur an. Es ist so müßig ihn zu bitten. Papa versteht immer das, was er verstehen will. Aber jetzt gibt es für ihn keinen Ausweg mehr.

Er muss sein Geld hergeben. Unbeherrscht zerrt er die Kassette aus dem Schlafzimmerschrank, knallt sie auf die Kommode, dreht mir den Rücken zu und faucht wütend in den Raum: „Hier nimm, nimm alles raus, wirf es aus dem Fenster, mach doch damit, was du willst." Ich verstehe ihn, ich verstehe ihn gut. Aber am liebsten würde ich ihm die Geldkassette jetzt um die Ohren hauen.

Das angesparte Geld in der Geldkassette war für Papa schon immer wie eine Reserve für schlechte Zeiten. Jeden Sonntag nach der Kirche saß er an seinem Schreibtisch, zählte, addierte, schrieb Soll und Haben in eine kleine, schwarze, abgegriffene Kladde, war akribisch darauf bedacht, den Inhalt der Kassette zu vermehren.

Nach diesem immer wiederkehrenden sonntäglichen Ritual legte er die Kladde in die Geldkassette, um sie anschließend verschlossen wegzusperren, wie einen Schatz, den er zu hüten hatte.

Papa hasst es Schulden zu machen. Niemals würde er freiwillig sein Konto grundlos überziehen. Mama beklagte sich oft darüber, dass er so kleinlich in Geldangelegenheiten sei. Einen Erbsenzähler nennt sie ihn. Ständig gab es Reibereien, wenn sie Geld wollte.

Andererseits, wenn Mama das Geld verwaltet hätte, wäre jetzt nicht mehr viel davon übrig.

Jetzt bin ich es, die sein Geld will. Er starrt mich an, als sei ich sein Feind. In diesem Augenblick habe ich das Gefühl, ihm etwas Elementares zu nehmen. Sein Geld fatalerweise. Aber was für ihn noch schlimmer ist, die Kontrolle darüber. Als kleines Mädchen hat Papa mich einmal verprügelt, weil ich fünf Mark aus Mutters Portemonnaie genommen hatte, um für mich und meinen kleinen Bruder Wundertüten in unserem kleinen Dorfladen zu kaufen. Jetzt trifft mich der gleiche harte Blick wie damals. Es ist ihm anzusehen, dass er gerne wieder zuschlagen würde. Wieder zuschlagen mit seinen schweren alten Händen, die nun kraftlos auf seinen Oberschenkeln liegen. Alles wird ihm genommen.

Die Wut und Hilflosigkeit darüber spiegeln sich in seinen Augen. Seine Verzweiflung steht ihm auf der Stirn geschrieben. Wüsste ich einen Weg, würde ich alles anders machen. Kann es kaum ertragen, ihn so zu sehen. Fühle großes Mitleid, weil ich weiß, dass er nicht mehr aus seiner Haut kann.

Jetzt, wo Alex in Bayern ist, verbringe ich so manche
Nacht auf dem Stuhl in der Küche meiner Eltern. Da sitze
ich dann und lese, immer auf der Hut, immer mit einem Ohr
an der leicht geöffneten Tür. Geräusche aus dem Schlafzimmer nebenan. Ich erkenne anhand des Raschelns, ob
sich Mama bewegt hat oder Papa. Mitten in der Nacht sieht
Mama Gespenster. Sie ruft mich. „Hol mich hier raus",
jammert sie und zittert wie eine Fliege im Spinnennetz. Ihr
Blick hängt an der oberen Zimmerecke, als schwebe dort
der Teufel persönlich. Meine Nackenhaare stellen sich auf.
Was sieht sie da? Sieht sie vielleicht tatsächlich etwas, das
ich nicht sehe? Es ist so kalt hier zwischen den Betten meiner Eltern. Ich fühle mich beobachtet. Die Toten scheinen
hinter mir zu stehen, die Großeltern, der Onkel, die gries-
grämige Nachbarin. Ich hasse es, wenn ich im Dunkeln
Angst habe und alleine bin.
Ein paar Tage später haben die Eltern 53-jährigen Hochzeitstag und Mama muss sich schon übergeben, bevor es
hell ist.
So sitze ich im Morgengrauen an ihrem Bett, halte ihren
Kopf über eine Schüssel, bin so müde. Papa zieht sich die
Bettdecke bis zur Nase und weint. Er friert. Er will schlafen.

Dieses Durcheinander macht ihn fertig. Seine Zähne klappern. Die Heizung glüht. Es ist mindestens 30 Grad im Schlafzimmer. Papa zittert trotz dickem Schlafanzug. Seine Nase läuft. Er sucht ein Taschentuch. Schließlich sitzt er auf der Bettkante, seufzt. Seine bläulichen Hände hängen herab wie leere Teller.

Mama ist verwirrt. „Da ist etwas Unheimliches im Zimmer", flüstert sie, „siehst du das nicht, da ist doch jemand und verschiebt ständig mein Bett." Der dreiundfünfzigste Hochzeitstag meiner Eltern. Ein Festtag, ein trauriger, ein müder Festtag beginnt.

Es dauert eine Weile, bis beide noch einmal zur Ruhe kommen und wieder einschlafen. Ziehe die Tür hinter mir zu, mache mich auf nach Hause. Auch noch etwas schlafen vielleicht, oder ein warmes Bad. Feuchte Kühle an diesem Morgen auf dem Weg in mein Haus. Ein Schimmer von Helligkeit drängt sich über den Horizont, taucht das Dorf in verschwommenes Hellblau.

„Haut ab!", sage ich zu den Gespenstern der Nacht. „Verschwindet, lasst uns bloß in Ruhe!" Und dann bitte ich alle guten Geister im Himmel, sich endlich auf den Weg zu uns zu machen.

Am Wochenende kommt Alex aus Bayern. Sein erstes freies Wochenende. Es ist ein langer Weg von Bayern bis ins kleine Dorf. Kaum ist er in der Tür, haue ich ihm all die Fragen um die Ohren, die in meinem Kopf kleben, d e sich in den Nächten in der Küche meiner Eltern in mein Gehirn gebrannt haben, die meinen Blick verzerren in ein sattes Schwarz. „Warum hast du wirklich in der Klinik aufgehört zu arbeiten? Warum fängst du ausgerechnet in Bayern an? Was ist mit den Immobilien? Was ist mit dem Konto? Warum erzählst du mir nicht endlich was los ist? Was hast du getan, Alex, was?"

„Lass mich doch erst einmal meine Jacke ausziehen", sagt Alex, „wir reden später über alles." Umständlich zieht er seine Jacke aus, seine Schuhe. Verstaut den Koffer im Schlafzimmer, die Aktentasche im Arbeitszimmer, fährt den Wagen in die Garage, legt sich in die Badewanne und verschwindet anschließend in seinem Arbeitszimmer. Auf dem Ofen verkocht Lasagne. Ich rette mich hinüber zu meinen Eltern. Beziehe die Betten frisch, wische die Küche, entsorge vertrocknete Blumen. Niemand redet mit mir. Gut so. Zuhause höre ich Alex im Arbeitszimmer telefonieren. Ich klopfe an die Tür. „Was ist jetzt?" frage ich. Er wiegelt ab.

„Später vielleicht", sagt er, „nein, besser noch morgen. Ja, lass uns morgen reden."

Der Hund liegt vor die Haustür, jault, will raus, seine Blase drückt. Es ist, als versuche ich an einer mit Schmierseife beschmierten Wand hochzuklettern. So komme ich nicht weiter. Ich werfe mir die Jacke über, leine den Hund an, laufe los. Zweimal um den See, dann will der Hund nicht mehr.

Es ist, als bewege ich mich mit zugebundenen Augen auf einer Eisscholle. Der Boden unter mir schwankt, ich stolpere über meine eigenen Füße.

Durch die halb geschlossene Tür des Arbeitszimmers sehe ich meinen Mann am Fenster stehen, und immer noch telefoniert er. „Ach übrigens", sage ich durch den Türspalt, „ich habe die chinesische Vase zerschlagen." Einen Moment hält er inne, durchbohrt mich mit seinem Blick. Wir atmen nicht mehr. Dann zuckt er mit den Schultern, wendet sich ab. Ich schnappe nach Luft.

Es berührt ihn nicht. Nicht einmal das berührt ihn. Er telefoniert weiter, schaut dabei aus dem Fenster, sieht mich nicht, fühlt mich nicht. Worte wie „das habe ich Ihnen doch bereits erklärt" und „die Unterlagen sind auf dem Weg zu Ihnen" erreichen mich. Ich schließe die Tür.

In diesem Augenblick stelle ich fest, dass mir etwas Elementares abhandengekommen ist, ja, dass ich es vielleicht sogar niemals besaß. Ein übergroßes Bedürfnis zu Schreien zerquetscht meinen Bauch.

Doch ich kann nicht. Kurz vor einer Explosion, kann ich immer noch nicht schreien. Es gelingt mir noch nicht einmal zu weinen. Stehe herum, renne hierhin, dorthin, und stehe wieder nur herum. Fühle dieses Brüllen in mir, dieses Sausen und Dröhnen, fühle das Schreien und kann es doch nicht ausspeien, kann es immer wieder nur herunterschlucken, bis sich ein Schmerz in mir ausbreitet und mich flachlegt.

Ducke mich unter meinen eigenen Schlägen und verkrieche mich in die Decke auf dem Sofa. Es ist, wie auf einem freien Feld um sich zu schlagen, ohne jemanden zu treffen, außer sich selbst.

Schwere Knochen vor Müdigkeit und Schmerz. Wenn ich nicht so müde wäre, ja, wenn ich bloß nicht so müde wäre, dann würde ich jetzt abhauen. Koffer in den Wagen und weg.

Die Tür des Arbeitszimmers quietscht. Alex setzt sich neben mich, legt mir die Hand auf den Kopf. „Ist doch nicht schlimm mit der Vase", sagt er, „ich konnte sie sowieso nicht leiden." In seinem Gesicht sehe ich nichts Beunruhigendes, keine Sorgenfalten, leichte Ränder unter den Augen, ansonsten nichts, das irgendwie auf Katastrophe hinweist. Was mache ich hier eigentlich? Zuerst die Gespenster im Schlafzimmer meiner Eltern, jetzt diese Panik, weil Alex Geschäfte macht, die ich nicht verstehe. Diese Müdigkeit, ja, diese Müdigkeit macht mich verrückt. Alex weiß, was er tut, das war doch immer so. Wenn einer, dann Alex. Es reicht, dass meine Eltern verwirrt sind. Ich sollte besser auf mich aufpassen.

An diesem ersten Wochenende sehe ich Alex kaum. Er fährt zur Bank, um noch einige Dinge zu klären, telefoniert stundenlang mit wichtigen Leuten, und wenn er eine Atempause hat, ruft Papa um Hilfe. Zwischendrin hört er Mamas Lungen ab und untersucht ihren Bauch. Dabei erzählt er ihnen nebenbei, dass er ab sofort in Bayern arbeitet.

„Wenn du nach Bayern gehst", raunt Mama ihm leise aus den Kissen zu, „dann habe ich das Kind ja ganz für mich allein." „Ach, sieh an", denke ich, „so einfach ist das."

Alex ist kaum da, da ist er schon wieder weg. Er hat es noch nicht einmal geschafft, den Kadett zu bewegen. Das wäre ihm früher nie passiert.

Mit drei Umzugskisten, vollgepackt mit medizinischen Unterlagen, fährt er am frühen Montagmorgen zurück nach Bayern. Und alle meine Fragen bleiben offen.

Mama sagt beim Frühstück, da seien zwei alte Frauen im Schlafzimmer und eine davon läge im Bett neben ihr. „Warum liege ich neben dieser alten Frau?", fragt sie mich. Papa im Bett nebenan flucht heftig ins Kissen, dreht den Kopf weg zur Wand. „Und",- frage ich, „sind die Frauen wenigstens lieb?" „Ja", sagt Mama, „lieb sind sie schon."

Jeden Morgen wasche ich sie und ziehe ihr frische Wäsche an. Nachthemden kann sie nicht leiden, weil die sich beim Liegen kreuz und quer verdrehen. T-Shirt und Unterhose reichen ihr. Die Unterhose hängt immer etwas nach unten, damit sie am Bauch nicht klemmt. Nach dem Waschen, Kämmen und Cremen mache ich Frühstück, koche Kaffee für Papa und Kamillenpfefferminztee für Mama. Eine halbe Scheibe Brot mit Kräuterquark. Jeden Morgen ein neuer Versuch. „Bitte iss was, Mama, und trink den Becher aus." Doch meistens landet alles hinterher im Katzennapf.

Papa kommt mit der Körperpflege mehr oder weniger gut klar. Aber es geht von Tag zu Tag langsamer, und manchmal geht es gar nicht mehr. Dann braucht auch er Hilfe. In solchen Momenten gibt es keine Distanz mehr zwischen Vater und Tochter, zwischen ihm und mir.

Dann steht er vor mir mit nackigem Po, hält mir das Handtuch hin, ich trockne ihn ab und schiebe seine Füße in die Strümpfe.

Gegen Mittag stehe ich am Fenster, schaue hinunter zum Wald. Nebel zieht herauf. Einige Krähen wippen auf den Fichtenzweigen und hacken aufeinander ein. Das Wutgeschrei in meinem Bauch quält mich immer noch. Versuche, den Kaffee wegzulassen. Rede mir gut zu. Erkläre mir, dass Alex weiß, was er tut. Erzähle mir Geschichten, in denen Alex nicht nur ein wunderbarer Arzt, sondern auch ein kluger Geschäftsmann ist. Erinnere mich daran, dass mein Leben letztendlich doch ganz gut ist, dass nur meine Phantasien manchmal mit mir durchgehen. Die Gesichter meiner Eltern schieben sich zwischen meine Bilder und ich ahne, dass es ebenso schwer sein kann zu leben, wie zu sterben. Sätze und Bilder fegen durch meinen Kopf, verwischen die ach so geordneten Geschichten, drücken auf den Wutschmerzbauch und treiben mir die Tränen in die Augen.

Gott sei Dank, endlich.

Mit einem Mal weiß ich, dass Eltern und Kinder naturgemäß nicht zusammen bleiben sollten. Weiß, dass es eine sinnreiche Notwendigkeit ist, dass Kinder ihre Eltern irgendwann verlassen.

Erkenne, dass es Zeiten gibt, in denen Eltern ihren Kindern nicht mehr gut tun - und umgekehrt. Weiß, dass Freunde oft wichtiger sind als Familie, und dass Familienbande nicht naturgemäß unzerreißbar sind.

Ich erkenne, dass es notwendig ist, Beziehungen und Bindungen immer wieder auf ihre Tauglichkeit hin zu überprüfen und zur Not zu kappen, und dass Menschen dazu neigen, Energien von anderen für sich abzuzwacken. Ich durchschaue, dass Menschen im Prinzip egoistisch sind, und dass depressive Menschen ganz besonders egoistisch sein können. Ich weiß, dass Menschen versuchen, zuvorderst ihren Vorteil zu leben, und dass Menschen andere Menschen auffressen können. Mir wird bewusst, dass ehrliche Bindungen nur bestehen können, wenn sie nicht an Erwartungen geknüpft sind, und dass Beziehungen nur bestehen können, wenn sie loslassen können, wenn sie das Wachsen und Sichentwickeln des Anderen fördern.

Weiß mit einem Mal, dass Bindungen zerstört werden, wenn einer die Verantwortung für den Anderen übernimmt und ihn dadurch abhängig macht. Dass Beziehungen sterben, wenn Respekt und Würde abhandenkommen. Begreife, dass meine halbherzigen Entscheidungen immer Entscheidungen gegen mich sind.

Sehe deutlich und klar, dass Tun wertvoller ist als Reden, und dass jeder Tag ein Geschenk ist. Empfinde den Wert der Zeit. Erkenne, dass jeder Mensch Angst hat, und dass dies nur die wenigsten zugeben. Alles, was wir Menschen letztendlich wollen, ist geliebt zu werden. Die meisten Dramen allerdings werden verursacht durch Eitelkeit und Neid. Ich erkenne, dass Gedanken, ja besonders meine Gedanken, überwiegend negativ sind. Und dass durch negative Gedanken viel Dummes geschieht auf der Welt, und ich mittendrin bin. Ja, das alles erkenne ich hier am Fenster, aber ich habe keine Ahnung was ich damit machen soll.

Und dann urplötzlich ist der Frühling da. Nun ist es ein Jahr her, dass Mama ihre Nase an die Terrassentür drückte und mir von ihrer Luftnot erzählte.

Vage erinnere ich mich an ein Gefühl von Aufbruch und Freude. Erinnere mich an eine Mama, die ihren Kaffee aus der Untertasse trank, und an einen Alex, der mit seinem alten Kadett an jedem Wochenende wie ein Schuljunge seine Runden drehte. Ich erinnere mich an Gabriels Umzugskisten im Flur und an stundenlange Telefonate mit den Freundinnen. Ich erinnere mich an ein starkes Gefühl von Freiheit und Leichtigkeit. Man sagt, dass der letzte Sommer komplett verregnet war, aber ich erinnere mich nur vage an Wasser auf den Straßen und Regenschauer.

Meine Sinne, meine Aufmerksamkeit, meine Gedanken und Gefühle hatten mit dem Wetter nichts zu tun, und schon gar nichts mit Freiheit und Leichtigkeit.

Papa reagiert auf Alex berufliche Veränderung verzweifelt und mit keinerlei Verständnis. Er hat Angst. Es war so einfach mit einem Arzt nebenan. Wenn es im Bauch brannte, war der da, sofort war der da und schaute nach. Papa fühlt sich im Stich gelassen. Ohne Alex ist er noch hilfloser.

„Die anderen Ärzte taugen doch alle nix. Was soll das alles? Nehmt die Kinder aus der Schule und gebt sie in die Lehre, dann ist es nicht mehr nötig, dass Alex in Bayern arbeiten muss, und ihr könntet euch besser um uns kümmern."
Was soll ich gegen Papas Argumente sagen? Mir fehlen die Worte.

So lüge ich ihn an, erzähle von besseren Arbeitsbedingungen in Bayern und von weniger Stress. Lüge, weil ich selbst den wirklichen Grund nicht kenne. Ja, genau so ist es. Ich weiß nicht, warum Alex diesen Schritt macht. Ich weiß es nicht. Weiß es immer noch nicht. Habe nichts in der Hand, nur ein Gefühl im Bauch, ein drückendes Gefühl, ein Gefühl ohne Boden. Mittlerweile zweifle ich daran, dass es nur meine Müdigkeit ist, dieses Gefühl. Dass es mir vielleicht nur etwas vorgaukelt, was es nicht gibt. Nein, Müdigkeit ist es nicht. Müdigkeit tut nicht so weh.
Es ist Furcht, eine Furcht, die mich aufraut, mir Wundsein verursacht, die tief in mir sitzt. Als stünde ich mit leeren Händen vor einem Gebüsch, in dem ein Tiger lauert. Sie hält mich in der Zange und breitet sich in mir aus.

Und ich weiß nicht, wie ich mit diesem Gefühl umgehen kann, weil ich nichts anderes habe als meine Phantasie und meine Katastrophengedanken.

Mehr und mehr werden Alex Geheimnisse zu meinen Geheimnissen. Papas Angst spiegelt mir meine eigene Angst. Es ist kaum auszuhalten.

Ich ziehe mir die Laufschuhe an, muss den Kopf wieder frei bekommen. Der Wind, die Luft, die Geräusche im Wald, das Knacken der Äste unter meinen Schuhen. Nur raus aus dieser Enge. Ohne es zu beabsichtigen, biege ich in einen Nebenweg ein, laufe an dem kleinen Bach entlang, der durch den See fließt. Rechts vom Weg steht eine Grillhütte. Ein guter Platz zum Luftholen. Ich laufe über die schmale Brücke. Auf einer Bank vor der Hütte sitzt eine ältere Frau mit Rollator. Obwohl ich keine Lust auf ein Gespräch habe, setze ich mich zu ihr. „Laufen kann ganz schön anstrengen", sagt sie, „man muss seine Kräfte gut einteilen, damit man sich nicht verausgabt." „Das stimmt", sage ich. Sie stupst mich mit dem Ellenbogen in die Seite. „Es gibt Zeiten, da geht es nur Schritt für Schritt", sagt sie, „Schritt für Schritt, einen Schritt nach dem anderen."

Die Frau kommt mir bekannt vor. Irgendwo habe ich sie schon einmal gesehen. Im kleinen Dorf wohnt sie nicht.

Da kenne ich jeden. Immerhin sind die Wege um den See beliebte Wanderwege. So mancher verbringt hier seine Freizeit. Einige machen es wie ich und rennen im Kreis, um den Kopf frei zu bekommen. Vielleicht bin ich ihr da schon einmal begegnet.

Mittlerweile wird es kalt auf der Bank. Wir müssen uns bewegen. Ich winke ihr zu und bin schon wieder auf dem Weg. Schritt für Schritt, hallt es in meinem Kopf, Schritt für Schritt.

Am Abend fege ich den Hof. Schritt für Schritt, bis kein Blatt mehr zu sehen ist.

Nach drei Gläsern Rotwein schlafe ich traumlos und tief.

Der letzte Gedanke des Abends, an den ich mich am Morgen erinnere, begleitet mich durch den Tag. Da komme ich durch, echot es in mir, da komme ich durch.

Mama beginnt wieder zu essen und zu trinken. Malzbier trinkt sie lieber als Tee, Frankenheimer Blue lieber als Wasser. Je mehr sie isst und trinkt, umso klarer und wacher wird sie. Eines Morgens will sie Kartoffelsalat und saure Gurken zum Frühstück. Papa ist sauer. Alles gerät für ihn durcheinander. Mit Mamas Marotten kommt er nicht klar.

„Erst isst sie wochenlang gar nichts, und nun will sie Kartoffelsalat zum Frühstück."

Es dauert einige Tage, bis er sich auch daran gewöhnt hat. Mamas Geschmack nimmt ungewohnte Formen an. Da ist alles dabei, auch der Käsekuchen in der Nacht.

Schließlich ist es Mai und Mama wird achtzig. Viele Gäste haben sich angemeldet. Bekannte, Nachbarn, Freunde von früher aus dem schlesischen Heimatdorf. Auch für die wird es immer beschwerlicher, sich ins kleine Dorf aufzumachen. Man wird ja nicht jünger. Heute allerdings, heute kommen sie alle. Jeder befürchtet, es könnte Mamas letzter Geburtstag sein. Sie liegt in frisch bezogenen Decken und Kissen und trägt ein rosafarbenes T-Shirt mit kleinen Perlen. Ein kleines weißes Gesicht mit Silberhaar. Das Zimmer füllt sich mit Blumen und Geschenken.

Immer kauert einer der Gäste auf den Bettrand, lacht mit ihr, erzählt ihr etwas. So wach und fröhlich war sie schon lange nicht mehr.

Der Bürgermeister ist einer der ersten Gratulanten. Zur Feier des Tages trägt er einen grauen Anzug. Norma erweise arbeitet er im Wald, ist Förster. Der Anzug mitsamt des engen Hemdes und der Krawatte wird nach dem Besuch schnell wieder im Schrank verschwinden. Dient ihm eher als Ausdruck seines Amtes, ist ihm eher unbequem. Mama schmunzelt und erzählt allen, wie das damals so war bei seiner Geburt. Sie weiß das. Sie war als Dorfhebamme dabei. Hat schließlich so manchem Kind aus dem Dorf auf die Welt geholfen. Über ihre Erfahrungen bei den vielen Hausgeburten könnte sie ein Buch schreiben. Zu jeder Geburt gibt es eine passende Geschichte, und seine erzählt sie nun ausführlich. Der Bürgermeister bekommt rote Ohren und tätschelt verlegen ihre Hand. Seine anschließende Bürgermeisterrede gerät etwas durcheinander.

Der Pastor hat sich herausgeputzt und kommt in seinem schwarzen Gewand. Er betet und singt mit Mama einige Strophen eines Kirchenliedes. Sein warmer Blick wandert von Mama zum Kuchenbuffet und wieder zurück. Er ist ein liebenswürdiger Genießer. Die Leute im Dorf mögen ihn.

Er kann gut predigen, sagt Mama über ihm. Es ist kaum zu glauben, dass es ihm gelingt, sie zum Singen zu bewegen. Alle im Zimmer sind sehr bewegt, alle, außer Papa.

Der irrt unruhig in der Wohnung umher. Die vielen Leute sind für ihn kaum auszuhalten. Er will endlich wieder seine Ruhe. Jeder fragt ihn, wie es ihm so geht, und doch hört ihm niemand wirklich zu. Der Mittelpunkt an diesem Tag ist Mama. Er singt nicht und er lacht nicht. Irgendwann sitzt er schweigend auf der Eckbank und seufzt vor lauter Überdruss.

Und weil Mama immer noch mit dem Essen durcheinander gerät und mittlerweile eher Hunger hat als keinen, und sich außerdem nicht erinnert, wann und ob und wie viel sie bereits gegessen hat, da isst sie einfach alles, was so kommt. Am Abend und in der Nacht erbricht sie ohne Unterlass, weil alles so viel und so schön und so aufregend war.

Der Morgen dämmert bereits, als die Eltern endlich einschlafen. Es ist diesig und still auf dem Weg zurück in mein Haus. Wir haben es geschafft. Mama hat ihren achtzigsten Geburtstag gefeiert. Freude legt sich über meine Müdigkeit. Ja, und stolz bin ich auch. Stolz auf mich, auf sie und natürlich auch auf Papa.

Es gibt Tage in dieser Zeit, von denen weiß ich, dass ich sie nie vergessen werde. Dies war einer dieser Tage. Die Gäste, die leuchtenden Augen meiner Mutter, die verzweifelten Gesten meines Vaters, die roten Ohren des Bürgermeisters. Nichts davon muss aufgeschrieben werden. Alles wird, mit einem Gefühl der Einmaligkeit, in meinem Gedächtnis eingebrannt.

Am nächsten Morgen steckt der Brief einer Bausparkasse im Briefkasten. Der Brief ist an mich adressiert. Ich komme nicht umhin, ihn zu öffnen. „Nachdem Sie nun auf wiederholte Mahnungen nicht reagiert haben, erwarten wir die umgehende Zahlung ihrer Hypothek von 160.000 Euro zum Ersten des Monats", lese ich. Irgendwo tickt eine Uhr. Irgendwo schnarcht der Hund. Eine matte Dumpfheit in meinem Kopf bringt jeden Gedanken zum Erliegen. Jetzt, ja, jetzt in diesem Moment, ahne ich zum ersten Mal den Schatten des Tigers im Gebüsch. Er ist nicht mehr zu leugnen. Etwas Zähes, Kaltes frisst sich durch meinen Körper. Unfähig mich zu bewegen. Etwas Großes bedroht mich. Eine Lawine hat sich in Gang gesetzt. Ob ich will oder nicht, jetzt muss ich hinschauen, werde gezwungen, auf mein Leben zu schauen, ohne mich wegdrehen zu können. Meine Adresse steht auf diesem Briefumschlag. Ich stehe mitten in einer Katastrophe, von der ich noch nicht einmal den Namen kenne. Stecke fest im Schlamm, der sich unaufhörlich weiterschiebt und mich mitzieht. Ich kann ihn nicht stoppen. Stecke fest und möchte lieber darin versinken, als mich heraus zu kämpfen. Von der Bausparkasse habe ich noch nie gehört.

Mit dem Brief in der Hand setze ich mich an meinen Schreibtisch, schaue in den Wald, in dem immer noch die Reste der Hütte meiner Kinder liegen. Die Bäume beginnen grün zu werden. Ich schlucke zwei Kopfschmerztabletten. Vielleicht sollte ich drei schlucken. Wenn nur endlich diese penetranten Kopfschmerzen nachließen. Der Brief ist an mich adressiert. Ich weiß, dass ich niemals mit dieser Bausparkasse Verträge abgeschlossen habe. Ich weiß, dass ich niemals einen Kredit über 160.000 Euro aufgenommen habe.

Ich weiß, dass ich keine Mahnschreiben bekommen habe. Ich weiß, dass ich Kopfschmerzen habe bis zum Umfallen, und das schon seit Wochen. Das ist alles, was ich in diesem Moment weiß. Mehr weiß ich nicht. Eigentlich weiß ich überhaupt nichts. Alex muss mich endlich retten. Er muss mich verdammt noch mal endlich aus diesem Schlamassel herausholen.

Alex bereitet in Bayern gerade eine Punktion vor und versteht auch nicht, was da los ist. Sobald er Zeit hat, wird er bei der Bausparkasse nachfragen, und dann wird er mich sofort zurückrufen. „Ich gebe dir mein Wort, Satu."

Meine Gefühle verwässern in der Telefonleitung.

Traue mich nicht, ihm von Kopfschmerzen und Schlamm zu erzählen. Wie so oft in der letzten Zeit geht es viel zu schnell. Alex klärt das alles schon, so wie Alex immer alles klärt. Aber was klärt Alex?

Was für ein Tiger lauert da im Gebüsch? Hilflos im Schlamm steckend, beginne ich endlich zu zweifeln. An seinem Wort, seinen Versprechungen, seiner Loyalität. Durch die Zweifel verschwindet die Dumpfheit. Mit den Zweifeln kommt zuerst Verzweiflung, bis endlich der Verstand wieder einsetzt. Ich darf nicht länger warten, bis der Tiger aus dem Gebüsch springt und mich frisst. Mich und die Kinder und was es da noch alles zu fressen gibt. Nein, ich darf nicht abwarten und den Kopf in den Sand stecken. Mein Kopf schmerzt schon lange genug. Ich muss selbst in dieses Gebüsch, muss mich trauen, dem Tiger dort zu begegnen. Was hat die alte Frau auf dem Grillplatz gesagt? Schritt für Schritt, Schritt für Schritt.

Aber zuerst muss ich die Eltern versorgen. Wieder einen Tag beginnen, indem ich so tue, als sei ich stark, als regle ich alle Probleme mit links, als habe ich keine eigenen Sorgen, als habe ich immer noch einen Mann an meiner Seite, der mich hält und stark ist wie ein Fels in der Brandung.

Am Nachmittag ruft Alex zurück. „Alles geklärt", sagt er, „du hast da nichts mit zu tun. Ein Versehen. Schick mir den Brief nach Bayern." Ich glaube ihm nicht. Versuche es, aber es gelingt mir nicht. Vielleicht sollte ich die Bausparkasse selbst anrufen. Aber wenn Alex sich dort bereits gemeldet hat, was sage ich dann? Und wenn er doch recht hat, was ist, wenn er doch recht hat? Dann falle ich ihm in den Rücken. Nein, das will ich auch nicht. Es gelingt mir nicht, einen Weg zu erkennen. Meine Gedanken haben einen Anfang, aber kein Ende. Sie brechen in der Mitte ein. In der Nacht träume ich, dass ich mich verlaufen habe. Ich irre durch ein Haus mit schrägen Wänden und suche den Ausgang. Immer andere Räume, die sich verengen und krümmen, so dass ich mich beugen muss, mich kleiner machen, um nicht zerquetscht zu werden. Ich renne, renne, renne, bis ich aufwache. Mein Herz rast. Kalter Schweiß tropft mir in den Nacken. Vor meinem Bett hat der Hund auf den Teppich erbrochen.

In dieser Nacht treffe ich eine Entscheidung. Schon am nächsten Tag setze ich mich mit den Brüdern zusammen an Mamas Bett. „Ich muss nach Bayern, und ihr müsst mich vertreten. Oder", erkläre ich weiter, „ Mama geht für vierzehn Tage in die Kurzzeitpflege in ein Pflegeheim."

Als keiner etwas erwidert, sagt Mama: „Ich gehe in die Kurzzeitpflege."

Na, dann ist ja alles klar. Papa dreht sich von mir weg. Der Rollator kracht gegen den Küchenschrank.

„Verdammtes Ding!"

Kein Wort spricht er mehr mit mir. Doch auch ohne dass er etwas sagt, weiß ich genau, was er denkt.

„Du bist schuld, Satu, du bist schuld".

Schuld, dass es ihm schlecht geht, Schuld, dass Mama immer noch nicht wieder so funktioniert wie früher, Schuld, dass Alex nach Bayern gegangen ist. „Du bist schuld, Satu, du allein." Und dann dreht er sich schließlich doch noch zu mir um und sagt:

„Ja, fahr nur. Dir ist es doch egal, was aus uns wird."

„Solange er dich beschimpft, brauchst du dir um ihn keine Sorgen zu machen", frotzelt der große Bruder und schiebt mich durch die Haustür. Glücklicherweise lassen mich die Brüder nicht im Stich.

Gott sei Dank, sie lassen mich nicht im Stich und kümmern sich um Papa, von Mann zu Mann.

Einige Tage später ist alles organisiert und Mama liegt in einem ruhigen, hellen Einzelzimmer im Pflegeheim im Nachbarort. Dort hat sie VIP-Status, denn auch die Leiterin des Pflegeheimes ist eines der Kinder, die mit ihrer Hilfe auf die Welt kam. Immer wieder kommt jemand zu ihr und fragt nach ihren Wünschen. Der kleine Bruder hat den Fernseher mitgebracht, und Kartoffelsalat gibt es auch. Es geht ihr gut. Jetzt werde ich mich bei Alex melden.

„Ich komme morgen nach Rosenheim", sage ich, „wir werden reden." Alex hat wenig Zeit, die Visite steht an.

„Alex, wenn du jetzt wieder mit Ausflüchten kommst, ist der Kadett dran."

„Du spinnst ja", sagt er.

Da lege Ich auf. Nach einigen Sekunden ruft er zurück.

„Was soll das, Satu, drehst du jetzt durch?"

„Könnte sein", sage ich, „trotzdem bin ich morgen gegen Abend in Rosenheim, und wenn du mir dann nicht die Wahrheit sagst, ist der Kadett so fällig wie die chinesische Vase." Dann drücke ich das Gespräch weg. Meine Hände sind starr vor Kälte. Ich sitze auf dem Schreibtischstuhl wie auf einem Felsenvorsprung mit Blick in die Tiefe. Wenn ich jetzt weiter mit ihm rede, schaffe ich morgen die weite Fahrt nach Bayern nicht. Glücklicherweise ruft er nicht mehr an. Um mich aufzuwärmen, lege ich mich in die heiße Bade-wanne.

Liege dort mit geschlossenen Augen. Lasse immer wieder heißes Wasser nachfließen. Nützt nichts. Meine Hände bleiben kalt.

Am nächsten Morgen schlucke ich zwei Kopfschmerztabletten und fahre los. Über sechshundert Kilometer liegen vor mir. So weit bin ich noch nie alleine gefahren. Kopfschmerzen quälen mich, bis zu den Schulterblättern. Ich sitze im Auto wie ein Stock, eisige, klamme Hände, kalt vom Nacken bis zu den Fußspitzen. Kaffeekanne auf dem Beifahrersitz, belegte Brötchen, Schokoriegel und natürlich Kopfschmerztabletten. Schon nach einigen Kilometern, das kleine Dorf noch im Rückspiegel zu sehen, halte ich an. Schalte das Handy aus, lege es außer Sichtweite auf den Rücksitz. Keine Anrufe, keine Fragen, keine Aufträge, nein, noch nicht einmal der permanente Gedanke daran. Trinke einen Schluck Kaffee, esse den ersten Schokoriegel, schiebe Van Morrison in den CD-Player. Schon besser. Lehne mich zurück, entspanne Arme und Beine. Ich schaffe das. Ohne Handybereitschaft schaffe ich das. Die Autobahn nimmt mich auf wie eine verwirrte Maus auf der Flucht. Jetzt geht es immer geradeaus. Nur zwei Abfahrten, ansonsten nur geradeaus. Ich schalte die Musik ab, und schon beginnen die Gedanken zu dröhnen. Immer wieder die gleichen Gedanken, wie ein Karussell, wie eine Schallplatte mit Sprung.

Springen hin und her, von Mama zu Papa zu Alex, den Kindern, zurück zu Mama und immer nur Fragen, Fragen, Fragen.

Ich fahre auf einen Parkplatz. Tür auf, raus, Kaffee im Stehen aus der Kanne. Schluss jetzt damit, sage ich, Schluss jetzt. Schalte die Musik wieder an, aber nur leise, fahre konzentrierter, rede mit mir. Rede mit mir über mich, über das, was ich will, jetzt will, in Bayern will, mit Alex will, oder ohne ihn. Ein Auto überholt mich hupend.

Eine Frau mit Sonnenbrille schaut zu mir herüber, tippt sich mit dem Zeigefinger an die Stirn. Meint die mich? Ich schaue auf den Tacho. Tuckere mit achtzig km/h vor mich hin.

Musik wieder aus. Atme ein, atme aus, wieder ein, wieder aus. Mit einem Mal ist Ruhe. Auch der Fuß auf dem Gaspedal beruhigt sich. Endlich komme ich auf der Autobahn an. Hinter Nürnberg fahre ich ab. Eine Raststätte. Es ist erst Mittag. Ich brauche eine Pause. Alex wird bis gegen Abend in der Klinik sein. Es ist also Zeit genug. Der Tag gehört mir, für einige Stunden jedenfalls. Ich gönne mir Kaffee und Käsekuchen vom Buffet. Setze mich etwas abseits alleine an einen Tisch mit Blick auf einen Kinderspielplatz. Nur wenige Kinder toben dort herum, klettern und hangeln sich durch ein buntes Spiel- und Klettergerüst. Ein Mädchen mit langen blonden Haaren hängt kopfüber an einem Seil. Sie hängt an diesem Seil mit einer Leichtigkeit, deren Verlust mir mit einem Mal schmerzhaft bewusst wird. Mit dem Kopf nach unten schwingt sie sich herum, lachend, mit geschlossenen Augen, völlig eins mit ihrem Körper und ihrer Kraft.

Die Haare schweben im Wind, der Rock fällt über die Brust, dicke blaue Leggings bedecken ihre Beine. Fasziniert schaue ich ihr zu. Vergesse den Kaffee und den Kuchen, bin wie gebannt von ihrem Treiben auf dem Klettergerüst und den Bildern der Erinnerungen, die mich unerwartet überfallen. Das Rattern meiner bedrückenden Gedanken lässt mich los. Ohne Zwang, ohne Mühen verschwinden sie, einfach so. Und mit einem Male ist es plötzlich wieder da, dieses Gefühl, als hätte es sich nur versteckt, nur darauf gewartet, den richtigen Moment zu erwischen, um aufzutauchen und zu zeigen, dass es lebendig ist wie vor langer Zeit.

Es hat mich nie verlassen. Ich bin frei. Ja, da schwingt es mit dem Mädchen durch den Wind. Ich bin frei, in diesem Moment bin ich wieder frei.

Schiebe alle Mangelgedanken wie eine Falttür zur Seite, will mich ungestört erfreuen an der Lebenslust des Mädchens, das mir hier auf dem Spielplatz der Raststätte zeigt, dass es auch noch etwas anderes gibt.

Dann mit einem Mal lässt sie die Hände los, umschließt das Seil fest mit den Oberschenkeln und den Füßen, biegt den Körper nach vorne und dann nach hinten, gibt sich selber mehr Schwung, mit dem Kopf nach unten und offenen Händen. Ich lache durch das geschlossene Fenster der Raststätte zu ihr herüber, bin nicht weit davon entfernt, in die Hände zu klatschen. Sie sieht mich nicht. Das braucht es auch nicht. Ich bin ihr viel zu nahe, als dass sie mich sehen könnte, bin ganz bei ihr, neben ihr. Bin sie, spüre ihre Freude, ihre Lust, das Ungestüme, Wagemutige. Spüre es bis in den kleinsten Muskel. So wie sie war ich auch einmal. So wie sie hing auch ich als kleines Mädchen liebend gerne kopfüber an einem Seil des Turngerätes auf dem Sportplatz des kleinen Dorfes, schaukelte möglichst hoch, nicht erreichbar für die Erwachsenen unter mir. Minutenlang, immer wieder Schwung holend, lachend, ja schreiend vor Vergnügen. Die Welt sah komisch aus mit dem Blick von unten, wunderbar komisch, wunderbar leicht, einfacher als mit geradem Blick.

Selbst der bösartige Lehrer wirkte drollig, ja weniger gefährlich als andersherum. Hier oben am Seil, mit dem Kopf
nach unten, konnte keiner an mich heran. Unter mir stehen
und reden konnten sie, oder schimpfen, ja, sogar schreien.
Nur an mich heran konnte niemand.
Selbst die Jungen nicht, denn man musste erst einmal
bäuchlings über die Querstange rutschen, bevor man das
Seil zu fassen bekam. Und es war immer nur Platz für einen am Seil.

Je länger ich der Kleinen auf dem Spielplatz der Raststätte
zuschaue, mich erfreue an dem lebendigen Gefühl, umso
ruhiger werde ich. Schließe die Augen, spüre den Wind,
den Wind meiner Kindheit, der meine Haare verfilzt, an
meinen Beinen entlang streichelt, spüre den Druck des Blutes in meinem Kopf, den leichten, willkommenen zarten
Schwindel und das alles weitende Gefühl von Freiheit. Frei,
hier oben war ich frei. Hier am Seil hatte ich niemals Angst.
Keine Angst, ob die Kraft anhält, die Kraft in meinen Beinen, meinen Füßen, keine Angst zu fallen. Vertraute mir
und meinem Körper ohne Sinn und Verstand, einfach so.
Das Entscheidende aber war die Perspektive. Mit dem Blick
der mit dem Kopf nach unten am Seil Schwebenden,

entdeckte ich Unterschiede und Hintergründe, entdeckte zum Beispiel den lange vermissten Ball unter der Hecke, die Rostflecken an der Querstange, die Drolligkeit des bösartigen Lehrers. Hier oben war ich unantastbar, selbst für den Vater oder den Großvater mit seinem lockeren Stock. Mein Blick fällt zurück auf den Spielplatz. Das Seil baumelt im Wind. Kein Kind mehr zu sehen. Die Perspektive wechseln, denke ich, vielleicht sollte ich die Perspektive wechseln. Ich lasse den kalt gewordenen Kaffee stehen. Zurück im Wagen lehne ich mich in den Sitz.

Ich bin immer noch frei, trotz allem bin ich immer noch frei. Wie konnte ich das vergessen?

Nach sechseinhalb Stunden komme ich im Chiemgau an. Solch eine lange Strecke bin ich noch nie alleine gefahren. Hätte nicht gedacht, dass ich das schaffe.

Alex hat eine enge Ferienwohnung angemietet. Will zuerst die Probezeit beenden, danach eine richtige Wohnung suchen. Wir sitzen auf dem winzigen Balkon, essen Pizza, trinken Rotwein. Alex erzählt von den neuen Kollegen und der Arbeit. Die Arbeit in der Klinik gefällt ihm. Die bayerischen Kollegen sind so ganz anders, sind freundlich, offen und gesellig. Mit denen kann man reden.

„Sie duzen sich alle und treffen sich nach Feierabend im Biergarten. Die Patienten fühlen sich wohl in dieser Gegend. Die Berge und der See daneben. Das tut ihnen einfach gut. Es war richtig, dass ich dort oben weg bin", sagt er und schaut an mir vorbei ins Tal.

Leise spricht er, spricht eher zu sich selbst als zu mir. Ich wage nicht, ihn zu unterbrechen, wage nicht zu fragen oder zu drängen. Schweige, schaue hinüber zu den Bergen, lasse seine Worte langsam kommen. Bin selbst ganz gefangen von der Schönheit dieser bayerischen Welt, brauche heute Abend noch keine Erklärungen. Es ist gut, ihn neben mir zu spüren, auch wenn die Kälte zunimmt, je näher die Nacht kommt.

Am nächsten Morgen spüre ich einen kurzen Hauch auf meinem Kopf, dann ist Alex schon weg. Während ich im Bademantel mit einem Becher Kaffee die kleine Wohnung durchstreife, finde ich in allem, was hier so herumliegt, wenig Alex wieder. Dieser penible Alex, der die Gläser im Schrank geraderückt und keiner Staubfluse eine Chance gibt, dieser Alex wohnt hier nicht. Hier wohnt eigentlich überhaupt niemand, hier ist jemand auf dem Sprung. Kleidung stapelt sich auf dem einzigen Sessel. Der Koffer auf dem Fußboden, noch halb gefüllt mit Unterwäsche und Strümpfen. Im Bad hängen fremde Handtücher über dem Heizkörper. Dusche, Waschbecken und Toilette sind voller Flecken. Der Kühlschrank ist so gut wie leer. Dafür stehen mehrere Rotweinflaschen auf der Küchenfensterbank. Drei Umzugskartons verstellen den Kleiderschrank. Sie sind mehrmals mit Klebeband umwickelt. Ich schütte den Kaffee in den Ausguss, spüle die Tasse aus. Spül- oder Putzmittel finde ich nicht. Ziehe mich an, verlasse die Wohnung, fahre los. Eine Woche Zeit, ich habe mir eine Woche Zeit genommen, und die fängt jetzt an.

So beginne ich einen Streifzug durch Bayern, in dem ich mich immer wieder verfahre, und das mich immer mehr gefangen nimmt in seiner Schönheit und seiner Weite. Zwischendurch reinige ich die Wohnung, richte sie etwas her, so dass ein Gefühl von Behaglichkeit entsteht. Warm wird es aber nicht, obwohl der Sommer bereits rundherum zappelt.

Alex wird immer stiller. Während mir abends das Herz überschäumt vor so viel schönem Bayern und ich, kaum dass er da ist, von Blumen und Häusern, von Balkonen und Wiesen, von Bergwegen und heimeligen Kapellen erzähle, müht er sich ein Lächeln ab und Worte, die nicht ankommen bei mir, weil sie so weit hergeholt sind.

„Was willst du mir eigentlich wirklich sagen, Alex?"

Endlich schaut er mich an, endlich stellt er das Rotweinglas ab und bewegt sich auf mich zu.

„Ich will nicht mehr zurück, Satu", sagt er, „ich bleibe hier in Bayern und ich hoffe, du kommst nach, so schnell du kannst."

„Warum, Alex, warum?", frage ich und weiß nicht genau, ob ich hören will, was er sagt, oder es mir lieber ist, belogen zu werden.

Weiß nicht, inwieweit seine Worte, der Schlüssel zum Tigerkäfig ist, oder nur zum leeren Käfig nebenan. Weiß nicht, ob ich wirklich will, dass er mir diese Frage beantwortet, ob ich nicht lieber noch eine Weile in der trügerischen Sicherheit der Unwissenden bleiben möchte, auch wenn der Bauch schmerzt und der Kopf.

So bin ich ärgerlich und gleichzeitig erleichtert, dass er wieder nur im Offensichtlichen bleibt, dass es keine Erklärungen gibt, sondern nur Bedürfnisse. Lasse mich nur zu gerne täuschen, dass die Bedürfnisse ausreichen, um den Job einfach hinzuschmeißen, die Familie zu verlassen, wegzugehen und in eine Ferienwohnung zu ziehen. Verstehe ihn sogar. Auch ich würde lieber hier bleiben, nicht zurück müssen in die Enge des kleinen Dorfes, in das traurige Schlafzimmer meiner Eltern. Auch ich würde am liebsten flüchten. Aber was ist der wirkliche Grund für Alex' Flucht?

Was ist passiert, Alex? Es ist doch etwas passiert, oder?"

„Nein", sagt er, „im Gegenteil. Alles ist gut, wirklich gut, Satu. Zugegeben, ich hatte etwas Schwierigkeiten mit der Finanzierung der Immobilien. Aber dann habe ich diesen Finanzfachmann aus München kennengelernt, und mit dem zusammen läuft es jetzt ohne Probleme. Und die Arbeit in der Klinik ist so viel ruhiger, habe vielmehr Zeit für die Patienten. Wirklich, Satu, ich werden hier bleiben."

Schweigend trinken wir die Flasche Rotwein leer. Rundherum auf den Bergen zucken vereinzelte Lichter. Kuhglocken klappern, vermischen sich mit den Geräuschen der Autobahn weiter unten im Tal.

Es hat also doch Schwierigkeiten gegeben mit diesen Immobilien. Schwierigkeiten, die er mir verschwiegen hat, obwohl ich danach fragte. Obwohl ich sie ahnte, hat er mich nicht eingeweiht. Aber er hat sie geklärt, offensichtlich hat er sie ja geklärt und jemanden gefunden, der ihn berät. Das Gespräch ist beendet, bevor es richtig in Fahrt gekommen ist. Es sollte mich beruhigen. Aber nach jeder Frage stellen sich hundert andere. Ich habe mich noch keinen Meter aus dem Schlamm bewegt.

Als Alex am nächsten Morgen die Wohnung verlässt, stelle ich mich schlafend. Gehe später zu Fuß in den Ort und frühstücke in einem kleinen Café. Von dort aus laufe ich los. Ein Wanderweg führt zu einer Wallfahrtskapelle hoch oben auf dem Berg. Ein Bergbach kracht mit Getöse seitlich des Weges talwärts. Nach einer Weile mündet der Weg in einen ansteigenden, mit Baumwurzeln durchzogenen Wanderpfad durch den Wald. Ein schmaler, steiler Pfad, der mich ausbremst. Der mich zwingt, das Tempo zu drosseln, mein Tempo. Dieses Tempo, das mich bei meinen

Läufen um den See in Atem hält, das mich antreibt, weil die Zeit knapp ist, immer knapp ist. Weil die Eltern warten, der Hund, die Kinder, Alex. Heute und hier wartet niemand. Trotzdem treibe ich mich an, renne, als warte wieder irgendwer oder irgendwas. Dabei wartet nichts und niemand. Renne, bis der steile Waldpfad mich stoppt, mich zwingt, auf meine Kräfte zu achten, auf meinen Atem.

Wenn ich den schaffen will, dann langsam, mit mäßigem Tempo. Wie war das noch? Ach ja, Schritt für Schritt. Zwei Stunden Schritt für Schritt und ich erreiche ein Plateau. Der Weg, mittlerweile wieder geteert, führt hinaus aus dem Wald auf eine Lichtung. Ich habe die Kapelle gefunden. Alt ist sie, winzig und magisch, so im Licht der Sonne. Ein paar Bänke, eine weinerliche Madonna mit einem lachenden Kind auf dem Arm, Blumentöpfe mit Alpenveilchen, Hornveilchen und Anemonen. An der seitlichen Wand ein kleiner Altar mit einigen brennenden Teelichtern. Auch die beiden Kerzen am Hauptaltar brennen. Es muss schon jemand vor mir hier gewesen sein. Setze mich auf die hintere Bank, falte die Hände. Was soll ich sagen? „Bitte, denke ich, bitte hilf mir, das Richtige zu tun." Nichts regt sich, und so sitze ich eine weitere Weile, lege den Kopf auf die

Rücklehne der Kirchenbank, betrachte die Malereien an der Decke. Ein Hund bellt, ein kurzer Pfeifton, und schon zerbricht die eingebildete Heiligkeit. Menschen.

Für einen winzigen Augenblick fühlte ich mich wie herausgenommen aus der Welt. Jetzt hat sie mich wieder. Als ich die Kapelle verlasse, erkenne ich gegenüber ein kleines Haus, umgeben von einem mit Grünzeug überwucherten Garten, in dem sich ein Mann in einer braunen Kutte auf eine Harke stützt und einen gesprenkelten Mischlingshund krault. Ein Mönch, oder ein Einsiedler. Soll es ja geben, hier in den bayerischen Bergen.

Er ignoriert mich. Bin ich in sein Terrain eingedrungen? Gehört die Kapelle ihm? Wohnt der hier? Hätte ich mich anmelden müssen?

Unschlüssig stehe ich herum, laufe einige Schritte vor und zurück, schlendere dann zu ihm hinüber.

„Guten Morgen", sage ich.

Der Hund stürmt zum Gartenzaun und kläfft mich an. Wieder dieser Pfeifton. Enttäuscht wende ich mich ab, setze mich auf eine Bank, einige Meter entfernt von Kapelle und Haus, und halte die Luft an. Vor mir, tief unten im Tal, öffnet sich das Inntal.

Kaum einige Schritte vor mir fällt der Berg steil hinab. Der graue Fluss schlängelt sich durch sattes Grün. Die Häuser unter mir stehen herum wie bunte Spielzeuge. Ein lauwarmer Wind trägt eintöniges Kuhglockengeläut zu mir herüber. Der Himmel über mir dehnt sich so weit wie das Meer. Ich atme aus. Welche Fülle. Alles ist vorhanden, es fehlt nichts. Hier auf dieser Bank, diesem Berg, unter diesem Himmel, über diesem Tal, fehlt einfach nichts. Öffne die Arme, lache, weine, verliebe mich auf der Stelle. Der Mann in der braunen Kutte steht am Gartenzaun, winkt zu mir herüber. Er hat mich verstanden.

Ich winke zurück. Was für ein Glück muss es sein, hier oben zu leben. Hier oben ist Frieden und Ruhe. Welch ein Gedanke, einfach hier oben zu verschwinden. Ein kleines Haus, ein Garten und ich. Auf der Bank zu sitzen, ins Tal zu schauen und zu wissen, dass ein steiler Weg mich schützt vor Katastrophen und Tigern. Alles hinter mir zu lassen, alles. Alex mit seinen Immobiliengeschäften und was er sonst noch so hinter meinem Rücken macht, Mama und Papa in ihrem lebenslangen, verbohrten Rosenkrieg, die Kinder, die ihr Leben auch ohne mich führen, so wie sie wollen, den Hund mit seinen Anfällen und seinem altersschwachen Darm, die Brüder, die Schwiegermutter, einfach alles. Ja, wie wäre das?

Ein Leben zu führen, wie dieser Mann dort an seinem Gartenzaun, in einem kleinen Haus mit eigenem Gemüse im Garten und als einzigem Überfluss eine kleine Kapelle ganz für mich allein. Vielleicht wäre das die Lösung. Rückzug. Einfach einen Schlussstrich ziehen, ein paar Kleidungsstücke und Nahrungsmittel zusammenpacken und weg, weg auf den Berg. Obwohl, den Laptop würde ich mitnehmen auch die Walkingstöcke, Musik von Van Morrison und Bücher, ja Bücher müssten auch mit. Fotoalben auf jeden Fall und Schreibkram. Kopfschmerztabletten nicht zu vergessen, am besten einen Sack voll.

Träum weiter, Satu. Schon zieht sich mein weites Herz wieder zusammen auf Normalgröße. Du spinnst, Satu.

Ich stehe auf von der Bank, strecke und dehne mich, winke dem Mönch noch einmal zu und mache mich auf der Rückweg. Es geht nur miteinander. Das ist es, was ich Alex zu sagen habe. Es geht nur miteinander. Das ist es.

Als ich gegen Nachmittag die Ferienwohnung erreiche, ist Alex schon da. Hat sich etwas früher frei genommen. Ein wichtiger Termin bei dem Finanzberater in München. Es gibt offensichtlich Neuigkeiten.

„Soll ich mitfahren, Alex?" „Nein, nein, bin gegen Abend wieder da."

Ich höre ihn nicht, als er spät in der Nacht zurückkommt. Und auch am nächsten Morgen ist er längst weg, als ich aufwache. Nur ein Zettel auf dem Tisch: „Mach dir einen schönen Tag."

Es ist mein letzter Tag in Bayern. Morgen werde ich zurückfahren. Nichts von dem, was ich klären wollte, habe ich geklärt. Fast nichts. Die wichtigste Entscheidung ist längst gefallen, ich weiß es nur noch nicht. So vertrödele ich den Vormittag im Bademantel auf dem Balkon, schaue ins Tal, hinauf zu den Bergen, in den Himmel. Gegenüber auf der anderen Seite der Straße unterhalten sich zwei Frauen, tragen Körbe mit Blumen und Grünzeug, lachen miteinander, bevor die eine in einem Haus verschwindet, einem Holzhaus mit weitem Balkon, auf dem ein Bananenbaum steht. Ein Bananenbaum, unglaublich.

Lehne mich über das Balkongeländer, immer noch im Bademantel. Möchte doch zu gerne wissen, in welches Haus die andere Frau gehört. Die jedoch trägt ihren bunten Korb die Straße hinunter und verschwindet schließlich aus meinem Sichtfeld. Ob es hier Häuser zu mieten gibt? Angenommen, wir könnten unser Haus im kleinen Dorf verkaufen, gäbe es hier Häuser, die wir uns leisten können? Ist das alles nicht nur ein unsinniger Traum? Ich kann doch meine Eltern nicht im Stich lassen! Aber angenommen, ich fände Möglichkeiten, sie auf die beste Weise zu versorgen, könnte ich dann einfach weggehen? Was ist mit Pia und Gabriel? Würden die beiden mit uns kommen? Oder nach der Schule und dem Studium nachkommen? Sie sind erwachsen. Leben in ihren eigenen Wohnungen, leben ihr eigenes Leben.

Was hält mich eigentlich in diesem Dorf? Da ist doch nichts, was mich wirklich hält. Außer der Gewohnheit vielleicht. Alles nur so ein unbestimmtes, mulmiges Gefühl, dieser Gedanke wegzugehen. Vielleicht ist es ganz einfach. Hier unten, in dieser bayerischen Welt, macht es mir weniger Angst. Alles ist weit weg.

Vielleicht ist es leichter als ich dachte. Je mehr ich darüber nachdenke, je mehr ich mich einlasse, je mehr ich mich in diese bayerische Landschaft verliebe, umso sicherer bin ich, dass der Tag, das kleine Dorf zu verlassen, gekommen ist. Und Alex hat die Tür dafür geöffnet.

Er hat meine Schleusen geöffnet, egal, was er tatsächlich gemacht hat. Wie konnte ich mich so vor der Welt verstecken?

Es ist fast Mittag, als ich mich schließlich noch einmal auf den Weg mache. Mit der kleinen Seilbahn hinauf auf den Wendelstein. Irgendwann zwischen Almhütte und Wanderweg treffe ich meine Entscheidung.

Am Abend überschütte ich Alex mit meinen Gedanken und Ideen. Lasse ihn kaum zu Wort kommen, frage nicht, wie es bei dem Finanzberater in München war, will die Euphorie, die mich den ganzen Tag trägt, nicht loslassen, jedenfalls heute nicht.

Am nächsten Tag sieht das alles schon wieder anders aus. In dieser Woche ist nichts so gekommen, wie ich es geplant hatte. Je weiter ich mich am nächsten Tag von Bayern entferne, desto mulmiger wird mir. Je länger ich grübele, desto unsinniger erscheint mir meine Idee, die Idee einfach wie Alex wegzugehen.

Je näher ich dem kleinen Dorf komme, desto fester ziehen sich die alten Fesseln. Ich kann meine Eltern nicht im Stich lassen.

Gegen Abend komme ich im kleinen Dorf an. Papa bemüht sich, seine Freude zu verbergen. Da nehme ich ihn einfach in den Arm, und er wird weich und zitterig. Die Brüder zwinkern mir zu. Hat alles gut geklappt mit den Männern. Morgen werde ich Mama im Pflegeheim besuchen, und in ein paar Tagen hole ich sie zurück nach Hause.

Die Altenpflegerinnen sind gut gelaunt. „Ihre Mutter ist ja so ein fröhlicher Mensch", schwärmen sie. Ich bin sprachlos. Mama sitzt im Rollstuhl an einem Tisch vor dem Fenster. Sie schreibt. Das Zimmer ist hell und riecht nach Kölnisch Wasser. „Hallo Kind", begrüßt sie mich, „ich muss schnell noch das Mittagessen für diese Woche aussuchen und ankreuzen."

Ich ziehe mir einen Stuhl heran, setze mich neben sie, schaue ihr zu. „Den Freitag brauchst du nicht mehr ankreuzen, da hole ich dich wieder ab", sage ich. Sie legt den Stift auf das Papier, die Hände in den Schoß, seufzt. „Willst du etwa länger bleiben?", frage ich scherzhaft. „Ja", sagt sie.

Es klopft an der Tür. Eine Schwester bringt Kaffee und Kuchen, stellt eine neue Flasche Mineralwasser auf den Nachttisch, nimmt die leere Flasche mit. „Brauchen Sie sonst noch etwas?" „Nein, alles gut", sagt Mama.

Sie schüttet sich etwas Kaffee in die Untertasse und schlürft ihn mit geschlossenen Augen. Ich weiß nicht, was ich sagen soll. Sitze vor ihr mit offenem Mund und finde keine Worte. Weiß nicht, was mich sprachloser macht: dass sie nicht nach Hause will, oder dass sie den Kaffee wieder aus der Untertasse trinkt.

In aller Ruhe stellt sie die Untertasse ab und schaut mich an. Wie früher schaut sie mich an, mit diesem Blick, dem ich nicht entkommen kann, der mich festnagelt, bis alles gesagt ist.

„Ich bleibe hier, Kind", sagt sie, „ich gehe nicht mehr zurück zu deinem Vater. Hier geht es mir gut. Alle sind lieb und niemand, nein wirklich niemand meckert herum. Ich bleibe hier.

Außerdem", sagt sie und nimmt meine Hand, „außerdem wirst du sicherlich auch irgendwann zu Alex ziehen wollen, oder? Eine Wochenendehe, das geht doch nicht."

Dann lässt sie meine Hand los. Weil es selten vorkommt, dass sie meine Hand nimmt, bin ich immer noch sprachlos. Meine Hand zu nehmen ist für meine Mutter etwas Außergewöhnliches. Nicht mehr nach Hause zurück zu gehen, freiwillig in einem Pflegeheim zu bleiben, meinen Vater zu verlassen, ja auch mich zu verlassen, ist viel Außergewöhnliches auf einmal. Vielleicht habe ich mich ja auch verhört und sie will nur noch für ein paar Tage hier bleiben. Möglicherweise ist sie wieder verwirrt. Das wäre ja nicht zum ersten Mal, seitdem sie erkrankt ist.

So einfach kann sie doch keinen Schlussstrich ziehen, sich so mir nichts, dir nichts davon machen.

Im Hintergrund tickt eine Uhr. Draußen fährt ein Taxi vor. Mama winkt dem Taxifahrer.

„Kennst du den?"

„Nein", lächelt sie verschmitzt, „aber er winkt immer zu mir hoch, wenn er kommt. Nett, oder?"

Da merke ich, dass sie nicht verwirrt, sondern ungewöhnlich aufgeräumt ist. Was kommt denn da jetzt auf uns zu? Ich muss mich bewegen, etwas durch den Wald rennen. Jedenfalls meine Gedanken sortieren, verdauen, was Mama mir soeben mitgeteilt hat.

„Du willst wirklich nicht mehr nach Hause, Mama?"

Was habe ich bloß falsch gemacht? Hätte ich nicht nach Bayern fahren sollen? Was habe ich getan oder nicht getan, dass sie nicht mehr nach Hause will?

„Nichts", sagt sie, „du hast nichts falsch gemacht. Aber mit Papa, weißt du, mit Papa muss endlich Schluss sein. Ich ertrage diese Wut nicht mehr, und ich gehe nicht mehr zu

ihm zurück. Hier ist es friedlich, Kind, und hier bin ich endlich frei."

Ich habe mich geirrt, habe ihre Kraft und ihren Willen unter-
schätzt. So klar wie heute war sie schon lange nicht mehr.
Sie weiß genau, was sie will. Sie hat sich entschieden. Es
scheint so, als sei sie tatsächlich wie befreit. Wie konnte ich
das übersehen?

Wie konnte ich nicht bemerken, dass das Alter und die
Krankheit meine Eltern immer mehr zu Gefangenen gemacht haben? Wie konnte ich übersehen, dass sie sich
schließlich selbst mit ihrem Kampf immer enger aneinander
gefesselt haben?

Nein, ich habe nichts falsch gemacht. Nur etwas Neues in
Bewegung gebracht, mit dem ich nicht gerechnet habe.

Es war gut, nach Bayern zu fahren, es war gut. Erst als ich
gegangen bin, konnte sie auch gehen.

Ich nehme sie in den Arm. „Wir müssen da einiges organi-
sieren", sage ich, „und wer sagt es Papa?"

Sie zuckt mit den Schultern. „Morgen kommt er mich besuchen. Deine Brüder bringen ihn für eine Stunde zu mir herüber. Da sag ich es ihm."

„Hast du keine Angst?"

„Jetzt nicht mehr."

Es klopft an der Tür. Eine Pflegerin bringt frische Handtücher und etwas Obst. „Möchten Sie heute Abend Tee oder wieder ein Bier?" „Gerne wieder ein Bier", sagt Mama, und damit ist alles gesagt.

Ich nehme sie in den Arm und sie hält mich lange fest. Oh, wie sehr habe ich mir das als Kind immer gewünscht. Festgehalten werden im Arm meiner Mutter. Ich erinnere mich nicht an das Gefühl, erinnere mich nur an die Sehnsucht nach diesem Gefühl. Aber jetzt, jetzt ist es da, und vermischt sich mit einer tiefen, warmen Traurigkeit. Vielleicht braucht es wirklich Freiheit, um Nähe zuzulassen.

Mit einem Mal fühle ich mich sehr müde. Während ich vor einigen Minuten noch hin und her laufen musste, schaffe ich es jetzt kaum noch aus dem Sessel. Mama seufzt zufrieden und vertieft sich wieder in den Speiseplan. Ich verlasse das Zimmer, verlasse das Pflegeheim, setze mich in meinen Wagen und weiß nicht mehr wohin.

In meinem Haus ist es kalt und still. Erst morgen werden die Kinder den Hund bringen. Die Kinder, denke ich, es wird Zeit endlich mit den Kindern zu reden.

Lege eine CD von Van Morrison ein und ziehe mir für einen Moment die Decke über die Ohren. Als ich nach zwei Stunden wieder wach werde, ist es bereits dunkel. Meine Knochen schmerzen, der Hals kratzt. Huste, wie schon lange nicht mehr.

Am nächsten Tag kommt Fieber dazu, und der Hausarzt stellt eine Lungenentzündung fest. Ich schlucke eine Handvoll Tabletten, lege mir eine Wärmflasche in den Rücken, krieche unter die Bettdecke und lese zwei Tage lang Kafka. Dann ruft Papa an. Er hat keine Erdnüsse mehr und die Betten müssen bezogen werden. Außerdem will er langsam wissen, wann denn nun Mama endlich wieder nach Hause kommt. Sie hat ihm also noch nichts gesagt.

Meine Knochen sind schwer und träge. Ich schlucke ein weiteres Antibiotikum und fahre in den Supermarkt. „Na endlich", sagt Papa.

„Jetzt reicht's", denke ich und zitiere die Brüder herbei. Bin wie betrunken von Fieber und Medikamenten, von Übelkeit und Herzrasen.

„Vielleicht hast du einen Herzinfarkt", grinst der große Bruder.

„Kümmere du dich jetzt lieber um Papa", fauche ich ihn an und verschwinde in meinem Bett.

Ein paar Tage, an denen ich abtauche, mich mit Kafka und Zitronentee dem Fieber hingebe und mich in Ruhe lasse mit all den Gedanken und Gefühlen.

Eine Weile steht die Zeit still. Rede nur wenig, lasse das Telefon und die Türklingel einfach sein, bin krank und möchte es bleiben. Bis die Kinder vor meinem Bett stehen. „Mama, was ist los?"

Gabriel und Pia haben Basti mitgebracht, Pias neuen Freund. Der Hund bekommt vor lauter Freude einen Krampfanfall und pinkelt auf den Teppich. Basti wohnt in Bielefeld und will dort weg. „Wir wollen zusammenziehen, Mama, etwas anderes machen, etwas zusammen machen. Morgen sehen wir uns eine Wohnung in Köln an und Basti geht am Donnerstag zu einem Vorstellungsgespräch." Pia hat rote Ohren und redet sich um Kopf und Kragen. Basti trägt eine Baskenmütze. Er trägt immer eine Baskenmütze. Gabriel setzt sich auf die Bettkante, schaut mich an. Er liest meine Gedanken. „Warum so schnell, Pia?" „Ach, Mama, du wirst doch sicherlich auch bald zu Papa nach Bayern ziehen, oder?" Pia steht mit dem Kopf im Nacken in Kampfmodus. Basti verknotet seine Beine.

Gabriel schweigt immer noch. Gabriel wartet auf eine Antwort. Gabriel will die Antwort gar nicht hören. Ich gebe sie auch nicht, noch nicht, nicht wenn Basti dabei ist. Ich muss mit meinen Kindern reden, aber nicht heute. „Lass uns am Wochenende reden, Pia, lasst mich erst wieder richtig atmen können."

Am Wochenende holen wir Mama zu Kaffee und Kuchen nach Hause.

Die Brüder zwängen sich wie früher auf die Eckbank und Papa nimmt sich das erste Stück vom Kuchenblech. Eine gedämpfte Stimmung verdickt die Luft. Fast könnte man meinen, die Zeit wäre zurückgedreht worden. Nach außen könnte es so scheinen, als säße hier eine Familie zur Kaffeezeit zusammen, die Kinder auf der Eckbank, Vater und Mutter an den Tischenden. Wenn jemand von außen diese Situation betrachten würde, sähe er ein harmonisches Familienbild. Ja, ich erinnere mich, auch das gab es zwischendurch.

Aber heute, heute ist es nur ein Bild. Mama in ihrem Rollstuhl rutscht hin und her, will schnell wieder weg, wagt den Blick nicht zu heben, hat die Freiheit im Pflegeheim gelassen. Papa tobt innerlich und weiß nicht warum, ahnt vielleicht das noch Unausgesprochene, will etwas Unwiederbringliches zurück und bekommt es nicht. Die Brüder sitzen wie kleine Jungs auf der Bank und würden sich gerne aus dem Staub machen. Und ich, ja auch ich würde mich gerne aus dem Staub machen. Vielleicht sollte ich uns noch Zeit lassen, vielleicht schiebe ich die Entscheidungen noch ein paar Tage. Warum muss ich heute alles zur Sprache bringen? Lass sie doch alleine machen, Satu. Erst einmal Kaffee trinken, den richtigen Moment abwarten.

„Und", sagt Papa plötzlich hart in den Raum, „wann kommst du wieder nach Hause?"

Acht Augen drehen sich wie vom Donner gerührt zu ihm hin. Starren ihn erschrocken an, so wie früher, wie immer dann, wenn einer von uns etwas angestellt hatte.

So wie an dem Tag, an dem ich die Zigaretten im kleinen Dorfladen klaute, oder als der große Bruder seine Konfirmationsuhr verlor, oder der Kleine die Sechs in Mathe nach Hause brachte. Immer dann klang Papas Stimme hart im Raum, und das war dann erst der Anfang.

Mamas Worte kommen rasch, leise und klar. „Ich komme nicht mehr nach Hause, ich bleibe im Pflegeheim."

Jetzt, jetzt wird er gleich explodieren, wird schreien und auf den Tisch schlagen, wird uns niedermachen, den Kuchen vom Blech fegen, wird sich Luft machen, seine Wut hinausbrüllen, wird uns zusammenfalten wie zu seinen besten Zeiten. Aber es kommt nichts. Die Luft scheint sich zu verdicken. Jeder für sich wartet auf das Ungeheuerliche.

All das tritt nicht ein.

„So", sagt er, „das habt ihr euch ja gut überlegt. Da habe ich ja dann nichts mehr zu sagen, oder?"

„Ja", sagt Mama, „ich habe mir das gut überlegt, und die Anträge sind auch schon unterschrieben."

Ich schaue hin zu ihm. Hebe langsam den Kopf und wage einen Blick. Da sitzt er zusammengekauert auf dem Stuhl. Seine kalten, blauen Hände zittern mit der Kuchengabel. Es ist keine Kraft mehr in ihm. Der Thron ist zerbrochen. Machtlos muss er sich damit abfinden, dass meine Mutter ihren eigenen Weg geht, nach fünfzig Jahren Ehe ihren eigenen Weg geht, und er kann nichts dagegen tun.

Es ist zu spät, viel zu spät, um zu kämpfen, viel zu spät um sich einen Dreck darum zu scheren, viel zu spät für einen Ausweg. Er hat verloren. Sein Gesicht liegt im Schatten, die Mundwinkel nur ein schmaler Strich, aber seine Augen, seine Augen sagen alles. Als er mich anschaut, mich, nicht meine Mutter, ist es nicht Verzweiflung, was ich sehe. Es ist immer noch Wut, Wut weil er einen Schuldigen braucht, Wut, weil er Wut leichter erträgt als Traurigkeit.

„Gibst du mir bitte einen Kaffee?", fragt Mama. Vorsichtig bewege ich mich aus der Starre, greife nach der Kanne, fülle langsam ihre Tasse, gebe etwas Milch hinzu und warte auf den Schlag. Der Schlag, der noch fehlt, der das Ganze abrundet, der nahezu immer kommt, wenn einer es wagt, zu widersprechen. Der Schlag fehlt noch, damit die Luft wieder zirkulieren kann. Aber er kommt nicht. Der Schlag mit der Faust auf den Tisch bleibt aus.

Wird auch danach nie wieder kommen. Hat seine Macht eingebüßt, ist seiner Kraft beraubt.

Mit dem Schlag wäre es für mich einfacher gewesen, die Angst hätte sich in Wut verwandeln können, hätte ein Ventil finden können, für mich, für die Brüder und für meine Mutter. Ohne den Schlag sitzen wir verloren am Tisch, sprachlos jeder für sich. „Na dann", sagt Papa und schlurft mit gebeugtem Rücken ins Schlafzimmer. „Kannst mich ja besuchen kommen", sagt Mama, doch da ist die Schlafzimmertür bereits zu. Während ich sie später wieder zurück ins Pflegeheim fahre, kümmern sich die Brüder um Papa. „Er hat den ganzen Nachmittag geschlafen", erzählen sie mir später.

In der Nacht rast mein Herz und hört nicht auf damit, bis mir schlecht wird, und ich schlucke Tropfen gegen Unwohlsein und lege mich auf die Seite. Dadurch wird es auch nicht besser, die Übelkeit und mein aufgeregtes Herz bleiben die ganze Nacht bei mir, wie ein klammes Kissen.

Am nächsten Morgen stehe ich am Fenster und schaue hinunter zum Wald, warte auf Pia und Gabriel.

In diesem Wald liegen nicht nur die Reste der Hütte herum, die sich die Kinder zimmerten, nein, dieser Wald war auch mein Kindergarten, mein Spielplatz, meine Zuflucht. Nur ein paar Meter den Weg entlang, über die Wiese und schon stand ich im Wald, traf mich hier mit den Freunden. Hier war immer etwas los. Wir spielten Cowboy und Indianer, ritten auf Stöcken durch raschelndes Laub, versteckten uns hinter den Bäumen und schossen mit unseren Zeigefingern auf alles, was sich bewegte. Es gab nur wenige Kinder im kleinen Dorf, so kurz nach dem Krieg. Es gab eine kleine Dorfschule, aber keinen Kindergarten, und so gut wie keine Autos. Ein Bus fuhr zweimal täglich in die Stadt, und mein Vater war hier Bürgermeister. Meine Eltern besaßen das erste und lange Zeit einzige Telefon im Ort. Der Bürgermeister und die Hebamme. Manchmal kamen Telefonate für die Nachbarn. Dann rannte eines von uns Kindern los und sagte Bescheid, und einige kamen erst, wenn sie sich frisch gekämmt hatten. Meine Oma weigerte sich, ein Telefonat anzunehmen, weil sie noch die Kleidung vom Feld trug.

„Ich kann doch da nicht rangehen, so wie ich aussehe."

Der Wald roch immer nach Schutz, schmeckte nach Fell und Wärme. War unsere Prärie, unsere Cowboystadt, unsere Schatzinsel, unsere Piratenhöhle. Jetzt hier am Fenster schiebt sich ein Gefühl von Abschied in meinen Bauch. Der Wald und ich gehören zusammen. Der Wald, mein Wald, liegt schwarz und schweigt.

Und ich, ich muss genau das verlassen, das Schwarze, das Schweigen, muss ins Helle und reden, alles sagen und alles wissen.

Ein Schlüssel dreht sich im Schloss, Lachen, Taschen krachen auf der Holzbank, Gekicher, die Haustür schlägt zu.

Sie sind da. Schaue um die Ecke. „Na, ihr Zwei."

„Mama, ist das wahr, dass die Oma im Pflegeheim bleiben will?"

„Ja", sage ich und stelle das Waffeleisen an. Und während die Waffeln eine nach der anderen auf den Tellern landen, erzähle ich. Erzähle auch noch, als längst alle Waffeln gegessen sind, der Kaffee in den Tassen kalt geworden ist und die Kirchenglocken den Mittag einläuten. Erzähle von Mama und Papa und vom Krieg. Vom großen Krieg in der Welt und dem kleinen im Schlafzimmer meiner Eltern. Halte inne, zweifle, ob ich all diese Dinge überhaupt erzählen darf, rede weiter, beobachte meine Kinder, beobachte ihre Gesichter, ihre Augen. Darf ich ihnen das alles zumuten, redet man so mit seinen Kindern, auch wenn sie bereits erwachsen sind? Sollte ich mich besser zurückhalten? Müssen sie wirklich alles wissen? Sehe Erstaunen und Erschrecken in ihren Gesichtern. Zaudere und bleibe schließlich doch im Reden, weil alles gesagt werden muss. Weil es mir so wichtig ist, dass meine Kinder mich verstehen. Auch das verstehen, was noch geschehen wird. Denn dass das noch nicht alles ist, das liegt in der Luft.

Setze frischen Kaffee auf. Mache eine Pause. Beende die Kriegsberichte und ihre Folgen, bin bei Alex angekommen. Bei Alex und bei mir, bei uns, den Eltern dieser Beiden, die immer noch wie festgenagelt auf den Küchenstühlen sitzen.

„Und da gibt es noch etwas", sage ich, „Alex hat Mist gebaut, aber ich weiß noch nicht welchen."

Ich erzähle, was ich weiß, verschweige, was ich ahne. Je mehr ich rede, desto verworrener wird das Ganze, desto unsinniger kommt mir die Entscheidung vor, meine Kinder einzuweihen. Einzuweihen in was eigentlich?

„Mama", sagt Pia, „das ist doch verrückt."

„Nein", sagt Gabriel, „das passiert gerade überall.

Diese Ostimmobilien werden offensichtlich auf Teufel komm raus verhökert. Der Vater von Conny ist damit platt gegangen. Habt ihr das nicht gehört?"

Conny ist Gabriels Kindergartenliebe. Connys Vater ist Chirurg am Stadtklinikum. Besitzt ein großes Haus am Stadtrand und eine Segeljacht an der Ostsee.

„Der Vater von Conny?"

„Ja, Mama, hast du nichts davon gehört? Das Haus steht doch bereits zum Verkauf. Conny war am Wochenende auf dem Sportplatz. Hat große Angst, dass ihr Vater sich etwas antut. Ostimmobilien, Mama, das sind offensichtlich Schrottimmobilien. Und damit wird im großen Stil Kasse gemacht."

„Meinst du, Alex hat Schrottimmobilien gekauft, Gabriel?"

„Keine Ahnung, Mama. Was hat er dir denn erzählt?"

„So gut wie nichts, also ich meine, er macht nur Andeutungen, sagt, dass alles in Ordnung ist. Er hat da so einen Finanzberater zugezogen, der ihn berät."

„Mama", sagt Pia, „du musst das rauskriegen."

„Hört auf jetzt", sage ich, „Papa ist doch nicht blöd. Er weiß doch, was er macht. Er wird vermutlich Geld in Immobilien angelegt haben, ja, so habe ich das verstanden, aber sicher nicht in Schrottimmobilien, verdammt noch mal."

Mit einem Mal kommt mir dieses ganze Gespräch unsinnig vor. Habe wirklich keine Lust, aus einer Mücke einen Elefanten zu machen, oder mich in Katastrophengeschichten zu vertiefen. Über was reden wir hier eigentlich? Alex wird schon wissen was er macht. Mit diesen Schrotimmobiliengeschichten hat Alex nichts zu tun, da bin ich mir sicher.

Bin ich verrückt geworden, dass ich die Kinder so verunsichere?

Es klingelt an der Tür. Der Hund macht einen Riesenaufstand, kann sich gar nicht beruhigen, springt an der Haustür hoch, als stände dort der Feind. Hinter der Glasscheibe sehe ich zwei Polizisten.

Gabriel schiebt mich zur Seite und öffnet die Tür. „Wohnt hier ein Dr. Berger?"

„Ja", sagt Gabriel, „aber der ist nicht da. Worum geht es?"

„Um die Autoversicherung. Die ist seit Monaten nicht gezahlt worden und wir sind nun verpflichtet, den Wagen stillzulegen."

„Bitte kommen Sie rein", sage ich und stelle mich neben meinen Sohn. „Das muss ein Irrtum sein."

„Ist es nicht", sagt der größere der Beiden, „ hier, sehen Sie." Und er reicht mir ein Schreiben mit offiziellem Stempel. Auf dem Schreiben steht Alex' Name, die Autonummer, die Versicherung und der Betrag. Kein Zweifel, er hat seit Monaten die Autoversicherung nicht mehr bezahlt.

„Da muss irgendetwas schief gelaufen sein", sage ich, „so etwas ist meinem Mann noch nie passiert. Ich kläre das sofort mit ihm."

„Überweisen Sie bis morgen Mittag zwölf Uhr die Versicherung sowie die Rückstände, und bringen Sie die Belege aufs Präsidium. Dann sehen wir von weiteren Schritten ab", sagt der kleinere der Beiden. Ich nicke und auch sie nicken und verlassen das Haus. Die Nachbarin im Garten stellt die Harke ab und schaut ihnen hinterher. Sie lächelt und reibt sich die Hände. Gleich wird sie in den kleinen Laden eilen und die Neuigkeit verbreiten.

Als ich in die Küche zurückkomme, unterbrechen Pia und Gabriel ihr Gespräch. Es braucht keine weiteren Erklärungen.

„Ich muss zur Bank", sage ich, „und dann, dann muss ich nach Bayern."

Doch zuerst muss ich zu Papa, und das ist das Schwerste. Seit gestern hat er sich nicht mehr bei mir gemeldet. Kein wütender Anruf, kein imperativer Auftrag, kein Befehl aus dem Elternhaus. Ich befürchte, es geht ihm sehr schlecht.

Bereits im Hausflur höre ich Kinderstimmen aus der Elternküche. Augenblicklich beschleicht mich ein bedrückendes Gefühl. Sie werden doch wohl nicht etwa den kleinen Paul mit Papa allein gelassen haben?

Als ich die Küchentür öffne, dröhnt mir die raue Stimme meines Vaters entgegen, singend. Jetzt ist er wohl verrückt geworden. Ich winde mich zur Tür herein und stehe vor einem alten, singenden Mann mit hochrotem Kopf und wirren Haarsträhnen, die ihm über die Ohren fallen. Auf seinem Schoß sitzt der kleine Paul und hält sich mit beiden Händchen an Papas Hemdkragen fest. „Macht der Reiter plumps", singt Papa und grätscht die Beine auseinander, so dass der kleine Paul fast auf den Küchenboden knallt.

Doch Papa hält ihn fest, drückt ihn an sich, und Paul ruft: „Bopa, einmal, einmal."

Paul ist fast zwei Jahre alt und ein glückliches, unerschütterliches Kind. Bisher wagte er sich allerdings selten in die Nähe seines Opas. Hielt lieber Abstand, spürte offenbar so etwas wie Gefahr. Beobachtete lieber diesen ernsten, strengen, alten Mann von einer sicheren Distanz aus. Dieser kleine Mensch, der umgeben ist von Wärme und Herzlichkeit seiner Eltern, wartete wohl instinktiv den richtigen Moment ab, um seine unschuldige Liebe voller

Unbefangenheit seinem Opa vor die Füße zu legen. Es ist kaum zu glauben, aber der nimmt sie tatsächlich an.

Ich setze mich an den Küchentisch, schaue zu. Muss mitlachen bei so viel verrückter Komik und so viel Geröll, das mir vom Herzen rutscht beim Anblick meines singenden Vaters.

Kann es sein, dass es ihm mit dem Auszug von Mama gut geht, dass er womöglich genauso befreit ist wie sie? Kann es sein, dass dieser kleine Knirps näher an Papas Herz herankommt als wir alle zusammen? Während ich so dasitze, zuschaue und zuhöre, flüstert Papa irgendetwas Fremdartiges und zwinkert dem Kleinen zu.

„Das war Finnisch, mein Junge", sagt er, „das war Finnisch."

Da steht mit einem Mal der kleine Bruder in der Tür und nimmt seinen Paul auf den Arm. „Mach den Opa nicht platt", lacht er, und Papa lacht mit, wenn auch mit dem Kopf nach unten. Mit einem Mal bekomme ich das Gefühl, hier zu stören, und bin mir nicht so sicher, ob mich das ärgert oder freut.

„Ich muss zur Bank", sage ich, und bin schon fast wieder aus der Tür, „brauchst du noch etwas, Papa?"

„Hab ich schon alles besorgt", sagt der kleine Bruder, und Paul winkt mir mit beiden Händen kräftig zu. Das fühlt sich alles an wie „nun geh schon endlich."

Die Nachbarin hat die Gartenarbeit beendet und lehnt am Zaun der Schule, in der die Witwe des alten Dorflehrers wohnt. Beide Frauen sind emsig in ein Gespräch verwickelt, das sie jäh unterbrechen, als sie mich sehen.

Ich spüre ein Ziehen zwischen den Schulterblättern. Ob mir jetzt ein Fell wächst, ein kräftiges Fell. Wenn ich nicht so durcheinander wäre, würde ich mich ihm hingeben, würde dem Wachsen zuschauen und mich putzen, mein Fell putzen, wie eine junge Katze.

Auf dem Weg in die Stadt laufen die letzten Stunden noch einmal wie in Zeitlupe durch meinen Geist. Was passiert hier gerade? Es geht alles viel zu schnell. Von einer Minute zur anderen verändern sich meine Perspektiven, schleudern mich von unten nach oben und wieder zurück auf Los. Wie um Himmels Willen verhält man sich auf einer Polizeistation? Es gab Zeiten, da schien die Welt still zu stehen. Jeder Tag verlief in gleichen, ruhigen Bahnen. Es gab nichts, was den Rhythmus veränderte, alles war berechenbar, absehbar, kalkulierbar. Es schien immer so weiter zu gehen. Ein betuliches Plätschern des Lebens, ein Gleichklang des Alltäglichen. Ja, wenn ich es so recht bedenke, lief alles glatt, bis zu dem Zeitpunkt, an dem ich am Fenster stand und in den Wald hinunterschaute. Bis zu dem Gedanken und der trügerischen Erkenntnis, dass ich nun endlich frei sei.

In der Bank stelle ich fest, dass mein Konto bis zur Grenze belastet ist und ich mich dringend darum kümmern muss das Minus auszugleichen. Ich überweise den Betrag an die Autoversicherung und mache mich auf den Weg zum Polizeipräsidium. Es ist das erste Mal, dass ich eine Polizeistation betrete. Das Fell über meinen Schultern sträubt sich, will wachsen, muss wachsen. Kneift und zerrt an mir. Alles tut mir weh. Fühle mich wie gebrandmarkt. Als habe ich etwas Unrechtes getan, als sei ich aus der Rolle gefallen. Bis um zwölf Uhr morgen früh habe ich mich auf der Polizei einzufinden. Aber ich muss das jetzt erledigen, heute noch, sonst komme ich nicht über die Nacht. Warum, verdammt noch mal, muss ich die Suppe auslöffeln, die Alex eingebrockt hat? Ich hoffe, dass der größere der Polizisten nicht da ist, der, der mich anschaute, als wisse er alles über mich, als sähe er in meinen Kopf, in dem nichts zu finden ist außer Kaffeetrinken und Kuschelwolle, als wisse er genau, wie Leute ticken, die versuchen, eine Versicherung zu prellen. Dieser Gang ist so schwer. In meinen Ohren pulsiert das Blut, meine Hände lassen sich vor Kälte kaum bewegen. Wenn ich jetzt aus dem Wagen steige, knicke ich um.

Brauche noch Zeit, brauche eine Pause, einen Moment noch, um mich wieder bei mir einzufinden. So einfach geht das nicht. Die Menschen in der Fußgängerzone nehmen mich in ihre Mitte. Bewege mich Schritt für Schritt von einem Schaufenster zum nächsten. Drehe eine Zusatzrunde um die Polizeistation und gehe schließlich hinein.

Der junge Polizist ist schüchtern und freundlich.

„Sie bringen die Belege? Dankeschön, das war es schon."

Nach einem Wimpernschlag bin ich wieder draußen und ganz verwirrt von der Geschwindigkeit dieses Tages und dem Gewicht, das ich mir durch meine eigenen Gedanken selbst auf die Schultern gelegt habe.

Wann ist mir ein Gang je so schwer gefallen? Ach ja, als meine Tante Frieda gestorben ist und ich meiner Mutter im Krankenhaus diese Nachricht überbringen musste.

Am Abend telefoniere ich nicht mit Alex, kündige meinen Besuch nicht an. Nein, ich werde morgen einfach losfahren, um irgendwann in Bayern anzukommen. Vielleicht am gleichen Abend, vielleicht übermorgen oder in ein paar Tagen.

Werde irgendwann ankommen, um ihm zu sagen, dass ich bald, ja vielleicht bald, zu ihm ziehen werde.

„Ich ziehe zu dir nach Bayern", werde ich ihm sagen, „aber nur, wenn du mir endlich sagst, was du gemacht hast."

In der Nacht stehe ich am Fenster. Sehe nichts als das Schwarz der Nacht. Was mag da wohl im Wald trotz dieser Dunkelheit alles vor sich gehen? „Wenn ich nichts sehe, heißt das nicht, dass da nichts ist", denke ich, „wenn ich meinen Kopf in den Sand stecke, heißt das nicht, dass alles verschwindet."

Ich schreibe einige SMS, an Pia und Gabriel, an den gro-ßen und den kleinen Bruder, und mache mich weit vor dem Morgengrauen auf den Weg. Es beginnt langsam hell zu werden, als mir kurz vor Erlangen der rechte Vorderreifen platzt.

Bei hundertdreißig Stundenkilometer gibt es einen dumpfen Schlag. Der Wagen schießt mir aus der Hand. Einige Se-kunden lang geschehen Dinge automatisch. Mein Körper übernimmt die Kontrolle, ohne dass mein Verstand einsetzt. Mit durchgedrückten Beinen und Armen ziehe ich den Wa-gen von der Straße, bringe ihn auf dem Seitenstreifen zum Stehen, drehe den Schlüssel um und haue mit der Faust auf den Knopf der Warnblinkanlage. Alles geschieht so schnell, dass ich für einen Moment aus der Zeit falle. Was um Himmels Willen ist passiert?

Der Schlüssel schneidet mir in die Handfläche. Meine Hand öffnet sich nicht. Zittert wie losgelöst an meinem Arm, lässt den Schlüssel nicht los, bis ich schließlich die Hand auf das Lenkrad schlage. Der Schlüssel fällt zwischen meinen Beinen hindurch auf den Boden. Die Uhr am Armaturenbrett zeigt fünf Uhr fünfundvierzig. Mattes Licht lässt sich am Horizont erahnen. Es ist eher dunkel als hell. Der Tag fängt soeben erst an. Fängt für mich chaotisch an.

Ein Unfall oder was auch immer auf dieser Autobahn. Es lief doch alles so gut. Kaum Verkehr, nur wenige LKW. Alles überschaubar. Bin ich eingeschlafen? Hatte ich einen Zusammenstoß? Ich muss hier raus, muss raus aus dem Wagen, von dem ich nicht weiß, ob er gleich Feuer fängt oder explodiert. So schnell wie möglich raus. Doch mein Körper hängt immer noch schwer und wie schockgefroren im Sitz. Ein Pfropf quält sich von unten aus dem Bauch den Hals hinauf. Bitte jetzt nicht übergeben. Nicht zu allem Übel jetzt noch hinter das Lenkrad erbrechen. Ich schlucke und huste, Wasser läuft mir aus der Nase, oder ist es Blut? Bin ich verletzt? Langsam lösen sich meine Beine. Ich hebe den Kopf, schaue mich um. Alles sieht aus wie immer. Mein Auto, der Korb auf dem Beifahrersitz. Alles an seinem Platz. Vorsichtig lehne ich mich zurück. Bin ich angefahren worden? Was mache ich denn jetzt? Ich muss verletzt sein, denn ich kann mich nicht bewegen, und Luft bekomme ich auch nicht. Innere Verletzungen womöglich, innere Blutungen. So kann es doch nicht enden, nicht hier allein auf der Autobahn.

Ich finde den Türgriff nicht. Bekomme den Sicherheitsgurt nicht geöffnet.

Es klopft an die Scheibe. „Hilfe", denke ich, „Hilfe." Jemand reißt die Fahrertür auf, jemand zieht mich aus dem Wagen, schiebt mich auf den Beifahrersitz eines anderen Wagens. „Sitzenbleiben", sagt der Jemand. Ich tue nur zu gerne, was er sagt. Die Scheiben beschlagen. Ich sehe nichts, außer einem Schatten, der hin und her läuft, sich bückt, wieder hin und her läuft, schließlich die Autotür öffnet und mir die Haare aus dem Gesicht streicht. „Glück gehabt", sagt er, „Riesenglück." Ich schließe die Augen, sacke tief in den Sitz.

Weitere Schatten laufen vor der beschlagenen Scheibe auf und ab. Stimmengemurmel, schließlich Blaulicht. Wieder öffnet sich die Fahrertür. Eine Polizistin setzt sich neben mich. Bringt Zigarettengeruch und feuchte Kälte mit herein. Muss das sein? Sie ist sehr blass, dunkle Ränder unter den Augen und tiefe Stirnfalte. „Na", sagt sie, „wie geht es

Ihnen? Wie gut, dass nichts los war auf der Autobahn. So ein Reifenplatzer kann ein ganz schönes Chaos verursachen." „Reifen?" frage ich. „Ja", sagt sie, „ihre rechter Vorderreifen ist geplatzt. Sie konnten den Wagen aber gut abfangen. Ist sonst nichts weiter passiert. Muss natürlich erst mal ausgewechselt werden. Glück gehabt. Bei Ihnen sonst alles in Ordnung?" „Ja, ja", sage ich und unterschreibe alles, was sie mir unter die Nase hält.

„Na, dann", sagt sie, „ wo geht's denn hin?"

„Rosenheim", sage ich.

„Vielleicht sollten Sie erst einmal eine Pause machen", sagt sie, „Rosenheim ist morgen auch noch da."

So schnell wie sie kam, ist sie wieder weg. Zum zweiten Mal innerhalb eines Tages die Polizei. Was ist denn nur los mit mir? Ich halte mir den Kopf. Reifenwechsel, aber wo? Wie komme ich hier weg? Wo bin ich überhaupt? Im nächsten Moment öffnet sich die Fahrertür. Das muss der Mann sein, der mich aus dem Wagen geholt hat. „So", sagt er, „der Abschleppwagen ist unterwegs und nimmt Ihren Wagen mit in die Werkstatt. Und wir zwei Beiden fahren jetzt erst einmal zu mir nach Hause und trinken in Ruhe einen Kaffee."

„Aber", sage ich. „Nix, aber", sagt er, „meine Frau weiß Bescheid und wartet schon auf uns."

Scheinbar habe ich hier gar nichts mehr zu sagen. Komme mir vor wie ein kleines Kind, das man einfach so ins Bett steckt. So, und jetzt wird geschlafen. Aber ein wenig erinnert mich das Ganze auch an den Tag, als ich mich verlaufen hatte und Papa mich einfach auf den Arm nahm und nach Hause trug. Dieser Mensch da draußen vor meinem Wagen ist mir völlig unbekannt.

Kommt da zufällig auf der Autobahn vorbei, als mir der Reifen platzt, hält an und organisiert mein Leben, jedenfalls für diesen Augenblick. Es gelingt mir nicht, einen Standpunkt zu finden. Bin ärgerlich und erleichtert zugleich. Finde immer noch keinen klaren Gedanken. Lasse ich ihn einfach machen.

Der Abschleppwagen fährt vor. Der Mann redet und gestikuliert mit den Monteuren, kriecht in meinen Wagen, holt meine Tasche, den Korb und stellt sie mir mit Schwung auf den Bauch. „Alles drin?" fragt er und ich nicke.

„Der Wagen wird in die Werkstatt gebracht. Wir können ihn heute Nachmittag wieder abholen", sagt er. „Wir?", frage ich. Er antwortet nicht, dreht den Schlüssel, startet den Wagen und fährt los. Ich bin gefangen. Aus diesem Wagen komme ich erst einmal nicht mehr raus. Mit einem Mal bin ich hellwach. Diese Fürsorglichkeit scheint mir doch sehr verdächtig. Es ist nicht möglich, dass jemand so umfassend hilfsbereit ist, wenn er nicht irgendetwas vorhat. Wie konnte ich mich so ausliefern? „Wo fahren wir hin?", frage ich, „und entschuldigen Sie, aber wer sind Sie überhaupt?" Der Mann schaut mich an, schaut auf die Straße und wieder hin zu mir, schaut mir tief in die Augen, mit ernstem Gesicht. Grinst schließlich über beide Backen und lacht, haut mit der Hand auf das Lenkrad und lacht mich aus.

„Keine Angst, Schätzchen", sagt er und schnappt nach Luft, „ich bin kein Frauenfänger. Josef, Josef Bierbichler, Feuer-wehrmann aus Erlangen, gerade auf dem Weg von der Nachtschicht nach Hause, hungrig und auf Kaffeeentzug."

„Entschuldigen Sie", sage ich, „ich bin noch nicht ganz bei mir. Wollte eigentlich um die Uhrzeit schon oberhalb von München sein. Berger, Satu Berger."

„Satu?", fragt er. „Satu", sag ich, „finnisch, heißt so viel wie die Märchenerzählerin."

„Das passt ja", sagt er und lacht. Rübezahl, der alte Berg-geist, denke ich, und gebe mich geschlagen.

An der nächsten Abfahrt biegt er ab. In seinem Wagen wird es langsam warm und es kommt wieder Gefühl in meine

Finger. Was habe ich schon zu verlieren? Warum muss ich unbedingt so schnell wie möglich nach Rosenheim? Vielleicht ist eine Pause genau das, was ich brauche. Eine Pause zum Durchatmen, zum Freiwerden des Kopfes. Eine Pause, eine Zwangspause ohne Zwang. Und einen Kaffee, ja, ein Kaffee ist jetzt genau das, was ich am dringendsten brauche.

Nach einer gefühlten halben Stunde fahren wir über einen Schotterweg in eine enge Hofeinfahrt. Ein Hund bellt. Eine raue Stimme aus dem geöffneten Fenster: „Halt die Klappe, Ludwig!"

„Meine Frau", sagt Josef Bierbichler, „und mein Hund."
Umständlich winde ich mich aus dem Wagen. Meine Muskeln schmerzen wie nach einem Marathonlauf. Diesen Tag hatte ich mir wirklich anders vorgestellt. Josef Bierbichler steht bereits vor der Haustür und zieht sich die Stiefel aus. In gestreiften Wollsocken steht er da und winkt zu mir herüber. „Kaffee!", ruft er. Das bringt mich auf die Beine.

In der hellen Küche sitzt eine Frau am Tisch und schmiert ein Brot. Ein braunes Wollknäuel wuselt um mich herum und kläfft mich an. „Ludwig, schleich di", sagt die Frau und schüttet Kaffee in zwei große Tassen. Zögernd setze ich mich an den Tisch. Langsam, langsam mit jedem Bissen Brot und jedem Schluck beginne ich zu realisieren, was passiert ist.

Ein Reifen ist geplatzt. Während ich in meinen Gedanken bereits in Rosenheim und mit dem klärenden Alexgespräch beschäftigt bin, ist mir der rechte Vorderreifen geplatzt und hat mich unsanft zurückgeschleudert ins Hier und Jetzt.

Im Hier und Jetzt sitze ich am Küchentisch von Herrn und Frau Bierbichler in Werweißwo und frühstücke. Ich bin unverletzt. Muss einfach darauf warten, dass die Werkstatt meinen Reifen wechselt. Dann fahre ich weiter wie geplant, und außer dieser kleinen Zwangspause wird sich nichts daran ändern, dass ich heute noch wissen will, was Alex für einen Mist gebaut hat.

„Hoppla", sagt Frau Bierbichler und fängt gerade noch meine Kaffeetasse ab, die mir aus der Hand rutscht.

Sie fasst meine Hände, legt sie auf den Tisch und hält sie fest. Hält sie fest mit ihren großen, warmen Händen, hält mich fest, solange, bis ich mich nicht mehr halten kann und zu schluchzen beginne, und zu zittern, und mich dabei immer weniger halten kann, und Herr Bierbichler inzwischen die Küche verlässt und der Hund sich nicht mehr aus der Ecke traut. Und irgendwann, als es endlich gut ist, sagt Frau Bierbichler: „Ich heiße Sophia und ich glaube, wir drei brauchen jetzt einen Schnaps."

Die Zeit rinnt im Zeitraffer an mir vorbei, und zweifellos habe ich plötzlich überhaupt keine Lust mehr, nach Rosenheim zu fahren. Der Tag ist bereits so außer Kontrolle geraten, dass ein Schnaps zum Frühstück mir gerade noch gefehlt hat.

Und während ich noch Gedanken sortiere, steht die Flasche Obstler schon auf dem Tisch, und auch der Josef sitzt
wieder an seinem Platz und schenkt uns ein.

„Satu, heißt's", sagt der Josef, „ist finnisch und heißt die
Märchenerzählerin."

„Na denn, Satu", sagt die Sophia, „herzlich willkommen in
Zirnbach."

Jetzt weiß ich wenigstens, wo ich bin.

Nach dem dritten Schnaps sind wir drei per du, und der
Josef geht schlafen, denn er hat die ganze Nacht in der
Feuerwehrzentrale gearbeitet.

„Komm, wir gehen in den Garten", sagt die Sophia und
schiebt sich mit dem Stuhl zurück. Sie fasst nach hinten,
zieht sich an der Fensterbank hoch, hält sich mit der einen
Hand fest und holt mit der anderen Hand einen Rollstuhl
hinter dem Schrank hervor, in den sie sich mit Schwung
hineinfallen lässt.

Ich weiß nicht, was ich sagen soll, und so sage ich nichts.
Räume den Tisch ab und folge ihr in den Garten.

Hier duftet es nach Kräutern, Blumen und frischer Erde. Es
ist still, nichts zu hören, außer dem Wind und hin und wieder ein Motorgeräusch. In einer Ecke stehen unter einem
Baum ein abgewetzter Holztisch und eine Bank.

Sophia schiebt ihren Rollstuhl in den Halbschatten unter den Baum. Ich setze mich an den Tisch. „Was ist passiert?", will ich fragen. Doch sie kommt mir zuvor. „Was ist passiert, Satu, nun erzähl mal, was ist dir passiert?" Darauf bin ich nicht gefasst. Bisher ging es immer darum, was den anderen passiert ist, der Mutter, dem Vater, Alex. Die Frage trifft mich mitten in den Magen, dort, wo das Unverdaute wartet. Trifft mich unvorbereitet, lässt mir keine Zeit zum Denken. Keine Zeit, um zu entscheiden, ob ich nicht alles beim Oberflächlichen belassen sollte. Einfach nichts erzählen. „Mir ist ein Reifen geplatzt", könnte ich sagen. „Nur der Reifen geplatzt, das kann passieren." Könnte ich jetzt sagen, und dann übers Wetter reden oder über den schönen Garten. Was für ein wunderschöner Garten, könnte ich sagen. Alles, nur nicht das Wesentliche. Ich kann doch dieser fremden Frau nicht einfach alles erzählen, über mich und Alex, über meine Eltern und meine Furcht vor dem, was ich nicht weiß. Ein kurzer Augenblick, aber da schießen mir schon die Tränen in die Augen und alle meine brüchigen Mauern fallen in sich zusammen, und ich rede. Erzähle dieser Frau im Rollstuhl, was die Furcht mit mir macht, und dass ich dachte, frei zu sein, und mich doch so schrecklich irrte. Eine Handvoll Papiertaschentücher verteilen sich auf dem Tisch und ich beginne sie einzeln auseinanderzuzupfen.

„Weißt du, Sophia", sage ich schließlich, „Alex muss mir jetzt die Wahrheit sagen. Ich will endlich wissen, was er gemacht hat."

„Und dann, was willst du dann machen, wenn du alles weißt?"

„Wenn er wirklich hinter meinem Rücken unsere Existenz verzockt hat, ja, ich glaube, dann muss ich ihn verlassen."

„Ja", sagt sie, „jetzt kann ich deine Angst verstehen. Es macht schon mächtig Angst, seinen Mann verlassen zu müssen. Und", sagt sie und nimmt mir die Taschentücher-fetzen aus der Hand, „was für eine Angst muss Alex erst davor haben?"

Mittlerweile steht die Sonne heiß über uns. Wenn ich zum Haus hinüberschaue, flimmert die Luft und ich sehe bunte Schlieren. Ständig knattern Trecker vorbei. Aber was macht das schon?

Der Gedanke, Alex zu verlassen, ist jetzt, da ich ihn ausge-sprochen habe, fühlbar. Noch weiß ich nicht, ob er wirklich wahr ist, aber er fühlt sich wahr an. In dieser Klarheit habe ich bisher nicht gewagt darüber nachzudenken.

Sophia hat sich der zerrupften Papiertaschentücher angenommen und zupft nun ihrerseits daran herum. Ich schaue
sie an, schaue in dieses kantige, kleine Gesicht mit den
krausen, hellen Haaren, die sie straff zu einem Pferde-
schwanz gebunden hat. Sehe ihre Augen, die sich um-
schattet haben, und die tiefe Stirnfalte über der Nase. Sophia ist jetzt bei ihrer Geschichte angekommen.

„Der Josef", beginnt sie, „der Josef konnte am Anfang gar
nicht mit meinem Querschnitt umgehen. Die Furcht, uns
trennen zu müssen, war riesengroß. Für ein halbes Jahr ist
er nach Mosambik gegangen, hat dort eine Sozialstation
aufgebaut.

Wir brauchten beide etwas Zeit, um erst einmal mit uns
selbst klar zu kommen. Unsere Liebe wurde auf die Probe
gestellt. Da fragten wir uns mit einem Mal, ob unsere Liebe
auch Fehler, Schwächen und Makel des Anderen aushalten
kann. Weißt du, die schlechten Zeiten wurden geprüft. Ich
war lange Zeit sehr enttäuscht von ihm, fühlte mich im Stich
gelassen, konnte seine Angst nicht sehen. Manchmal ist es
gut, einen Schritt zur Seite zu gehen, das Ganze von der
Vogelperspektive aus zu betrachten. Irgendwann lag ich
hier in unserem Garten und sah eine Elster auf dem Baum
dort. Sie schaute zu mir herüber und ich frage mich:

„Wie sieht die Elster unsere Situation?" Und die Elster sah den Josef in Mosambik, voller Heimweh nach Hause und voller Angst, dass er das mit mir nicht schafft."

„Und dann hat sie mir einen Brief geschrieben und mir den besten Kaiserschmarrn der Welt versprochen, wenn ich wieder nach Hause komme."

Der Josef steht in der Terrassentür und lacht zu uns herüber. „Ich koch' uns was, lasst euch nicht stören. Satu, ich nehme an, du bleibst noch da?"

So bleibe ich noch da, bei Josef und Sophia in Zirnbach. Fahre irgendwann mit dem Josef zur Werkstatt und hole den Wagen, schreibe einige SMS und bin so dankbar, dass mir der Reifen platzte. Der Josef muss am Abend wieder zum Feuerwehrdienst, und ich übernachte auf dem Sofa in der guten Stube, zusammen mit dem Hund, der schnarchend vor dem Ofen liegt. Am nächsten Morgen mache ich mich früh wieder auf den Weg. Ich habe Freunde gefunden. Ich fühle mich nicht mehr so allein.

Auf der Autobahn reihe ich mich zwischen den LKW ein. Traue meinem Wagen und mir noch nicht so ganz. Am Nachmittag fahre ich auf den Parkplatz der Ferienanlage und schaue zum Balkon hinauf. Niemand zu sehen, auch Alex' Wagen steht nicht auf seinem Parkplatz.

Sein Handy schaltet auf Mailbox und ich habe keinen Schlüssel zur Wohnung. Schreibe ihm eine Nachricht und laufe eine Runde hinunter zum Inn. Der Fluss zwängt sich in einem künstlichen Flussbett durch breites Feld. So viel Platz, und doch haben sie ihn gebändigt und gezähmt, ihm seinen natürlichen Lauf genommen. So fließt er dahin wie resigniert, kaum Wellen zu sehen, kaum Bewegung im Wasser. Hunde rennen die Böschung entlang, setzen ihre Hundehaufen ins Gras und kläffen sich an. Die Menschen benehmen sich unauffällig, tun so, als bemerkten sie nichts. Nicht die Hundehaufen und nicht den traurigen Fluss.

Mein Handy klingelt. Alex. Es ist keine Freude, die ich empfinde, es ist ein mulmiges Gefühl. Wenn ich es recht überlege, möchte ich gar nicht hier sein. Vielleicht hätte ich doch noch einen oder zwei Tage bei Sophia und Josef bleiben sollen. Wenn die Kinder ihm nichts erzählt haben, hat Alex keine Ahnung, dass ich nach Rosenheim gekommen bin.

„Satu, wo bist du? Ich versuche dich seit zwei Tagen zu Hause zu erreichen."

„Ich bin in Rosenheim. Laufe am Inn spazieren und kann in zwanzig Minuten in der Ferienwohnung sein."

Das Sprechen fällt mir schwer, zu vorsichtig versuche ich, die richtigen Worte zu finden. Laufe hin und her, meine Luft wird knapp. Auch Alex hustet. Es hat uns wohl beiden die Sprache verschlagen.

„Bis gleich", sagt er, und ich stelle das Handy aus. Noch nie war mir die Begegnung mit meinem Mann so schmerzhaft unangenehm. Noch nie zuvor hatte ich das Bedürfnis, lieber von ihm weg als zu ihm hin gehen. Ich habe keine Ahnung, was heute Abend sein wird, aber ich muss es heute hinter mich bringen.

Alex wartet auf dem Parkplatz. Obwohl die Sonne kräftig wärmt, trägt er seinen Wintermantel. Seine Haare sind zu lang, hängen ihm in die Stirn. Er hat eine Aldi Tüte in der Hand. „Wie ein zurückgelassenes Kind", schießt es mir durch den Kopf, und ich muss ihn in den Arm nehmen, schnell und sofort, bevor das erste Wort fällt, bevor etwas falsch Gesagtes das vertraute Gefühl in meiner Brust vertreibt.

„Komm", sagt er, „ich muss dir etwas sagen."

„Die Polizei war bei uns, Alex, die Polizei."

Da nickt er nur, schnappt sich meine Tasche und zieht mich hinter sich her ins Haus.

„Wie lange wirst du bleiben?"

„Solange es geht."

„Dann lass uns erst einmal in Ruhe etwas essen."

Das gelingt uns allerdings beiden nicht, und als die Befangenheit sich immer enger zwischen uns drängt, legen wir Messer und Gabel zur Seite und schauen uns an.

„Erzähl", sag ich, und ahne nicht, was da in den nächsten Minuten auf mich zukommt.

Alex zögert nur kurz, einen Moment, um den Anfang zu finden, um die Klippe zu überwinden, um mich hineinzuziehen in das leckgeschlagene Boot.

„Es ist schrecklich, Satu, ich weiß nicht, wie ich es dir sagen soll. Ich habe es selbst noch nicht klar, aber ich glaube, wir sind pleite. Ich kann es kaum in Worte fassen, und ich werde alles dafür tun, dass es nicht so kommt, aber es kann sein, dass wir jedenfalls zurzeit zahlungsunfähig sind."

„Quatsch", sage ich und fühle, wie mir das Blut ins Gesicht schießt. „Du spinnst ja."

„Nein", sagt Alex, „nein, ich spinne nicht. Mein komplettes Gehalt ist in diesem Monat vom Konto gepfändet worden. Die Banken drehen mir den Hahn zu."

Das ist zu groß für mich. Es fühlt sich an wie in einem schlechten Film. Das hier ist nicht die Realität. Ich träume.

Gleich werde ich aufwachen. Das hier hat nichts mit mir zu tun. Ich habe es geahnt, ja, geahnt habe ich es schon lange. Aber ahnen ist etwas anderes, als es zu wissen.

Es ist unmöglich im Sitzen einen klaren Gedanken zu fassen. Wir durchqueren die Wohnung, laufen hintereinander her, kommen uns in die Quere, laufen auseinander, stehen mal hier und mal da, berühren uns nicht. Bloß nicht berühren. Bloß nicht so nahe kommen lassen. Was hat er gesagt?

„Was hast du gesagt? Ich verstehe dich nicht. Alex, wir haben ein schönes Leben, alles in allem haben wir doch ein schönes Leben. Oder nicht? Alex, sag mir: Was ist mit unserem Leben? Was bedeutet das? Sag mir, verdammt noch mal, was das bedeutet."

Er ist am Fenster angekommen. Steht mit hängenden Schultern, schaut hinaus ins Tal, hinauf auf die Berge. Es scheint, als sei er kleiner geworden. Die Haare kräuseln sich über seinem Hemdkragen.

Das ist doch nicht Alex. Alex, der sorgfältige, immer aufs äußerst gepflegte Alex, der an keinem Spiegel vorbeigehen kann, ohne seine Frisur zu kontrollieren. Alex, der bei allen Herausforderungen des Lebens zuerst einmal den Kopf hebt und die Schultern strafft. Was kann so Schreckliches passiert sein, das ihn so malträtiert?

Ich gehe einen Schritt auf ihn zu, komme nicht weit. Zwischen ihm und mir baut sich eine unsichtbare Wand auf. Kälte schiebt sich zwischen unsere Körper, Kälte wie von gefrorenen Eisspitzen. Ich will das nicht. Will die Nähe, die Wärme, will keinen schwachen Alex. Will meinen Alex, den, der immer weiß wo es lang geht, der meinen Rücken stärkt, der alle Lösungen des Lebens kennt. Will den Halt, die Kraft, die Stütze, die bisher immer da war, ohne Zweifel, selbstverständlich, ohne Fragen.

„Alex, bitte erklär mir, was passiert ist. Egal was es ist, erzähl es mir, damit ich nicht verrückt werde."

„Ich weiß es selber nicht genau."

„Dann erzähl mir, was du weißt."

Und Alex erzählt. Während die Dämmerung hereinbricht, die Sonne hinter den Bergen verschwindet, die Geräusche der Straße sich verflüchtigen, erzählt Alex davon, wie er eines Tages am Fenster stand, hinausschaute in den Wald und feststellte, dass er frei war. Ein Gefühl von großer Freude erfüllte ihn, denn er hatte einen Batzen Geld auf seinem Konto und die Welt stand ihm offen. Er wollte etwas Großartiges schaffen, etwas, auf das er voller Stolz schauen konnte, etwas, das seine Familie für alle Zeiten absicherte und außerdem noch Spaß machte. Er wollte nichts weniger als ein Imperium schaffen. Und was bot sich da besser an als Immobilien.

Immobilien, die es gerade billig und in Massen gab. Er rieb sich die Hände und orderte gleich am nächsten Tag einen hervorragenden Immobilienfachmann. Der zeichnete sich nicht nur durch seine wirklich ausgesprochen guten Referenzen aus, sondern war auch noch ein netter Kerl.

„Wir verstanden uns auf Anhieb. Die gleiche Ebene. Mit dem konnte ich reden. Es war sofort ein großes Vertrauen da."

„Warum hast du mir nichts gesagt, Alex? Mich nicht gefragt, mich außen vor gelassen?"

„Du hattest doch so viel mit deinen Eltern zu tun. Außerdem wollte ich dich nicht verunsichern. Du solltest dir keine Gedanken machen. Ich wusste ja, dass du diese Immobiliengeschäfte nicht gut heißen würdest. Sobald die ersten Erfolge da gewesen wären, hätte ich dich informiert."

„Von wie vielen Immobilien reden wir hier eigentlich?"

„Schätze, so sieben, oder acht."

„Schätze?"

„Bei einigen sind die Verträge noch nicht rechtsgültig. Also, die Banken haben noch nicht unterschrieben."

„Und du, bei wie vielen hast du unterschrieben?"

„Herrgott, Satu, sag ich doch, bei sieben oder acht."

Es ist kalt geworden. Ab zehn Uhr abends fährt die Heizanlage runter. Ich kenne das. Bei meinen Großeltern im kleinen Dorf wurde nach dem Abendessen der Ofen nicht mehr geheizt. Gegen neun gingen alle zu Bett, nicht, weil wir müde waren, sondern weil wir froren.

Im Kinderzimmer gab es keinen Holzofen. Manchmal war meine Bettdecke von meinem Atem steif gefroren. Erst als meine Großeltern starben, damals war ich etwa zwölf, wurde eine Heizung im Haus verlegt. Die lief Tag und Nacht. Niemand sollte mehr frieren. Jetzt wird es wieder kalt, und ich bin nicht müde, wieder bestimmt jemand anders, wann es Zeit wird ins Bett zu gehen. Jemand, der einfach die Heizung ausstellt. Alex kommt aus der Küche, öffnet eine zweite Flasche Wein, stellt sie vor mir auf den Tisch. Meine Gedanken hetzen hin und her, wüten in meinem Kopf, in mir, um mich herum. Diese beschissene Heizung. Immer ist man von irgendwelchen Idioten abhängig. Sieben bis acht Immobilien, für was, Alex, für was? Fragen in meinem Kopf, die sich herumschlagen, aufeinander eindreschen, sich immer wieder aufrichten und dabei größer werden, größer, um mir den Kopf zu spalten. Ich greife zum Rotweinglas, kippe den Wein in mich hinein, schlucke, schlucke. Schlucke alles hinunter. Nur die Tränen, die kann ich nicht schlucken, die kommen mit Macht und mit Geräuschen, die ich von mir noch nie gehört habe. Ich heule wie ein verletztes Tier, heule, weil ich nichts mehr im Griff habe, noch nicht einmal diese Heizung, noch nicht einmal diese Wohnung, und schon gar nicht meine Gefühle zu Alex, der mit mir in dieser fremden Wohnung sitzt und friert, und das genauso unterwürfig hinnimmt wie damals meine Eltern. Sitze hier mit geballten Fäusten. Trotzdem kann ich nichts halten. Alles fließt mir weg, rinnt mir aus den Händen.

Ich trinke weiter. Werde sowieso nicht schlafen können. Alex schiebt eine braune Wolldecke zu mir herüber. Sie riecht nach Mottenpulver und feuchtem Kleiderschrank. Ich hasse ihn.

„Satu, bitte, es tut mir leid. Es wird alles wieder gut. Morgen bin ich wieder in München. Ich kriege das wieder hin."

Es ist unmöglich ihn anzusehen, unmöglich, Worte für diese wütende Leere zu finden, diese innere und äußere Kälte, die mich durchdringt. Unmöglich, diese Furcht anzuschauen, ohne den Verstand zu verlieren.

Die Rotweinflasche ist leer. Schwankend stehe ich auf, wanke ins Schlafzimmer, lege mich in das schmale Kinderbett. Die Bettdecke ist klamm. Wirbele durch eine Nacht voller unsinniger Träume.

Gegen Morgen wecken mich höllische Kopfschmerzen. Das Bett nebenan ist leer. Ich rieche Kaffee. Ein Handy schrillt. Alex redet gedämpft hinter der Tür. Die Kopfschmerzen sind unerträglich. Im Bad schlucke ich zwei Tabletten mit Wasser aus dem Wasserhahn. Lege mir einen kalten Waschlappen auf die Stirn.

Brötchen stehen auf dem Küchentisch, Marmelade, Butter und frischer Schinken. Alex am Fenster telefoniert immer noch. „Gegen Mittag", sagt er, dreht sich um, sieht mich im Türrahmen stehen, lässt das Handy sinken. Tränen in den Augen. Ich renne ins Bad, übergebe mich, falle ins Bett, stelle mich tot, schlafe ein.

Die Sonne brennt mir ins Gesicht. Stille im Haus. Es ist gegen Mittag. Alex ist weg.

Auf dem Tisch liegt ein Zettel. „Bin in München, gegen siebzehn Uhr zurück. Bitte lauf nicht weg."

Ratlos stehe ich im Raum. Weiß nicht, was ich tun soll. Weiß nicht, wie es weitergehen soll. Weiß nichts.

Eine Art Lähmung treibt mich zurück ins Bett. Es gibt keine Richtung mehr, keine Ausrichtung auf ein Ziel.

Es ist mir unmöglich etwas zu planen, etwas ins Auge zu fassen, eine Struktur, eine Perspektive. Es gibt kein Vorwärts und kein Rückwärts. Wohin jetzt und wie? Nach einigen Minuten bietet auch das Bett weder Sicherheit roch Lösung. Etwas keimt in mir, lässt sich aber nicht fassen.

Du musst etwas tun, Satu.

Die Kopfschmerztabletten zeigen Wirkung. Drängende Unruhe vertreibt die Lethargie. Ich muss hier raus. Die Enge der Ferienwohnung macht mich wütend. Und warum ist Alex wieder ohne mich nach München gefahren? Warum lässt er mich wieder hier alleine sitzen? Offensichtlich glaubt er immer noch, dass all dies nur seine Sache sei. Hat er mich gestern nicht verstanden? Hat er mich überhört? Hat er mir überhaupt zugehört?

Zum dritten Mal stoße ich mir den Fuß an den immer noch in der Ecke stehenden Umzugskisten. Warum steht der ganze Krempel hier noch herum? Kann er das nicht endlich alles mit in die Klinik nehmen? Jedenfalls müssen die hier aus dem Weg, es ist ja kaum möglich, an ihnen vorbei auf den Balkon zu gelangen. Beim Versuch, die vorderste Kiste wegzuschieben, reißt sie ein Stück weit ein.

Ich ziehe einen Brief heraus. Der Brief eines Amtsgerichts. Ein Pfändungsbescheid. Der nächste Brief. Sparkasse Dresden, Mahnschreiben. Ich hole Papier und Kuli, schreibe alle Absender auf, alle Banken, alle Amtsgerichte, alle Rechtsanwälte, soweit ich komme. Mache eine Liste. Die werde ich alle kontaktieren. Mit denen muss man doch reden können.

Die Wohnungstür knarrt. Es ist Alex. „Was machst du denn da?"

In meinem Mund sammelt sich Säure, Säure, die seit Tagen in meinem Magen brennt, schmerzhaft brennt, hinaus will, ausgespuckt werden will, und die ich immer wieder zurück schlucke, hinunter schlucke, aus Angst vor dieser unbändigen Wut in mir. Aus Angst, alles kaputt zu treten, Feuer zu speien und Gift und Galle.

Meine Bewegungen verlangsamen sich. Wie in Zeitlupe zerknülle ich eine Handvoll Briefe und strecke sie ihm mit geballter Faust entgegen.

„Ich versuche mir ein Bild von dem ganzen Chaos hier zu machen. Wenn du mich weiterhin außen vor lässt, bleibt mir ja nichts anderes übrig. Haust einfach ab, und dann finde ich das hier."

Mehrere Briefe liegen ausgebreitet auf dem Fußboden um mich herum.

Alex lässt sich in den Sessel fallen. Rauft sich die Haare. Reibt sich die Augen, stöhnt. Seine Hände zittern kaum merklich, aber sie zittern. Es muss schlimmer sein, als ich dachte.

„Alex, was ist jetzt schon wieder passiert?"

„Der Typ war nicht da. Bin umsonst nach München gefahren. Er musste dringend weg. Hat mich an der Haustür abgewimmelt."

„Er hat was?"

„Er hat mich stehen lassen, einfach am Gartentor stehen lassen und ist weggefahren."

„Und was bedeutet das, Herrgott nochmal?"

„Das ich kein Geld habe. Er wollte mir Geld geben."

Die Luft im Raum verdichtet sich, wird nicht mehr atembar, benebelt die Sinne. Ich reiße das Fenster auf, atme langsam, einen Atemzug nach dem anderen, ein und aus, langsam, bis das innere Zittern aufhört. Ein vages Gefühl der Erleichterung irgendwo, und schon ist es wieder weg.

Alles ist mir fremd. Diese Wohnung. Alex' zittrige Hände. Der Ausdruck in seinem Gesicht. Pfändungsbescheide von Amtsgerichten und Banken. Alles fremd und so bedrohlich.

So bedrohlich fremd und ohne einen klaren Blick, ohne ein Licht am Ende des Tunnels. Womöglich stehen wir erst am Anfang des Tunnels.

Das, dachte ich, wäre der Tag gewesen, als meine Mutter die Krebsdiagnose bekam. So kann man sich irren. Vielleicht kommt es noch schlimmer. Vielleicht haben wir den Tunnel noch gar nicht erreicht.

„Satu, bitte beruhige dich. Hör auf zu weinen und gib mir die verdammten Briefe."

Seine Arme umschließen mich. Immer noch spüre ich die Kraft in meinem Rücken, wenn er hinter mir steht und mich mit seinen Armen festhält.

Es ist ein sonniger Sommertag, als Alex und ich schließlich auf dem Fußboden der muffigen Ferienwohnung sitzen, umgeben von aufgerissenen Briefumschlägen und zerpflückten Briefen, uns umklammert halten wie zwei Erfrierende und keine Worte mehr finden. Ein dumpfer Schlag gegen die Fensterscheibe holt uns zurück aus dem Jammertal.

Ein Zaunkönig ist gegen die Scheibe geflogen. Liegt auf dem Balkonboden, leblos, abgestürzt. Vorsichtig bettet ihn Alex in seine Hand. Das Vogelherzchen pumpt sichtbar unter den Federn. Der Körper hängt auf der Seite, die Augen sind geschlossen, der winzige Schnabel geöffnet.

Alex pustet ihn sachte an. Immer wieder streichelt er über den kleinen Körper, pustet, streichelt. Die Augen des Vogels flattern und Alex setzt ihn auf die Brüstung des Balkongeländers.

„Hey, Kleiner", sage ich, „heute ist kein guter Tag zum Sterben. Deine Frau wartet irgendwo auf dich. Also wach auf, stell dich hin, flieg."

Während Alex ihm Luft zu pustet und den kleine Bauch streichelt, rede ich auf den Winzling ein, mache ihm Mut, erzähle ihm, wie schön die Welt ist, und dass da irgendwo seine Kinder sind und Hunger haben.

Nach einer Weile schüttelt er sich, stellt sich auf die Beine, schaut sich benommen um. Steht nur kurz, fällt wieder um, stellt sich erneut auf, wartet eine Weile. Schüttelt sich und fliegt davon.

Alex nimmt meine Hand. Das Zittern hat aufgehört. Ruhe ist eingekehrt.

„Wir schaffen das", sagt er, „zusammen schaffen wir das."

„Wir brauchen einen Plan", sage ich, „und jemanden, der zuverlässig ist und uns hilft. Und wir müssen unser Haus verkaufen, so schnell wie möglich. Vielleicht können wir mit dem Geld dann die Schulden bezahlen."

„Ja", sagt Alex, „das Haus", und starrt an die Wand.

„Das bringt doch mindestens zweihunderttausend. Damit können wir doch eine Menge machen."

„Ja", sagt er, „das Haus müssen wir wohl verkaufen."

Der Gedanke an so viel Geld weckt meine Lebensgeister.

Das ist die Lösung. Das wollten wir doch sowieso. Und jetzt muss es eben schnell gehen. Wie gut, dass mit Mama und Papa alles gut geregelt ist. Wir machen einfach einen Schnitt. Das Haus wird verkauft, die Schulden bezahlt und wir fangen hier in Bayern neu an. Wenn wir Glück haben, bleibt vielleicht noch etwas übrig und wir können uns hier etwas Neues kaufen, eine kleine Wohnung vielleicht.

„Ich fahr zurück, Alex, und suche sofort einen Makler. Ein Inserat in der Zeitung wäre auch nicht schlecht. Ich fahre gleich morgen zurück."

„Da gibt es noch etwas, was du machen musst, wenn du morgen zurückfährst."

Ich schaue ihn an. Er trägt es die ganze Zeit mit sich herum. Ich kann nicht glauben, dass er das von mir erwartet.

„Du musst zu deinem Vater gehen und ihn um Geld bitten."

„Was?"

„Satu, er ist der einzige, der uns helfen kann. Nur für diesen Monat, nur so lange, bis ich mit allen Banken gesprochen habe. Sie drehen uns ansonsten den Hahn zu."

„Er wird mich erschlagen."

„Quatsch, er wird auf den Tisch hauen und herumwüten, und vielleicht sagt er auch Nein, aber wir müssen es versuchen."

„Dann rede du doch mit ihm. Rede mit ihm und sag ihm die Wahrheit. Warum ich, warum muss ich bei meinem Vater zu Kreuze kriechen?"

„Weil ich hier nicht weg komme. Ich mache so viele Überstunden und Bereitschaftsdienste wie möglich, damit Geld reinkommt. Außerdem muss ich mich um die Banken kümmern. Ich kann hier nicht weg."

Es muss schlimm um uns stehen, sehr schlimm. Niemals, nein wirklich niemals hätte ich mir vorstellen können, dass Alex so etwas von mir verlangen würde. Bisher war immer ich es, die ihn rief, wenn es etwas Unangenehmes aus dem Weg zu räumen gab. Alex holte für mich die Kohlen aus dem Feuer. Er war es, der das Grobe wegräumte, um für mich Platz zu schaffen. Wann immer es Probleme gab, Alex wusste die Lösung und löste es. Aber jetzt, jetzt muss etwas in ihm zerbrochen sein. Es kommt mir so vor, als habe er seine Ritterrüstung verloren und den Überblick über das Gelände. Wie sonst kann er von mir verlangen, dass ich meinen Vater um Geld bitte?

Es ist nicht schwer, ihn zu durchschauen. Es ist Angst, ja, er hat Angst mit meinem Vater zu reden, Angst sein Gesicht zu verlieren oder was auch immer. Es gelingt mir nicht, das Ungeheuerliche zu deuten. Was ich fühle ist undeutlich, aber schmerzhaft genug, um mich zu schützen. Das Blatt hat sich gedreht. Die Geborgenheit hat Risse bekommen. Alex, der Unerschütterliche, ist vom Sockel gefallen. Er weiß es noch nicht, aber ich weiß es. Und so setze ich mich auf den Balkon, schaue in den Himmel, schweige, damit er es noch nicht erfährt. Es drängt mich sehr zu weinen, aber ich lasse es nicht zu, weil ich befürchte, dass er dann geht.

In der Nacht wage ich kaum neben ihm zu atmen. Will nicht, dass er aufwacht und reden will. Bloß nicht mehr mit ihm reden. Drehe mich mit dem Gesicht zur Wand.

Wache und phantasiere mich in die groteske Vorstellung, meinen Vater um Geld zu bitten. Jede Szene, die dabei entsteht, misslingt. Irgendwann falle ich in einen seichten Schlaf.

Am Morgen stelle ich mich schlafend. Kann nicht mit ihm reden. Kann ihn nicht berühren. Langsam keimt in mir die Gewissheit, dass ich um ein Gespräch mit meinem Vater nicht herum komme. Ich muss es versuchen.

Wenn mein Vater uns Geld leiht, gewinnen wir Zeit. Zeit für was? Aufschieben, nur darum geht es mir im Augenblick, ich will das Bedrohliche aufschieben.

Die Tür fällt ins Schloss. Auf dem Küchentisch liegt ein Zettel. „Bitte ruf mich heute Abend an."

Durch das Fenster sehen ich meinen Fels in der Brandung allein und mit hängenden Schultern auf dem Parkplatz stehen.

Ich muss es hinter mich bringen. Je schneller ich damit fertig bin, desto besser. Nach dem Duschen entscheide ich mich, meinen Vater vorzubereiten. Ihn vorzubereiten und für mich gleichzeitig das Feld zu präparieren. Mich heranzutasten, weder ihn noch mich ins offene Messer laufen zu lassen.

Bevor ich losfahre rufe ich ihn an. „Papa, ich komme heute nach Hause. Ich brauche deine Hilfe. Alex und ich brauchen deine Hilfe."

„Bring mir Erdnüsse mit und Weintrauben."

Die Fahrt bis ins kleine Dorf zieht sich hin. Lastwagen an Lastwagen blockieren die Straßen. Baustelle reiht sich an Baustelle. Nach einer Weile füge ich mich in die erzwungene Gelassenheit. Nach und nach wird mir bewusst, dass ich immer noch keine wirkliche Klarheit habe. Warum weiß ich immer noch nicht genau, um wie viel Geld es eigentlich geht? Was sage ich meinem Vater? Ich muss ihm doch die Wahrheit sagen. Aber was ist die Wahrheit?

An der letzten Raststätte halte ich an, wähle Alex Nummer auf dem Handy.

Er ist unter Druck, müsste längst zur Visite sein.

„Wie viel Geld brauchen wir, Alex? Sag mir bitte einfach nur wie viel Geld?"

„So viel du von ihm bekommen kannst."

„Nur noch eines, Alex. Hast du noch den Überblick über diese Immobiliengeschäfte?"

Das Schweigen dauert einen Moment zu lange. In meinem Magen hat die Säure bereits Klumpen gebildet. Eine Antwort ist überflüssig.

„Ich bin dran", sagt er schließlich.

Auf der Höhe von Nürnberg erinnert mich mein Körper einige Stresssekunden lang an den geplatzten Reifen. Mein Herz rast und ich werde ganz zittrig. Ohne zu überlegen nehme ich den Fuß vom Gas und wechsele auf die rechte Fahrspur. An der nächsten Raststätte trinke ich einen doppelten Espresso. Wenn ich jetzt einen Wunsch frei hätte, so wünschte ich mir ein Jahr weiter zu sein, oder drei Jahre zurück. Mein Wunsch wäre es auf jeden Fall, nicht mehr hier zu sein, nicht hier auf der Autobahn, nicht in vier Stunden am Küchentisch meines Vaters, nicht allein im Haus, nicht bei Alex, nicht im Hier und Jetzt. Ja, das stimmt. Hätte ich jetzt einen Wunsch frei, wünschte ich mich aus dem Hier und Jetzt ins wer weiß wohin. Oder, so denke ich und trinke einen zweiten Espresso, vielleicht gibt es ja eine Parallelwelt, die neben meiner Welt verläuft und in die ich überwechseln kann, wenn ich einen Wunsch frei hätte. Die Raststätte füllt sich mit einer Horde holländischer Fußballfans, die johlend und kreischend über das Buffet herfallen. Jetzt wünsche ich mich nur noch so schnell wie möglich weg von der Autobahn und zurück nach Hause.

Es liegen noch einige hundert Kilometer vor mir. Zeit genug, um mich auf das Gespräch mit meinem Vater vorzubereiten. Je weiter ich komme, desto unsinniger erscheint mir der Gedanke daran. Es ist nicht so, dass mir mein Vater das Geld nicht geben würde, nein, das ist es nicht. Vielmehr ist es die Furcht vor diesem Gefühl, das er in mir hervorrufen wird, dieses Gefühl von Hilflosigkeit, von Angst und Schmach. Dabei hatte ich gerade erst begonnen, wieder so etwas wie Stolz in seiner Gegenwart zu fühlen. Etwas richtig gemacht zu haben, auch wenn er mich dafür verurteilt. Es fiel mir schwer, mich gegen ihn zu stellen.

Das hat mich Kraft gekostet. Aber es machte mich auch stolz. Da spürte ich mit einem Mal ein Gefühl von Selbstvertrauen und Mut in seiner Gegenwart. Nichts davon scheint heute mehr in mir zu sein.

Jetzt allerdings muss ich zu ihm kriechen, auf dem Bauch zu ihm robben, um ihn um Geld zu bitten. Ausgerechnet um Geld. Dabei habe ich keine Ahnung, ob oder wie viel Geld er überhaupt hat. Im Grunde kenne ich nur den Inhalt seiner Sparkassette. Dieses Heiligtum, das er sorgfältig hütet und in dem er Geld anspart für schlechte Zeiten. Es gab für ihn eine Menge schlechter Zeiten, seitdem meine Mutter schwer erkrankte, und ich befürchte, die Kassette musste kräftig Federn lassen.

Wer weiß, ob überhaupt noch Geld da ist, das er uns geben könnte. Wen könnte ich stattdessen bitten, uns zu helfen? Die Schwiegermutter hat nur eine kleine Rente. Die Brüder kommen gerade so über die Runden. Die Freudinnen vielleicht? Aber auch die haben eigene Probleme. Jeder von ihnen würde eine Erklärung verlangen, würde wissen wollen, was geschehen ist, würde Fragen stellen. „Wann bekommen wir das Geld wieder, Satu?"

Nichts davon kann ich beantworten. Kann keine Antworten auf ihre Fragen geben, kann nichts erklären, kann keine Sicherheiten bieten.

Also bleibt nur Papa.

In dem kleinen Dorf angelangt, bin ich mit meiner Denkerei kein Stückchen weiter gekommen.

Trotz der Hitze des Sommers ist es im Haus kühl und muffig. Eine Kaffeetasse steht benutzt auf dem Küchentisch. Muss ich wohl vergessen haben.

Ich öffne die Fenster, lasse die Wärme hinein, gieße die vertrockneten Blumen, räume die Frühstücksreste weg. Setzte Teewasser auf, stelle eine Waschmaschine an, telefonierte mit Pia. Gabriel ist nicht erreichbar. Vor dem Haus meiner Eltern parkt ein Taxi.

Es kommt selten vor, dass Papa Besuch bekommt. Selten
steht ein Taxi vor dem Haus. Es erscheint mir unwahr-
scheinlich, dass der Bruder oder seine Cora etwas mit diesem Taxi zu tun haben. Das Taxi irritiert mich, passt nicht in
meinen Plan. Besuch, der mit einem Taxi kommt, macht mir
einen Strich durch das Bittgesuch bei meinem Vater. Bin
nicht sicher, ob mich das ärgert oder erleichtert.

Vielleicht ist es gar nicht so schlecht, wenn ich erst einmal
eine Runde um den See laufe. Den Kopf leer laufen, die
Gedanken hinter mich bringen, bis da irgendwann nichts
mehr ist als das Geräusch des Atems und der Herzschlag.
Manchmal zeigt sich mir beim Lauf auf einmal die Lösung
und es gelingt mir, sie nicht sofort durch meine Zweifel wieder niederzuknüppeln.

Schaue noch einmal hinüber. Das Taxi wartet immer noch
vor dem Elternhaus. Ich ziehe die Laufschuhe an. Die Sonne brennt nicht mehr so satt wie am Mittag. Etwas Wind
kommt auf. Vielleicht gibt es heute noch ein Gewitter. Ein
Gewitter wäre gut. Ein Gewitter käme mir gerade recht.

Ich liebe Gewitter, liebe es, wenn es um mich herum kracht
und scheppert, wenn die Blitze zischen und der Regen die
Luft reinigt. Als Kind lief ich hinaus in das tosende Wetter,
als sei ich selbst ein Teil von ihm. Während meine Brüder

sich die Bettdecke über die Ohren zogen, schlich ich heimlich in den Garten, legte mich ins Gras und schaute in den grollenden Himmel.

Mehr als einmal sperrten mich meine Eltern anschließend in meinem Zimmer ein, kurz davor, mir eine Tracht Prügel zu verabreichen. Immer war es mein Vater, der das letztlich verhinderte. Er war der Meinung, dass Einsperren und Anschreien ausreichen müssten. Nur einmal nicht, da legte er selbst Hand an.

Schiebe die Erinnerungen schnell wieder in den Keller. Ziehe eine leichte Jacke über und laufe los. Nicht mehr an die alten Geschichten denken. Wenn es heute Abend gewittert, setze ich mich auf die Terrasse und schaue dem Wetter zu. Heute hält mich keiner mehr davon ab.

Der Weg zum See läuft sich wie immer. Niemand kommt mir entgegen. Öffne meine Ohren nur für den Wind und die nimmermüden Vögel. Bewege mich im gewohnten Rhythmus, Schritt für Schritt den kleinen Hügel hinunter, den Wald entlang, und schon kommt der See ins Blickfeld. Diesen Weg finde ich, wenn es sein muss, sogar mit geschlossenen Augen. Ein Entenpärchen macht mir Platz, hetzt quer über den Weg und stürzt sich ins Wasser. Einige Meter entfernt steht ein Mann und wirft Steine flach in den

See. Ich blinzele und gerate aus dem Takt. Die Sonne blendet, spiegelt sich im grüngrauen Wasser, wirft mir einige Strahlen wie Blitze zu und verschleiert meine Sicht. Der Mann bückt sich, hebt einen weiteren Stein auf, spuckt sich in die Hand, nimmt Anlauf und wirft ihn wie einen Teller durch die Luft. Diese Bewegung kenne ich.

Es ist Robert. Die „Lady in Black" Robert. Robert, die mich, als ich etwas fünfzehn war, auf dem Rücken durch den Wald trug, weil ich barfuß und völlig betrunken in eine Scherbe getreten war.

Robert, die mir die Kirmes versaute, weil sie nach ihren ersten Joint stundenlang an der Bushaltestelle saß und heulte und nicht wusste warum. Robert, die mir ihre letzte Zigarette überließ und anschließend ihre Oma beklaute, um für mich neue zu kaufen. Robert, die mir im Kindergarten ihre Trompete schenkte, die ich aber nicht wollte, weil sie so beschlotzt war. Robert, meine Kindergartenliebe, mein Bodyguard durch die Pubertät, mein dritter Bruder. Robert, die eigentlich Henriette heißt, die aber niemand Henriette nennt, außer ihren Eltern. Robert, die Tochter des Briefträgers, die für uns Kinder immer ein Junge war und auch jetzt in diesem Moment, in dem sie vor mir steht, aussieht wie Robert und nicht wie Henriette.

Sie hat sich nicht verändert. Kurze Stoppelhaare, Jeans, Männerhemd, Turnschuhe, Zigarette im Mundwinkel. Es ist tatsächlich Robert.

„Mensch, Satu, wann haben wir uns denn das letzte Mal gesehen?"

„Robert, was machst du denn hier?", freue ich mich und nehme sie fest in den Arm.

Vor mindestens hundert Jahren zog Robert mit ihren Eltern fort aus dem kleinen Dorf. Man erzählte sich, dass Roberts Vater wegen Bandscheibenproblemen frühzeitig in Rente gehen musste und Roberts Mutter eine Heilpraktiker-Praxis im Elsass eröffnete.

Robert meldete sich nicht mehr. Damals gab es kein Handy, und das Telefonieren war, besonders ins Ausland, aus dem kleinen Dorf heraus unmöglich. Briefe schreiben war nicht unsere Stärke, und so verloren wir uns aus den Augen. Vergessen hatte ich sie aber nie.

„Robert, ich freue mich so!"

„Und du, Satu, alles paletti?"

„Ja, so", weiche ich aus und nehme sie schon wieder in den Arm.

Sie schiebt mich von sich, schaut mich an, so, wie sie immer schaut, wenn sie Unheil wittert. Robert, meine Güte, Robert hat mir wirklich gerade noch gefehlt.

Sie wirft einen letzten Stein, hakt sich bei mir unter, zieht mich hinter sich her.

„Mensch, Satu, rennst wie eh und je um den See herum. Hast du nichts Besseres zu tun? Wie geht's deinen schönen Brüdern?"

Robert hat wie immer alles unter Kontrolle. Zerrt mich vom Weg, drückt mich auf eine Bank.

„Ich freue mich so, dich zu sehen. Meine Güte, Robert, was machst du hier nach so vielen Jahren?"

Sie schiebt die Beine weit von sich, legt mir den Arm um die Schultern, lacht.

„Es ist immer wieder eine Herausforderung in dieses Kaff zu kommen", sagt sie, „aber dieses Mal war es unumgänglich. Hatte geschäftlich in der Stadt zu tun und, stell dir vor, mein Vater will, dass ich ihm einen Friedhofsplatz hier eintragen lasse."

„Dein Vater? Ist er krank?"

„Er war es. Herzinfarkt. Danach kam die Heimwehnostalgie. Unter allen Umständen will er hier in seinem Heimatort beerdigt werden, wenn es einmal so weit ist.

Und ich soll das nun für ihn erledigen, weil ich ohnehin hier in der Gegend bin. Und, wie geht es deinen Eltern?"

Zwei Kinder nähern sich auf Fahrrädern. Ein blassgelber Hund rennt und springt um sie herum, bringt die kleinere von ihnen fast zu Fall. Zwei Frauen in kurzen Shorts spazieren einige Schritte hinter den Kindern her, abgelenkt und mit sich beschäftigt in einem strittigen Gespräch. Das kleinere Mädchen strauchelt mit ihrem Fahrrad knapp am Seeufer entlang. Ich lasse die Situation nicht aus den Augen, bereit zu springen, wenn es sein muss. Aber da sind sie schon an Robert und mir vorbei und wie ein kurzer Moment verschwunden aus unserer Zeit.

„Entschuldige, Robert, was hast du gesagt?"

Sie schaut mich an, scharrt mit den Schuhen im Sand, wendet ihren Blick zum See, auf dem die Sonnenstrahlen mit den Wellen tanzen.

„Vor zwei Jahren war ich schon einmal hier, Satu", sagt sie, „ich hatte eine schwere Krise und dachte, vielleicht kann dir Satu helfen."

„Vor zwei Jahren? Wann denn, Robert?"

„Irgendwann im Oktober, meine Mutter ist gestorben, weißt du, und mein Vater, na ja. Du kennst ihn ja. Leider warst du nicht da. Urlaub glaube ich."

„Das wusste ich nicht, Robert. Warum hast du mir keine Nachricht hinterlassen?"

„Wollte dich dann doch nicht mit meinen Problemen nerven. Letztendlich war ich ganz froh, dass du nicht da warst. Wäre mir wahrscheinlich hinterher ziemlich peinlich gewesen."

„Spinnst du, Robert?"

„Ach, Satu, du lebst doch hier oben in einer heilen Idylle. Da will man doch keine Geschichten vom Sterben oder von Einsamkeit hören."

Kälte legt sich auf meine Schultern. Puhlt sich hindurch bis in meine Hände. Die glitzernden Wellen machen mich schwindelig. Stehe auf von der Bank, nehme den erstbesten Stein. Werfe ihn flach über den See. Dreimal springt er auf von der Wasseroberfläche, bevor er schließlich versinkt.

„Weißt du was, Robert, du hast keine Ahnung. Keine Ahnung von mir, von meinem Leben und von der heilen Idylle, wie du sie nennst."

Ärgerlich werfe ich einen weiteren Stein. Der geht sofort unter. Hat hier überhaupt jemand eine Ahnung davon, wie es in mir aussieht. Heile Idylle, dass ich nicht lache. Mein Leben geht gerade den Bach runter, meine Existenz zerbröselt wie ein trockenes Blatt in der Hand, ich weiß nicht mehr, wo ich hingehöre und muss meinen Vater um Geld bitten, weil er der einzige ist, der uns helfen kann. Ausgerechnet meinen Vater, dem ich schon mein ganzes Leben lang entkommen wollte.

„Entschuldige", Robert legt ihre Hand auf meine Schulter. „Ich wollte dich nicht verletzten. Was ist, willst du reden?"

„Ach, ich weiß nicht, Robert. Es ist alles so verzwickt. Ich sehe vor lauter Wald die Bäume nicht mehr."

„Hör zu", sagt sie, „ich habe Zeit. Wenn du willst, leihe ich dir in den nächsten Stunden beide Ohren. So wie früher, weißt du noch?"

Eine halbe Stunde später sitzen wir auf der Terrasse. Bereits auf dem Rückweg treffe ich den Entschluss, das Gespräch mit meinem Vater auf morgen zu verschieben. Heute ist Robert da. Robert und ich.

Nach der ersten Flasche Rotwein ruft Alex an.

„Warst du schon bei deinem Vater?"

„Morgen. Heute nicht. Morgen."

„Satu, wir brauchen das Geld. Die Banken warten nicht mehr lange."

Ich drücke das Gespräch weg. Mein Herz schlägt hart hinter dem Brustbein. Meine Hände sind kalt.

„Was ist los, Satu, du bist weiß wie die Wand."

Robert packt mich an den Schultern, schüttelt mich. „Sag jetzt endlich, was mit dir los ist."

„Ich wünschte, ich könnte mich wegbeamen, Robert, ehrlich, ich wünschte ich könnte einfach abhauen."

Robert schenkt Rotwein nach, drückt mich zurück in den Sessel, holt mir ein Kissen für den Bauch, stellt ihr Handy auf lautlos.

Zum zweiten Mal innerhalb einer Woche lege ich meine Seele offen auf den Tisch. Während die Sonne langsam untergeht, die Gewitterwolken sich in einem großen Bogen um das kleine Dorf verziehen, das Telefon mehrfach klingelt und ignoriert wird, erzähle ich Robert vom Zerfall meiner Idylle, von der Furcht vor dem finanziellen Ruin und der Angst vor meinem Vater.

Robert fragt nicht. Raucht in den Himmel, legt mir ab und zu aufmunternd die Hand auf, wenn ich stocke, und hört mir zu.

„Was willst du machen, wenn dein Vater gar kein Geld hat?"

„Ach, weißt du, er hat sicherlich etwas in seiner Kassette. Aber viel ist das nicht. Vielleicht ein paar hundert Euro."

„Und was will Alex mit ein paar Hundert Euro bei den Banken erreichen?"

Ich zucke mit den Schultern, öffne die zweite Flasche Rotwein.

„Na ja, so wie ich das verstanden habe, hofft er, dass sie nicht mehr pfänden, wenn er ihnen Geld zurückzahlt."

„Mit ein paar Hundert Euro? Spinnst du Satu?" Die Banken werden sich das Geld einsacken und trotzdem pfänden."

Ich schaue in die Nacht. Der Rotwein schmeckt holzig, hinterlässt einen pelzigen Geschmack auf der Zunge. Schon trommeln leichte Kopfschmerzen hinter meiner Stirn. Die werden morgen früh ihren Höhepunkt erreichen.

Trotzdem trinke ich weiter, rauche eine von Roberts Zigaretten, versuche, mich zu benebeln, und werde doch immer
klarer.

„An deiner Stelle würde ich erst einmal versuchen Geld zurück zu halten. Wer weiß, wofür du es noch brauchst."

„Wir werden das Haus verkaufen, Robert." Mit dem Geld
können wir sicherlich eine Menge Schulden bezahlen."

„Wie viel Schulden habt ihr denn überhaupt?"

Da ist es wieder. Dieses Gefühl sich im Kreis zu drehen.
Hin und her zu rennen, von einem Ort zum anderen zu fahren, zu reden und zu jammern und sich trotzdem immer im
Kreis zu drehen. Wie bei einem Monopolyspiel. Gehen Sie
zurück auf Los, ziehen Sie nicht zweitausend Mark ein.

„Ganz ehrlich, Robert, ich habe keine Ahnung."

Robert rückt ihren Stuhl nach hinten, kippt das volle Glas
Rotwein und zündet sich die tausendste Zigarette des
Abends an.

„Mensch, Satu, bist du blöde?"

Damit ist es raus. Endlich haben wir festen Boden erreicht.
Endlich stehen wir auf einer Ebene, wo es nicht mehr möglich ist, umeinander herumzuschleichen.

„Hör mir zu", sagt sie, „als erstes muss du herausfinden, ob
es sich überhaupt lohnt, weiter Geld in die Banken zu

pumpen, oder ob Alex schon insolvent ist. Kann er noch etwas retten oder nicht? Wenn nicht, dann solltest du all dein Geld zurückhalten. Beim Eintreiben von Schulden sind die Banken wie Krokodile. Du schmeißt denen dein Brot zum Fressen hin und sie beißen dich trotzdem."

Die Gedanken in meinem Kopf überschlagen sich. Immer mehr quält mich eine tiefe Wut, auf Alex, auf mich, auf Robert. Robert hat gut reden. Keine Familie, keine Verpflichtungen, keine Erwartungen. Aber kluge Ratschläge. Warum habe ich mich auf dieses Gespräch eingelassen? Die Kopfschmerzen ziehen schon meinen Nacken herunter. Wieder dieser indirekte Vorwurf, dass alles meine Schuld ist. Was mache ich hier eigentlich? Warum erzähle ich Robert alles, wo wir uns so lange nicht gesehen haben? Was geht Robert das alles an? Ich wünschte, sie würde gehen. Will meine Ruhe haben, einfach nur meine Ruhe.

„Ich gehe jetzt ins Bett, Robert. Vielleicht können wir ja morgen weiterreden."

„Hier", sagt Robert, „meine Karte. Muss morgen ziemlich früh los. Ruf mich an, wenn du mich brauchst."

Ich bringe sie zur Tür, kurze Umarmung.

„Bis bald, Satu."

„Ja, ja."

Stecke die Karte in die Hosentasche und setze mich allein auf die Terrasse. Dunkle Stille um mich herum. Ab und zu taucht ein Sichelmond hinter den Wolken auf. Es ist immer noch schwülwarm. Trinke zwei Gläser Wasser hintereinander weg, lege die Beine auf das Geländer.

„Bist du blöde?" Hat sie gesagt. Bist du blöde, bist du blöde, bist du blöde, Satu.

Das war nicht das, was ich hören wollte. „Arme Satu", wollte ich hören oder, „ach Satu, du tust mir leid." Wollte ich das wirklich hören?

Robert war immer schon eine ehrliche Haut. Ehrlich auch, wenn es wehtat. Ich erinnere mich daran, wie schnell sie mich immer durchschaute. „Satu, das machst du nur um deinem Bruder eins auszuwischen." Oder „Satu, zieh nicht wieder so eine Show ab."

Robert hielt mir oft den Spiegel vor. Das gefiel mir meistens nicht. Mehr als einmal war ich wütend auf sie, weil sie mir die Wahrheit über mich sagte. Sie hat sich nicht verändert. Das hätte ich wissen müssen.

In dieser Nacht ist an Schlaf nicht zu denken. Trinke mich mit Wasser nüchtern, vertreibe die Kopfschmerzen, lasse mich von der kühler werdende Nachtluft und der milden Stille einlullen und treffe gegen morgen zwei klare Entscheidungen.

Ich werde meinen Vater nicht um Geld bitten. Ich werde das Haus nicht zum Kauf anbieten, nicht bevor ich Einblick in unsere Konten habe.

Gegen acht stehe ich mit frischen Brötchen in der Küche meiner Eltern und fülle Kaffeepulver in die Maschine. Die Sonne schiebt sich schon mächtig durch die Fensterscheiben. Papa kommt frisch geduscht in langen Unterhosen aus dem Bad.

„Kaffee ist gleich fertig", sage ich. Er zuckt mit den Schultern und verschwindet im Schlafzimmer.

Auf dem Küchentisch klebt Knetgummi. Bemalte Blätter liegen auf der Eckbank. Im Kühlschrank finde ich Kinderjoghurt und Milchschokolade.

„Der Kleine kommt gleich", sagt Papa durch die Tür, „bleibst du lange?"

„Nein, Papa, wollte nur mit dir frühstücken und sehen, ob du etwas brauchst."

„Besorgt dein Bruder alles."

Ich kratze den Knetgummi vom Tisch. Offensichtlich werde ich hier heute nicht gebraucht.

„Bei uns ist übrigens wieder alles okay", sage ich deshalb früher, als ich es geplant hatte.

„Na, dann ist ja gut', murmelt er und setzt sich an den Küchentisch.

Unser Frühstück verläuft schweigend. Nur das Knacken der Brötchen und das Klappern der Tassen auf den Untertellern sind zu hören. Obwohl ich mir vorgenommen habe, mich nicht aus der Ruhe bringen zu lassen, finde ich sie erst gar nicht. Papa braucht nichts zu sagen, um mich zu verunsichern. Sein Schweigen ist genauso schwer auszuhalten wie das Schreien.

Im Hausflur tut sich etwas. Die Küchentür springt auf. Der kleine Paul steht in der Küche.

„Muss mich jetzt um den Jungen kümmern", sagt Papa, „komm heute Nachmittag noch einmal rein."

Gegen Mittag fahre ich ins Pflegeheim. Mama ist nicht da. Das Zimmer ist aufgeräumt, aber leer. Eine Krankenschwester schaut um die Ecke.

„Ihre Mutter macht mit einigen anderen Bewohnern einen Ausflug ins Oberbergische. Die sind erst zum Abendessen wieder zurück."

Auf dem Parkplatz telefoniere ich Gabriel und Pia an. Erreiche sie nicht.

Die Sonne ist mittlerweile zur Höchstform aufgelaufen. Robert fällt mir ein und auch, dass ich in der Nacht nicht geschlafen habe.

Im Haus ist es angenehm kühl. Ich falle auf mein Bett und wache erst am Spätnachmittag wieder auf. Der Kühlschrank ist so gut wie leer und zur Bank muss ich auch.

Ach, ja, und bei Papa wollte ich noch einmal vorbei schauen.

In der Elternküche ist es drückend heiß. Papa liegt auf dem Bett. In langen Unterhosen und Wollsocken. Er schläft mit offenem Mund. Etwas Speichel läuft auf das Kopfkissen.

Drehe mich weg, will schnell verschwinden.

„Satu, warte."

„Will dich nicht stören, Papa."

„Setz dich in die Küche und warte, Kind."

Einige Minuten später schlurft er aus dem Schlafzimmer. In der Hand trägt er einen Aktenordner und ein Briefkuvert.

„Gestern war der Notar Knepper bei mir. Kam mit dem Taxi, sein Wagen ist verreckt bei der Hitze. Na ja, jedenfalls habe ich gestern deinem Bruder das Haus überschrieben."

Das überrascht mich nicht. Im Grunde war dieser Schritt längst fällig. Mein Bruder lebt mit seiner Familie schon seit Jahren im Haus meiner Eltern. Es überrascht mich nicht, wirklich nicht. Aber warum jetzt?

„Da ist noch ein Bausparvertrag, der wird im nächsten Jahr fällig. Den habe ich deinem älteren Bruder überschrieben."

Trotz der Hitze in der Küche werden meine Hände eiskalt. Ich hatte keine Ahnung von einem Bausparvertrag. Nein, von einem Bausparvertrag hat er mir nie etwas erzählt. Die Kälte kriecht mir von den Händen über die Schultern, legt sich auf meine Brust. Weiß nicht, was mich mehr schockiert. Dass er beide Brüder beschenkt, mich aber nicht, oder dass er mich jetzt auch noch bestraft, indem er mich so ganz nebenbei darüber informiert. Ich wünschte, ich könnte aufspringen und schreien, ihm alles entgegen schreien, was ich an Wut in mir verspüre, aber ich fühle nur die Kälte und kann mich nicht bewegen.

„Und das ist für dich", sagt er schließlich und legt das Briefkuvert vor mich hin.

Mit klammen Fingern öffne ich die Lasche, ziehe ein kleines rotes Sparbuch heraus, schlage es auf, schlucke die Tränen runter, neuntausendsiebenhundertvierzig Euro. „Danke. Ich wusste gar nicht... Aber, das ist...“
Langsam kommt wieder Leben in meine Beine. Ich ziehe mich am Tisch hoch und nehme ihn in den Arm. Ganz fest nehme ich ihn in den Arm, und auch das Weinen kann ich nicht mehr unterdrücken und weine in sein kariertes Hemd, bis er mich schließlich kopfschüttelnd von sich schiebt.
„Deine Mutter hat keine Ahnung von dem Sparbuch. Kannst es ihr ja erzählen“, sagt er mit wackeliger Stimme. Es ist nicht zu überhören, dass er den Coup genießt, der ihm da gerade gelungen ist.
„Ja“, sag ich und kann es nicht verstehen, wie er so stolz auf seine Heimlichkeiten sein kann.
Als Alex am Abend nachfragt, ob ich das Gespräch mit meinem Vater jetzt endlich geführt habe, sage ich nein.
Und als er mir dann mitteilt, dass er morgen einen weiteren Termin bei dem Finanzberater in München hat, sage ich, dass ich dabei sein werde.

Es ist schon spät, als ich schließlich bei meiner Mutter im Seniorenheim sitze. „Das passt zu ihm", sagt sie, als ich ihr von Papas Sparbuch erzähle. „Heimlichkeiten haben ihn immer schon lebendig gehalten." „Da hat er was mit Alex gemeinsam", sage ich und sie lacht. Freut sich, dass es mir gut geht mit dem Sparbuch und mit meinem liebenswerten Alex. Und ich freue mich, dass sie sich freut, und reihe mich ein in unsere Familie mit Heimlichkeiten.

Pia und Gabriel feiern mit Freunden am Baggersee, und so packe ich einige Dinge in meine Tasche und fahre früh am Morgen wieder los, nicht ahnend, wie schmerzhaft die Wahrheit sein kann, wenn sie blank auf den Tisch kommt. Das Haus des Finanzberaters liegt hinter einer hohen Backsteinmauer versteckt. Ein schwarzes Metalltor mit einer Gegensprechanlage zeigt den Eingang. Das Haus dahinter ist nur zu erahnen. Alex sitzt in seinem Wagen, der einige Meter von der Mauer entfernt geparkt ist. Ich finde keinen Parkplatz. Gebe ihm Zeichen, damit er auf mich wartet. In einer Seitengasse stelle ich den Wagen im Halteverbot ab. Alex wartet vor dem Metalltor mit einer Aktenmappe im Arm. Erst nach mehrfachem Klingeln meldet sich eine Männerstimme durch die Gegensprechanlage. Dann summt der Türöffner und das Metalltor öffnet sich nach innen. Wir stehen in einem mediterranen Garten.

Palmen spenden Schatten, ein runder Springbrunnen, von Steinfiguren eingerahmt, plätschert behaglich. Auf einer ausladenden Terrasse wie hin drapiert, eine weiße Sitzlandschaft und Korbmöbel.

Ein Mann in schwarzer Hose, weißem Hemd und grauer Weste führt uns ins Haus, klopft mit gesenktem Blick an eine halb geöffnete Holztür und meldet uns an. Man lässt uns eintreten. Mit geöffneten Armen und ausladendem Schritt begrüßt uns ein Mann undefinierbaren Alters, als seien wir herzlich willkommene Gäste. Ich ziehe meine Hand weg, bevor er auf die Idee kommt, sie zu küssen. Er trägt die weißen Haare kurz geschnitten. Seine Kleidung ist dezent in schwarz-weiß gehalten. Enge schwarze Jeans, weißes Hemd, die Ärmel lässig bis unter die Ellenbogen hochgekrempelt, die oberen Knöpfe geöffnet. Gepflegte, braungebrannte Hände. Helle Lederslipper. Unruhige, graue Augen, volle, fast weibliche Lippen. Leise, dunkle, gehetzte Stimme. Seinen Namen habe ich bereits nach drei Sekunden wieder vergessen. Irgendetwas mit „olski" am Ende.

Alex sitzt bereits auf einem schwarzen Lackstuhl an einem mindestens drei Meter langen Tisch. Offensichtlich kennt er sich hier aus. Ich setze mich neben ihn, knete meine eisigen Hände, bemühe mich, regelmäßig zu atmen.

Der Berater legt sich einen Stapel weißes Papier zurecht, daneben einige Stifte in unterschiedlichen Farben. Kaum dass er sitzt, beginnt er zu malen.

„Die Situation sieht folgendermaßen aus", sagt er und zeichnet einige Diagramme, „die Banken fordern nun definitiv die gesamte Summe der Immobilien, lieber Herr Dr. Berger. Lassen Sie uns kurz rekonstruieren. Die Verträge, die geschlossen wurden, sind alle rechtskräftig. Es war ein Fehler, die Immobilien als das einzuschätzen, was sie definitiv nicht sind.

Sie sind den Kaufpreis nicht wert und sie sind, jedenfalls zum heutigen Zeitpunkt, nicht für den Preis zu vermieten, den man Ihnen versprochen hat. Manche, da muss ich Sie jetzt enttäuschen, sind offensichtlich gar nicht zu vermieten, weil sie heruntergewirtschaftet sind oder in ungünstigen Wohngebieten liegen. Tja, liebe Frau Berger, warum haben die Banken dann die Kredite überhaupt genehmigt, werden Sie fragen. Das ist ein Phänomen, mit dem wir uns zurzeit intensiv beschäftigen. Leider, muss man sagen, sind Sie nicht die einzigen Betroffenen. Seit einiger Zeit boomt das Geschäft mit den sogenannten Schrottimmobilien, also Immobilien, die minderwertig sind oder deutlich über Wert verkauft werden und sich dann nicht rentieren. Denn die meisten Käufer, und da gehörte Ihr Mann dazu, bezweckten durch den Kauf von Immobilien, sich finanzielle Sicherheiten anzulegen oder für das Alter vorzusorgen. Die Verkäufer gehen da geschickt vor, machen einen seriösen Eindruck und kümmern sich sowohl um die Kreditabwicklung mit den Banken als auch um das notarielle Prozedere. Alles läuft wie am Schnürchen, bis die ersten Mieten fällig werden, die dann nicht kommen, so dass auch die Kredite irgendwann nicht mehr bezahlt werden können. Das Problem, lieber Herr Dr. Berger, ist nun, dass wir überhaupt keine Handhabe haben. Die Banken sehen nur die korrekt unterschriebenen Verträge. Die haben ihren Part des Vertrages erfüllt und wollen jetzt die vereinbarten Raten sehen. Die Verkäufer sind entweder verschwunden oder haben sich auf eine Weise abgesichert, dass man ihrer nicht habhaft werden kann. Es scheint unmöglich, gegen diese Geschäfte vorzugehen. Wir befürchten eine Flut von Geprellten und können nichts tun."

„Das kann doch nicht sein", presse ich hervor. Niemand hört mich. Irgendwo tickt eine Uhr. Alex sitzt gefühlte zwanzig Kilometer weit von mir entfernt. Der Berater vollendet seine Zeichnung, die aussieht wie ein explodierender Vulkan.

„Fakt ist", sagt er schließlich, „dass Sie, lieber Dr. Berger, um eine Insolvenz nicht herum kommen."

Es gelingt mir nicht, meinen Kopf zu wenden, aber ich spüre, wie Alex in sich zusammensackt. Nachdem der Berater auch die Zahlen und Zeichnungen auf dem zweiten Blatt durchgestrichen hat, zeichnet er nun einen Kreis und malt ihn mehrfarbig mit Pfeilen und kleinen Häusern aus. Dann legt er das Bild beiseite, um ein neues zu beginnen, und ich frage mich, wo die Tür ist, und wie es mir gelingen kann, seinen Monolog zu unterbrechen und seine unsinnigen, hektischen Zeichnungen, die niemand sehen will außer ihm.

„An Ihrer Stelle würde ich die eidesstattliche Versicherung so schnell wie möglich durchziehen, damit die Pfändungen aufhören. Leider ist ansonsten nichts mehr zu machen."

Scheinbar zufrieden mit sich selbst, schleudert er den Rotstift auf den übrig gebliebenen Stapel Papier und lehnt sich mit tiefem Seufzer zurück in seinen Ledersessel, der knatschende Geräusche von sich gibt, als sei er lange nicht geölt worden.

Alex' Aktenmappe liegt ungeöffnet auf dem Tisch. Kein Wort hat er bisher gesagt. Hat, wie ich, nur dagesessen, den Kritzeleien des Beraters hilflos ausgeliefert zugehört. Ein Urteil über unser zukünftiges Leben wurde gesprochen, und wir sitzen da, unfähig einen Satz zu formulieren. Lassen uns Kaffee servieren, mit Milch und Zucker bitte, und nicken mit den Köpfen, als seien wir einverstanden mit dem Urteil und dem Strafmaß.

Es gibt kein Geld und auch nichts mehr zu sagen. So öffnet sich die Tür wieder von außen, und der unterwürfige Herr in schwarzer Hose und grauer Weste geleitet uns zur Haustür, weist uns den Weg zu dem metallenen Gartentor und setzt uns raus.

Wir stehen voreinander wie Abschied nehmende. Die Hände tief in den Taschen vergraben verharren wir eine Weile in Schockstarre. Als Alex meinen Arm berührt, breche ich in Tränen aus. Damit hatte ich nicht gerechnet. Es ist leicht, über Katastrophen zu reden, es ist leicht, sich über das Unaussprechliche Gedanken zu machen, es ist leicht, die Hölle zu ertragen, wenn man noch nicht mittendrin ist. Hier vor dieser Backsteinmauer und dem metallenen Tor, hier in dieser Stadt, die ich bisher nur vom Durchfahren kenne, hier ist der Eingang zur Hölle, der Geschmack von grünem Gift, der sich durch den Rachen in die Eingeweide verteilt. Hier in diesem Augenblick spüre ich den Hauch des Abgrundes, und es drängt mich sehr, zu springen.

„Komm", sagt der Mann neben mir und zieht mich in seinen Wagen. Eine Zeitlang fahren wir durch Straßen, vorbei an einem Stadion, einem Bahnhof auf der rechten Seite, einen Schotterweg entlang. Wir fahren durch ein Gewerbegebiet und durch einen Park, links ein Friedhof. Irgendwann stehen wir wieder vor der Backsteinmauer und sehen uns an.

„Was machen wir jetzt?", frage ich den Mann an meiner Seite.

Er lässt die Schultern fallen, starrt aus dem Fenster.

„Komm", sage ich und übernehme das Steuer, „wir fahren zu Josef und Sophia nach Zirnbach."

Es gibt Momente, in denen die Gedanken, die ja bekanntlich niemals Ruhe geben, einfach still stehen. So muss es sich im Auge des Zyklons anfühlen. Wenn Worte und Sätze im Gehirn von allen Seiten versuchen, ins Bewusstsein zu drängen, macht das Bewusstsein eine Pause. Ohne zu denken, in einem gedanklichen Niemandsland, fahre ich die Autobahn hinunter, gelange ohne Irritationen und Umwege

ans Ziel, biege in die Hofeinfahrt ein und habe keine Ahnung, was ich hier will. Weiß nur, dass ich nicht allein sein
will mit dem schweigenden Mann an meiner Seite und hoffe
vielleicht auf die Hilfe eines Feuerwehrmannes und seiner
gelähmten Frau. Es kommt mir so vor, als sei ich schon
tagelang unterwegs, als hätte ich einen Berg erklommen,
mit schwerem Gepäck auf dem Rücken und rutschigen
Schuhen. Als käme ich gerade erst an, zurück von einer
Wanderung durch die Wüste, mit trockener Haut und wun-
dem Herzen. Wie schön wäre es jetzt, zu schlafen, sich
einzukuscheln in eine warme Decke, sich auf die andere
Seite zu drehen nach einem wahnwitzigen Traum und sich
auf ein schönes Frühstück am Morgen zu freuen, mit Alex
und den Kindern, zu Hause auf der Terrasse. Ich sitze im
Auto und weiß, dass das nie wieder so sein wird. Wenn
nicht ein Wunder geschieht, wird mein Leben nie wieder so
sein.

Alex öffnet die Wagentür und schaut sich um. „Was soll
das, Satu, wo sind wir?"

Die Haustür öffnet sich und Ludwig kläfft uns entgegen.
Sophias Rollstuhl schiebt sich auf die Treppe, und schon
hocke ich vor ihr und lege meinen Kopf in ihren Schoß.
„Satu, was um Himmels Willen ist passiert?"

Alex im Wagen bewegt sich nicht. Sophia stupst mich an.

„Satu, geh und hol ihn her."

Schritt für Schritt bewege ich mich zu ihm hin, stehe vor ihm, kralle mich in seine Schultern, halte mich fest, halte ihn fest, halte uns, bevor einer von uns beiden davon schwimmt oder einfach zerbricht.

Zwei kräftig behaarte Männerarme in einem Holzfällerhemd umfassen uns und ziehen uns hinein ins Haus. Josef ist auch da, Gott sei Dank.

Es dauert eine Weile, bis sich die Befangenheit auflöst. Erst nach einigen Schnäpsen und nachdem Ludwig, der Hund, es sich auf Alex' Füssen bequem gemacht hat, wenden wir die Blicke nicht mehr ab und schauen uns an. Josef rückt etwas näher. Sophia nimmt meine Hände und lässt sie nicht mehr los. Alex verliert die Fassung, legt seine Arme auf den Tisch und den Kopf auf die Arme und schluchzt ein trockenes Schluchzen. Dann endlich beginnt er zu reden, und alle atmen auf. „Eigentlich bin ich froh, dass es jetzt endlich vorbei ist", sagt er schließlich, „aber wie es weitergeht, das weiß ich nicht. Und", sagt er und schaut mich an, „ich habe so eine Angst, dass du gehst."

„Quatsch", antwortet der Josef für mich, „so etwas muss man zusammen durchziehen."

Und da nicke ich erst einmal, damit es überhaupt weiter-geht.

Später am Nachmittag fahren Josef und Alex auf die Feu-erwehrwache. Sophia will einen Strudel mit frischem Ge-müse backen.

"Gemüse schnippeln ist wie Meditation", sagt sie, „und es-sen muss man in jeder Lebenslage."

Wir sitzen im Garten unter dem Baum, und fast fühlt es sich so an, als sei die Welt in Ordnung, als wärmte die Sonne unsere Herzen und ließe Leichtigkeit und Freude hinein.

„Wenn Alex eine Insolvenz anmeldet, dann muss ich mir ganz schnell eine Arbeit suchen. Dann bleibt nicht viel Geld übrig. Auch Pia und Gabriel müssen neben dem Studium Geld verdienen, mehr als bisher. Wir werden sie nicht mehr unterstützen können."

Sophia schweigt. Sie nimmt mir die Möhre aus der Hand, schnippelt sie zu Ende, legt mir eine Kohlrabi hin.

„Vielleicht kann ich wieder als Lehrerin arbeiten, obwohl ich das gar nicht will. Bin viel zu lange raus aus dem Beruf. Aber was kann ich alternativ machen? Weißt du, Sophia, ich dachte, ich sei frei und könne jetzt endlich, nach Mutter-sein und Elternpflege, etwas Kreatives tun, etwas woran mein Herz hängt."

„Woran hängt denn dein Herz?"

„Das habe ich noch gar nicht so genau herausgefunden. Ich dachte vielleicht an Reisen, an Malen oder an einen Job mit Herzblut. Aber jetzt scheint alles kaputt zu sein. Werde wohl irgendetwas machen. Hauptsache Geld verdienen."

„Satu", sagt Sophia und nimmt mir den Kohlrabi aus den Händen, „glaub mir, jede Krise birgt auch Chancen. Versperr' dir nicht selbst den Weg mit deinen negativen Gedanken. Öffne dich für alles, was möglich ist. Und glaub mir, es ist viel möglich."

Josef ruft an. Alex hat sich zwei Tage freigenommen und wird mit ihm zusammen die Nachtschicht in der Feuerwehrzentrale übernehmen. Was soll das jetzt? Will er sich aus dem Staub machen, will er den Kopf in den Sand stecken und so tun, als sei nichts geschehen?

„Lass ihn", sagt Sophia, „der Josef weiß, was er tut."

Mit einem Mal nehmen mir die niedrigen Decken des alten Bauernhauses, die dunklen Holzwände, der Geruch von feuchtem Hund den Atem. Im Garten lehne ich mich an den Baum, schaue durch das Geäst bis es mir schwindelt. Halte mich fest am Baum und stehe mit weit auseinander gestellten Beinen. Den tiefen Frieden dieses Baumes wünsche ich mir, den Halt in der Erde, die Stärke in der Mitte des Stammes, der biegsam und kraftvoll zugleich ist.

Wo sind meine Wurzeln? Wo ist meine Erde, meine Mitte? Das kleine Dorf fällt mir ein und die mich umtreibende Frage, warum ich immer noch dort lebe. Mit der Frage wühlt sich hier am Baum stehend mit einem Mal eine tiefe Sehnsucht hervor. Mir fehlt der Blick hinunter in meinen Wald. Ja, dieser Blick in meinen Wald fehlt mir jetzt sehr. Nur ich sehe den Wald auf diese Weise. Immer dann, wenn ich am Fenster unseres Hauses stehe, spreche ich mit ihm.

Wir halten Zwiesprache, während die Fichten im Wind hin und her schaukeln, Regen, Schnee und Wind sich austoben, wärmt er mein Herz, gibt mir Antworten auf meine heimlichen Zweifel, auf mein Seelenweh und Herzeleid.

Freut sich mit mir, wenn das Leben es gut meint. Immer ist er da. Immer wendet er sich mir zu. Seit ich ein Kind war, ist er mir Trost und Freude.

Sophia stellt eine Karaffe mit Zitronenwasser auf den Tisch. Zitronenscheiben schwimmen obenauf, dazwischen Minzeblätter. Sie gibt sich viel Mühe mit mir. Sie und Josef. Sie kennen uns kaum und schenken uns ohne Fragen jetzt ihre Zeit. Ich setze mich zu ihr, umarme ihre Beine, lege meinen Kopf in ihren Schoß.

„Sophia, ich glaube, ich will unser Haus behalten. Kann mir nicht vorstellen, ohne den Blick in meinen Wald zu sein, ohne den See, ohne den Weg ins Tal. Dieses kleine Dorf, wirklich, Sophia, ist manchmal unerträglich, aber meine Wurzeln sind dort. Ja, es ist wahr, jetzt, wo ich vielleicht alles verliere, aber auch die Chance bekomme, wegzugehen, ein neues Leben zu beginnen, jetzt spüre ich meine Wurzeln."

„Vielleicht", sagt Sophia, „vielleicht ist es aber auch nur Traurigkeit und Angst, was du spürst."

Sophias Stimme hat sich verändert. Worte wie herausgepresst, mit einem harten Klang. Überrascht hebe ich den Kopf.

„Ja", sagt sie, „es ist ein Unterschied, ob man etwas freiwillig hergibt, oder ob man etwas verliert. Verlust bedeutet immer Traurigkeit und Angst. Vor einigen Tagen hast du noch euphorisch von dem Hausverkauf erzählt. Jetzt droht euch der Verlust, und nun willst du festhalten."

Wind kommt auf. Schiebt die wenigen Wolken vor die Sonne. Sofort kühlt es ab. Gänsehaut über meinem Rücken. Sophias legt ihre Arme auf den Tisch, knetet ihre Hände. Braungebrannte, raue Hände mit knotigen Fingern, die sie jetzt faltet, als wolle sie beten.

Recht hat sie. Niemand darf mir das Haus wegnehmen. Das ist unerträglich. Das darf einfach nicht sein. Es ist doch nicht nur das Haus. Es ist das Zuhause. Der Platz, an dem ich mich sicher fühle. Zuhause, Wärme, Geborgenheit, Sicherheit. Wenn wir es verkaufen würden, dann hätte ich Zeit, könnte mich langsam entwöhnen, langsam abbauen und langsam irgendwo aufbauen. Aber so wird es mir entrissen. Wir werden des Hauses verwiesen, unseres Hauses. Raus mit euch. Es ist wie damals bei Mama in Schlesien. Weg mit euch. Dies ist nicht mehr euer Zuhause. Ihr gehört hier nicht mehr hin. Und diese Scham. Die Nachbarn, die Bekannten, die Kollegen, die Schulfreunde. Hinter unserem Rücken oder offen werden sie über Schande reden, über Größenwahn und Dummheit und ein wohliges Gefühl dabei empfinden. Ein wohliges Gefühl wird ihnen über den Rücken laufen, während sie mitleidig tun, die Nachbarn, die Bekannten und, ja, vielleicht auch einige Freunde. Freundlichkeit und Mitleid, das weh tut.

„Ja", sagt Sophia, „es ist auch der Verlust von Würde, von Sicherheit und Geborgenheit. Aber nur, solange du das auf diese Weise bewertest. Du kannst dich entscheiden zwischen Verlust und Chance.

Du kannst dich auch entscheiden zwischen Leiden oder
Leben und zwischen Opfer sein oder aktiv werden."

„Musstest du diese Entscheidungen damals auch alle treffen, Sophia? Musstest du auch durch diese Schmach?
Durch Mitleid, das weh tut? Durch Blicke, die sich durch
den Bauch brennen? Durch das Gerede, das dir den Kopf
unter den Teppich drückt?"

„Ich", sagt sie und schaut mich an, schaut in mich hinein
und bricht tief in mir etwas auf, „ich muss da ständig durch,
jeden Tag aufs Neue."

Als am nächsten Morgen die Männer zurückkommen, sitze ich bereits wieder unter dem Baum im Garten. Irgendwann in der Nacht habe ich mir die Decke genommen und mich in den Liegestuhl gelegt. Mit dem Blick in die Schwärze des Himmels und das lebendige Flackern der Sterne, erinnere ich mich an die Nächte auf dem Weg zu meinen Eltern, der beklemmenden Atmosphäre in ihrer Wohnung und der Hoffnungslosigkeit, die mich oft beschlich, wenn kein Weg aus dieser Enge für mich erkennbar war. Heute weiß ich, dass der Weg immer da gewesen ist. Irgendwann hatte er sich gezeigt und eine neue Tür aufgemacht.

Alex setzt sich zu mir. Er hat dunkle Schatten unter den Augen, trotzdem ist sein Gesicht entspannt. Vielleicht ist er auch nur müde, heiter kann er ja nicht sein. Er nimmt meine Hände, massiert mir die Gelenke, bis es weh tut.

„Das war eine kurze Nacht", sagt er, „zwei schwere Unfälle. Bei einem mussten wir ein verletztes Kind versorgen."

Das Küchenfenster öffnet sich. Sophia und Josef lachen. Josef pfeift ein Lied. Kaffeeduft. Die Kirchturmuhr schlägt sieben Mal. Ein Trecker fährt vorbei. Der Bauer winkt uns zu.

Ich ziehe meine Hände weg, warte. Irgendetwas muss jetzt noch kommen, irgendeine Idee, ein Plan. Alex hat doch immer eine Idee oder einen Plan. So wie er mich ansieht, mit diesem ruhigen, entspannten Gesicht, muss jetzt ein Plan kommen, die Lösung. Alex sieht aus, als habe er die Lösung gefunden. Es kommt nichts.

Nur dieser Blick, in dem ich diese verdammte Gelassenheit sehe, während im Hintergrund das Leben weitergeht. Zwischen mir und Alex steht alles still. Ich ertrage das nicht.

Ich hebe meine Hand, meine kalte, steife Hand und schlage ihm ins Gesicht.

„Hier geht es nicht um verletzte Menschen, Alex, verdammt noch mal, hier geht es um uns."

Ich habe mitten in die verdeckte Wunde getroffen. Keine Gelassenheit mehr in seinem Blick. Ungläubigkeit stattdessen. Er steht auf und geht ins Haus. Kein Wort, keine Geste, kein Trost. Im Flur hängt meine Jacke an einem alten Holzhaken. In der Küche sitzt Sophia vor einer Tasse dampfendem Kaffee. Meine Tasche liegt auf der Ofenbank. Von Alex und Josef ist nichts zu sehen.

„Ich muss weg, Sophia", sage ich und lege die Schlüssel meines Wagens auf den Tisch, „ich nehme Alex' Wagen.

Meiner steht noch in München. Ich fahre nach Hause. Danke dir für alles, Sophia, aber ich muss jetzt weg."

Sophia nickt und hebt die Arme. Ich drücke sie fest und bin schon aus der Tür. Schaue mich nicht mehr um. Nach einigen Kilometern kommen mir Zweifel, aber zurück kann ich nicht mehr.

Das Handy liegt auf dem Beifahrersitz. Alex ruft nicht an.

Gegen Mittag komme ich im kleinen Dorf an. Niemand auf der Straße. Der Ort ist wie ausgestorben. So ist das immer um diese Zeit. Das ist nichts Besonderes. Aber heute, heute bedroht sie mich beinahe, diese Leere in den Straßen und zwischen den Häusern. Hier werde ich keinen Schutz finden. Hier werde ich noch einsamer sein, als ich es früher schon war. Ich stelle den Wagen in die Garage. Stelle ihn wie immer neben den alten, hellblauen Kadett aus den 70er Jahren. Alex' Freude, Alex' Liebhaberstück mit den Erinnerungen an die Unverfrorenheit eines Studentenlebens.

Der Kadett, was wird denn jetzt aus dem Kadett? Im Haus ist es stickig. Langsam entwickelt sich ein Geruch von Abgestandenem. Ist ja auch schon mehr unbewohnt als bewohnt. Das Haus. Was geschieht mit dem Haus? Was geschieht mit uns? Wir werden Entscheidungen treffen müssen, aber welche? Werden wir eine Wahl haben oder gehört schon alles irgendeiner Bank?

Am Fenster schaue ich hinunter zum Wald. Dort irgendwo zwischen den Fichten liegt ein Teil von mir. Ich habe Alex geschlagen. Das ist neu. Niemals zuvor in meinem Leben habe ich jemanden geschlagen. Es war notwendig.

Der Schmerz musste heraus. Der Schmerz musste zu ihm. Ich weiß nicht, ob er angekommen ist.

Die Haustür öffnet sich. Der Hund bellt durchs Haus, freut sich, pinkelt vor Freude in die Ecke. Gabriel scheucht ihn raus in den Garten, ohne mich aus den Augen zu lassen. Er trägt ein T-Shirt mit einem Superman-Bild auf der Brust. Ich lehne mich an Superman. Nur nicht schreien jetzt. Gabriels Hände auf meinen Schultern werden kalt. Pia hantiert in der Küche herum.

Der Hund kommt wieder herein und legt sich auf meine Füße. Löse mich aus den erschreckten Armen meines Sohnes. Versuche, Boden zu finden über dem Abgrund.

Pia zündet Kerzen an. Der Abend ist mild und warm. Wir wollen es behaglich haben, behaglich und vertraut. Alles soll sein, wie es immer ist. Für einen Abend die Gedanken verdrängen. Als sei alles ein schlechter Traum. Alles an seinem Platz halten, Kerzen auf dem Tisch, Tee, belegte Brote. Bin zu Hause und meine Kinder sind bei mir. Doch es gelingt nicht.

Die beiden rennen viel zu schnell im Haus herum. Tragen Wäsche vom Keller ins Bad, öffnen Fenster und schließen sie wieder. Packen Taschen ein und wieder aus. Schließlich stehen sie einfach da und schauen mich an.

Das Verdrängen misslingt, misslingt unter den Blicken der Kinder. Belüg' uns nicht, Mama. Da ist sie wieder, die Angst. Lässt sich nicht verscheuchen, nicht mit Kerzen, nicht mit Aussitzen oder Weglaufen. Klebt sich in unseren Nacken. Will beachtet werden. Wir müssen ihr die Kraft entziehen, bevor sie uns zerdrückt. Wir müssen sie sezieren, sie zerlegen und uns das Brauchbare an ihr nutzbar machen. Wie fange ich an? Mit der Wahrheit. Es geht nur mit der Wahrheit.

Zum dritten Mal in diesen Wochen erzähle ich die Geschichte von Verlust, von Vertrauen und Täuschung, von großen Plänen und vom Scheitern. Doch dieses Mal ist es anders. Aufmerksam hören sie mir zu. Mit erstaunten Augen stellen sie Fragen. Unruhe breitet sich zwischen uns aus. Immer wieder steht einer auf, durchwandert den Raum, holt die nächste Flasche Wasser aus der Küche, die nächste Packung Papiertaschentücher. Etwas fehlt. Es gelingt uns nicht, einen Faden zu finden, an dem wir uns orientieren können.

Die Stunden vergehen, und noch immer sind es Fragen ohne Antworten, Ängste im Dunkeln. Anders als bei Robert und Sophia suchen wir Orientierung. Reden, um den Weg zu finden. Suchen einen Weg, einen Weg, den wir gemeinsam gehen können. Denn die größte Angst, das stellt sich schnell heraus, ist die, uns zu verlieren.

Es ist schon fast Mitternacht, als sich die Haustür öffnet und Alex hineinlässt.

Mein Herz beginnt heftig zu schlagen. Kann nicht aufstehen, ja kann noch nicht einmal den Kopf heben. Wenn ich jetzt aufstehe, falle ich auseinander. Pia hält es nicht in ihrem Sessel. Sie springt ihren Vater an, so wie sie es als kleines Mädchen immer tat. Springt ihn an wie früher, wird von ihm aufgefangen, festgehalten, ganz eng mit ihrem Kopf in der Beuge seines Schulterblattes. „Gott sei Dank, Papa, da bist du ja."

Gabriel geht langsam auf ihn zu. Seine Arme hängen an ihm herunter, als seien sie zu schwer für ihn. Er bewegt sich wie ein verschrecktes Kind, die Schultern nach oben gezogen, den Kopf hervorgestreckt, wie ein Hund, der eine Fährte aufgenommen hat. Gabriel als Achtjähriger mit einer Fünf in Mathe.

Dann stehen sie vor mir, Arm in Arm, und warten. Sie warten auf eine Reaktion, eine Antwort. Sie wollen hören, dass alles gut wird, dass wir zusammengehören und zusammenbleiben. Wir alle fünf, Mutter, Vater, Kinder, Hund.

Aber ich kann nicht. Kann keine Antwort geben. Kann nicht sprechen. Es fallen mir keine Worte ein, keine Sätze.

Ich weiß nichts, außer dass ich ihn geschlagen habe. Und dass die Angst immer noch in meinem Nacken klebt, größer als vorher.

Pia und Gabriel verschwinden aus meinem Gesichtsfeld. Alex Atem befeuchtet meine Stirn. Er hockt vor mir, nimmt mich auf, trägt mich weg, legt mich unter Decken, hält mich zusammen. Weit hinter den Wolken höre ich seine Stimme. „Alles wird gut", sagt er, „ich verspreche es, alles wird gut."

Kaffeeduft weckt mich, und der Geruch von nassem Fell. Der Hund liegt in meinem Arm und starrt mich an. Lässt mich nicht aus den Augen, klopft dabei heftig mit seinem Schwanz auf die Bettdecke. Alex neben mir hustet.

Ich drehe mich zu ihm herüber, betrachte seinen Rücken, den Nacken, den dunklen Haaransatz mit den feinen grauen Fäden. Der Hund springt vom Bett, legt sich vor die Tür. Alex atmet schwer. Meine Hand schiebt sich zwischen seine Schulterblätter, legt sich auf Haut und Wirbelkörper. Schließe die Augen, taste nach seinem Herzschlag, dem Pulsieren seines Herzens hin zu meiner Hand. „Herzblatt", flüstere ich. Alex, mein Herzblatt in unserer Studienzeit. Damals gab es immer nur ein Bett.

Wir lagen Bauch an Rücken. Jeder hatte ein eigenes Zimmer in der WG, aber darin stand jeweils nur ein Bett. Wir waren uns so nah, konnten den Herzschlag des anderen spüren. Den Herzschlag spüren, das war das Wichtigste. Jedes Problem verflüchtigte sich, wenn ich mit dem Ohr auf seiner Brust oder der Hand zwischen seinen Schulterblättern seinen Herzschlag fühlte.

Ruhig, klar, gelassen, stark. Wie lange ist das her. In den letzten Jahren war da nur immer mein Herzschlag, schnell, chaotisch. Wie konnten wir uns so verlieren?

Hier liege ich nun, alles ist ruhig. Meine Hand auf seinem Rücken, bis ich durchdringe und den Herzschlag fühle. Sanft pocht er in meine Handfläche, fließt durch mich hindurch. Ein warmes, gleichmäßiges, leichtes Klopfen. Füllt meine Handfläche aus, verschwimmt zwischen Haut und Haut tief in mich hinein. In diesem Moment hat sich nichts verändert, trotz allem was passiert ist.

Es ist dieser Moment, nur dieser Moment. Wir sind immer noch die, die wir waren. Alex ist immer noch Alex. Das Pochen in meiner Handfläche ist immer noch das gleiche.

Hier, jetzt, ist alles gut. Alex, unverletzt und stark wie ein Baum. Ein kurzer Moment. Eine Ewigkeit. Dann sind die Gedanken wieder da. Er hat mich belogen.

Er hat einen Fehler gemacht, einen schrecklichen Fehler.
Eine falsche Entscheidung getroffen. Er wurde getäuscht
und er hat mich getäuscht. Er ist immer noch Alex, das ist
wahr. Aber da ist auch mehr als nur das vertraute Pulsieren
in meiner Hand. Alex hat sein Gesicht von mir abgewandt.
Wie lange schon hat er sein Gesicht von mir abgewandt?
Nie in all den Jahren fragte ich mich, ob ich ihn kenne. Er
ist da. Er ist hier bei mir. Und auch ich bin da. Satu. Aber
sind wir noch die, die wir waren? Bist du das, Alex? Und
während meine Hand wie festgeklebt zwischen seinen
Schulterblättern liegt, quälen die nächsten Fragen. Warst
du immer schon so. Alex? Warst du vielleicht niemals der,
den ich in dir gesehen habe, den ich in dir sehen wollte?
Er dreht sich um. Augen, Nase, Lippen, die rauen Linien
um den Mund. Alles Alex. Jetzt liegen meine Hand auf seiner Brust, und seine Hand auf meiner.

„Herzblatt, Schmerzblatt", flüstert er und zieht mich zu sich
hin, so wie früher, als wir uns als Studenten das Kleingeld
teilten, die Zeitungen austrugen und Nachtwachen bei
Sterbenden hielten, mit dem Rucksack nach Holland tramp-
ten und die Nächte am Strand verbrachten. So wie an den
Tagen an denen wir von Haferflockensuppe lebten oder
von dem geklauten Essen aus der Krankenhauskantine.

Zieht mich an sich, Gesicht an Gesicht. Fast der Mund, fast. Aber so einfach ist es nicht.

Ein leises Klopfen an der Schlafzimmertür. Rettet mich. Der Moment vorbei. Alex stöhnt. Gabriel steckt den Kopf herein. „Kaffee ist fertig, und Brötchen habe ich auch aufgebacken."

Stelle mich unter die Dusche. Lasse mir kaltes Wasser über den Kopf laufen, minutenlang. Die Fragen in meinem Kopf bleiben. Alex steht am Fenster. Schweigt.

Der Tag beginnt wie ein guter Tag. Ein gedeckter Frühstückstisch, Vater, Mutter, Kinder und ein Hund.

Kaffeetassen klappern, Brötchen werden gereicht, die Marmelade ist leer, Eier werden aufgeklopft, warm ist es heute, der Hund muss raus.

Schließlich stellt Gabriel die Frage, die überall im Raum herumwabert. „Wie geht es denn jetzt weiter?"

Alex legt das Messer zur Seite, trinkt den letzten Schluck aus der Tasse. „Ich habe heute einen Termin beim Rechtsanwalt. Danach weiß ich mehr."

Eine Tasse fällt zu Boden, meine Tasse. Eine Stimme verpasst den richtigen Ton, meine Stimme. Ein Fass läuft über, mein Fass.

„Für einen Moment dachte ich, es gäbe wieder ein Wir",
höre ich mich sagen, mit einer Stimme, die mir fremd ist,
die schrill ist und patzig. Patzig und schrill und laut. So etwas kann ich also auch. „Ein Wir, Alex", patze ich heraus,
„für einen Moment spürte ich wieder ein Wir. Du solltest
dich jetzt entscheiden. Entscheide dich, Alex, jetzt. Für ein
Wir oder für ein Ich. Und noch etwas, Alex", sage ich, „auch
ich kann mich gegen ein Wir entscheiden. Auch ich."
Die Zeit und der Raum um uns herum stehen still. Die
Temperatur ist um einige Grad gesunken. Doch all das
täuscht. Ohne dass wir es ahnen, und während wir in der
Küche Stillstand und Kälte wahrnehmen, werden von Banken und Gläubigern Pfändungen ausgestellt, Verträge gekündigt und eine Anforderung an das Amtsgericht gestellt,
unser Haus zu versteigern. All dies geschieht, während wir
darum kämpfen, uns durch den Schutt der Mauern, die eingestürzt sind, nicht zu verlieren, um das Geröll zur Seite zu
kehren, damit wir etwas wiederfinden, was uns stützen und
halten kann.
Während ich das Vertrauen suche, die Wahrheit hinter den
Rechtfertigungen und Begründungen, wird Alex' Konto ge-
sperrt und die Krankenversicherung gekündigt.

All dies geschieht, und vieles mehr, während ich mir im Flur die Jacke überziehe, Alex wie zum zweiten Mal geohrfeigt am Küchentisch sitzt und die Kinder schweigend und hektisch damit beginnen, die Küche aufzuräumen.

Draußen weht ein warmer Wind. Die Blumen im Beet lassen bereits die Köpfe hängen und dursten. Die Nachbarin hängt die Bettwäsche aus dem Fenster. Ein Rasenmäher kreischt. Es wird wieder ein heißer Tag werden. Auf dem Weg zum See versuche ich, meine Gedanken zu bändigen. Warum gelingt es mir nicht einen kühlen Kopf zu bewahren?

Warum überrumpelt mich die Wut so unbarmherzig und ohne Vorwarnung? Es ist doch schon alles schlimm genug. Warum entfache ich immer wieder diesen Kleinkrieg zwischen Alex und mir? Meine Gefühle pendeln hin und her zwischen Wut und Traurigkeit, zwischen Angst und Liebe, zwischen Sehnsucht und Verbitterung, hier auf dem Weg durch den Wald hinunter zum See. Mein Handy vibriert. Robert. Ich drücke sie weg, nicht jetzt. Will jetzt nicht reden. Nur laufen, den Kopf frei laufen. Es gelingt nicht. Die Fragen drängen, als sei eine Schleuse in meinem Kopf geöffnet worden. Begriffe und Worte, die so selbstverständlich geworden waren, brennen auf einmal heiß. Schmerzen und glühen im Kopf, im Bauch. Wir und ich, Vertrauen und Lüge, gemeinsam und allein. Worte, die alles über den Haufen werfen, was angeblich doch so stabil war. Es ist, als habe sich mein Gesichtsfeld verändert. Als sei die Wahrnehmung verfärbt. Oder war das immer schon so, und ich habe es nur nicht bemerkt?

Am See liegen Federn auf dem Weg. Ein Vogel, vielleicht eine Taube, wurde gerissen. Von einem größeren Vogel, einem Habicht oder einem Bussard. Es sind nur Federn, kein Körper mehr dran. Hier hat jemand Federn gelassen, denke ich, aber es berührt mich nicht.

Als ich an der Grillhütte ankomme, sitzt dort Gabriel und raucht eine Zigarette. „Seit wann rauchst du?", frage ich und setze mich neben ihn. Er schaut mich nur an. Wo warst du eigentlich in den letzten Jahren, Satu?

„Ich habe offensichtlich vieles in den letzten Jahren nicht mitbekommen", sage ich.

„Hör auf, auf dir rumzuhacken, Mama", sagt Gabriel.

m gleichen Moment hetzt Pia um die Ecke. Beide haben die Abkürzung durch den Wald genommen. Und auch Pia steckt sich sofort eine Zigarette an.

„Lass uns aufhören, uns was vorzumachen, Mama", sagt sie, bevor ich den Mund aufkriege.

Irgendwo im See quaken Frösche um ihr Leben. Die Nachbarin fällt mir ein, die Witwe des Pfarrers, die Zeitungsfrau und die ehemalige Schulfreundin, die mit dem Bauern aus dem Nachbarort verheiratet ist und immer im Trachtenlook herumläuft. Alle fallen mir ein, alle, die sich bald über die Neuigkeit hermachen werden, dass der Alex und die Satu pleite sind, das Geld durchgebracht haben, ja, ja, die waren ja schon immer hochmütig. Die Familie, die Eltern, Brüder, welch ein Entsetzen wird auf uns niederprasseln, Vorwürfe, Schuldzuweisungen. Ja, Schuld, wieder wird es um Schuld gehen. Wie so oft in unserer Familie.

„Hör auf damit, Mama." Gabriel ist jetzt aber wirklich sauer. „Du machst es nur noch schlimmer." Und dann steht er auf, läuft drei Schritte vor und zwei zurück, läuft bis zum Weg, wirft Steine in den See, kommt zurück mit rotem Kopf und stellt sich breitbeinig vor mich hin.

„Ich werde mit zwei Freunden eine Firma gründen", sagt er und erzählt von seinem Plan, Computersoftware zu entwickeln, Schulungen durchzuführen und Firmen computertechnisch umzurüsten.

„Weißt du, Mama, ich will das alles, was jetzt gerade passiert, als Chance nutzen. Jeder von uns sollte es als Chance nutzen. Ich habe keine Lust, dieses Drama als das Ende aller Möglichkeiten zu sehen. Verdammt, jetzt müssen wir uns etwas Neues einfallen lassen. Oder hast du eine andere Idee?"

Habe ich nicht. Habe gar keine Idee. Habe dagegen immer noch die Hoffnung auf das Aufwachen aus einem Albtraum. Und Pia? Pia legt den Kopf an meine Schultern.

„Wir sollten jetzt nicht durchdrehen, Mama."

Doch genau das tue ich. Als Alex gegen Mittag vom Besuch beim Rechtsanwalt zurückkommt, liegen bereits drei weitere Mahnbescheide auf dem Küchentisch.

„Ich habe eine eidesstattliche Versicherung abgegeben", sagt er, „ich werde eine Insolvenz beantragen."

Und das Haus?", frage ich.

Jetzt muss alles auf den Tisch. Wenn nicht jetzt, dann verpassen wir den richtigen Moment. Es ist wichtig, jetzt die Ruhe zu bewahren, damit die Gelegenheit nicht zerstört wird. Jetzt ist der Augenblick. Einen besseren wird es nicht geben.

„Wir können das Haus nicht verkaufen. Die Bank hat bereits einen Antrag auf Versteigerung gestellt."

„Und, Alex, ich meine, was machen wir jetzt? Packen, oder was? In deine Ferienwohnung ziehen? Oder zu meinen Eltern? Alex, was ist dein Plan?"

Nichts gelingt in diesem Moment. Kann ihn nicht nutzen, diesen Moment, nicht fassen, nicht die Ruhe bewahren, damit die Gelegenheit nicht zerstört wird. Es gibt keine Gelegenheit, keine Ruhe. All dies ist fehl am Platz in diesem Moment. Die Ruhe ist auf Alex' Seite. Mir ist sie nicht gewogen, will nicht bei mir sein. Ist bei ihm, die Ruhe, eine schamlose, kühle Ruhe. Wie soll ich das aushalten? Ich halte es nicht aus.

Greife nach dem Erstbesten in meiner Reichweite. Die Teekanne knallt auf den Boden.

Eine Tasse fliegt hinterher. Halte schon die nächste in meiner wütenden Hand.

„Hör auf, Satu."

Er hält mich fest. Hält mich wie in einer Zwangsjacke oder wie man eine Verrückte hält. Jemanden, der nicht losgelassen werden darf, der gefährlich ist für sich und die Umgebung. Dabei ist er es, der gefährlich ist. Er hat alles kaputt gemacht. Er. Alex.

„Du hast alles kaputt gemacht, alles."

Ungerührt hält er mich weiter fest. Wieder schlage ich zu.
Versuche, ihn zu treffen. Treffe nur mich selbst. Immer nur
mich, und weiß nicht, wie ich es beenden soll.

Mein Handy klingelt. Klingelt lange genug, um mich endlich
zu beruhigen, stehen zu bleiben, den Kopf zu heben, die
Nase an seiner Schulter abzuwischen. Behutsam lässt er
los. Meine verkrampften Muskeln zucken, lösen sich, werden weich. Allmählich nehme ich ihn wahr, ahne, dass auch
er voller Qual ist.

Er schiebt mich in den Sessel, kniet sich zwischen meine
Beine.

„Was soll ich tun? Ich kann es nicht ungeschehen machen.
Ich war ein Idiot. Ich werde alles tun, um uns da raus zu
holen, um es wieder gut zu machen."

Alex redet. Redet sich um Kopf und Kragen. Erklärt, recht-
fertigt, flucht, schimpft. Nimmt keine Rücksicht auf sich.
Nimmt keine Rücksicht auf mich. Scheut nicht, sich an den
Pranger zu stellen. Kauert zwischen meinen Knien, legt den
Kopf auf meinen Bauch, erwartet keine Streicheleien, kei-
nen Trost.

Stellt keine Fragen, legt alles offen, legt sich offen und
macht reinen Tisch.

Letztendlich bleibt mir nur eine Frage. Meine Frage, die ich mir selbst beantworten muss. Für die ich Zeit brauche. Zwei Tage vielleicht. Zwei Tage müssen reichen.

„Ich brauche zwei Tage Zeit, Alex, zwei Tage."

Er küsst mich auf die Haare, nickt, zieht seine Schuhe an, seine Jacke. Die Haustür geht. Der Wagen fährt aus der Garage. Er ist weg.

Wieder klingelt das Handy. Wieder Robert.

„Hallo, da bist du ja endlich."

„Ach, Robert, schlechtes Timing. Bin durcheinander. Alles geht den Bach runter."

„Bin morgen im Dorf, können wir reden? Muss unbedingt etwas mit dir besprechen, Satu. Bist du da?"

Lehne meinen Kopf an die Wand. Auch das noch. Reden. Nein, eigentlich will ich nicht reden. Brauche diese Zeit jetzt für mich. Aber Robert. Robert ist okay.

„Bin zu Hause, Robert, oder am See. Komm einfach vorbei."

Schleppe Fotoalben aus dem Keller. Rotwein und eine Kanne Tee. Belege mir ein paar Brote, Käse, Schokolade. Bereite mir ein Lager auf der Terrasse für eine lange Nacht. Eine Nacht nur mit mir alleine. Erinnern will ich mich und nachdenken. Mich fragen, wo ich sein will in einem Jahr, vielleicht in fünf Jahren. Auf die Suche gehen will ich. Die Suche nach mir und dem Augenblick, bevor ich mich verloren habe.

Ich kenne solche Nächte. In so einer Nacht habe ich mich auf die Geburt von Pia vorbereitet, und auch die Nacht bevor Gabriel geboren wurde, gehörte mir ganz alleine.

Heute Nacht geht es nicht um das, was geschehen ist. Nicht um das, was bereits vorbei und unveränderbar ist. Es geht nicht um Vernichtung und Verlust. Nein, darum geht es nicht, sondern darum, was noch da ist, und was noch sein könnte. Um nichts weniger als um das Fundament geht es, und um Mut. Und an erster Stelle geht es um Liebe. Die ist überhaupt das Wichtigste. Die Liebe kommt zuerst auf den Prüfstand. Nach ihr zu fragen ist schmerzhaft. So allein nach der Liebe zu fragen macht mir Angst. Meine Einsamkeit steht schon bereit, um sich in mir Platz zu schaffen. Ich darf nicht oberflächlich sein, muss mich genau hineinfühlen und genau hinschauen auf das, was war und ist. So einfach ist das nicht. Wie ein Tanz auf dem Seil.

Schau dir die Fotos an, Satu, betrachte und erinnere dich. Lass nicht zu, dass dein Kopf dir einen Streich spielt.

Die Sonne verschwindet hinter der Hausecke. Kerzen müssen auf den Tisch. Die Kinderbilder. Alex mit Gabriel auf den Schultern im Zoo. Alex und Satu. Satu und Pia. Der Hund. Immer wieder der Hund. Was geschieht überhaupt mit dem Hund, wenn wir ausziehen müssen? Gabriel und Pia. Satu und Alex. Lachend. Es gibt kein Foto, auf dem nicht einer von uns lacht. Lachen und in Bewegung. Selbst am Esstisch immer alle in Bewegung. Höre sie alle lachen, Pia, Gabriel, Alex, Satu. Kichern, Losprusten, in die Hände klatschen und Jubeln. Das höre ich alles mit geschlossenen Augen. Jeder anders und alle zusammen krachend laut, bis der Hund sich unter dem Sofa verkriecht. Höre ihnen zu in der Stille des Abends, bis ich angesteckt werde und zum Wald hinunter lache, leise und verschämt, aber doch so, dass mein Bauch sich weitet und mein Herz.

Immer wieder sehe ich mir die Fotos an, trinke und esse, überlasse mich den Erinnerungen und Bildern.

Ich lache und weine, trauere und bin wütend. Irgendwann schlafe ich unter der Decke auf dem Liegestuhl ein. Schlafe unter dem Himmel voller blinkender, unbegreifbarer Sterne, inmitten surrender Nachtfalter und Mücken. Wache auf durch einen warmen Nieselregen, der mich kalt erwischt und bin entsetzlich enttäuscht. Habe keine Lösungen ge-funden, nur Erinnerungen und tiefen Schlaf. Ein Tag bleibt mir noch.

An diesem Tag rettet der Regen die Blumen und die Pflanzen. Alles ausgetrocknet, mit hängenden Köpfen.

Von mir vergessen, zu wenig Wasser in der letzten Zeit. Endlich bringt der Regen ihnen Linderung, endlich. Und mich, mich hält er im Haus. Bei Regen drängt es mich nicht zum See, drängt mich eher zurück ins Bett. Doch da klingelt das Telefon und der Bruder ist dran. Er hat so etwas gehört, sagt er, und will auf einen Kaffee zu mir kommen. Mir bleibt kaum Zeit. Nur eine Stunde, eine Stunde räume ich mir ein, um zu duschen, um mich zu wappnen.

Eine Stunde, in der ich den Schrecken spüre, den das Unausgesprochene mir in die Glieder treibt. So geht das nicht. Das Fass muss geöffnet werden. Und das am besten gleich.

Der kleine Bruder druckst um mich herum. Man rede über uns im Dorf. Man rede, dass wir in finanziellen Schwierigkeiten stecken würden, ja, dass wir vielleicht pleite seien. Um es kurz zu machen, man rede darüber, dass unser Haus versteigert werde.

„Stimmt", sage ich, und bin erstaunt, wie einfach das war. Der Bruder glaubt mir nicht. Ungläubig scharrt er mit den Füssen.

„Willst du mich verarschen, Satu?"

„Setz dich", sage ich, und dieses Mal mache ich es kurz. In knappen Sätzen fasse ich zusammen. Stelle keine Fragen, lasse keine zu. Rede, erkläre nichts. Informiere, stehe breitbeinig in der Küche. Vor mir auf dem Stuhl der kleine Bruder mit offenem Mund und verknoteten Händen. Ich habe das Gefühl, dass es ihm schlechter geht als mir.

„Was willst du denn jetzt machen?", fragt er.

„Mir so schnell wie möglich einen Job suchen."

„Ja, aber, als Lehrerin?"

„Irgendetwas wird sich finden. Entweder hier oder in Bayern."

Der Bruder schüttelt den Kopf, murmelt vor sich hin, ohne mich anzusehen. Verdammt, murmelt er, und dass das doch alles Wahnsinn sei. Sein Murmeln macht mich ärgerlich. Der Druck auf meinen Schultern drängt mich, mich auf den Stuhl zu setzen. Aber den festen Stand, ich will den festen Stand nicht aufgeben. Nur so kann ich mich aufrecht halten.

Im festen Stand, breitbeinig und mit geradem Rücken. Auf dem Stuhl, nein, auf dem Stuhl klappe ich ein, klappe ein wie ein kaputter Regenschirm, werde wehrlos. Stehen bleiben muss ich, auf jeden Fall stehen bleiben. Die Sicherheit im Rücken spüren, im aufrechten Rücken.

„Und die Eltern?"

„ Schritt für Schritt". sage ich und bin selbst überrascht.
Betreten schleicht der kleine Bruder aus dem Haus. Es hat
ihn getroffen. Ich war vorbereitet, er nicht. Er hatte mich
nach einer Wahrheit gefragt, die er gar nicht wissen wollte,
die ich ihm aber zugemutet habe. Jetzt trägt er schwer daran.

Der breitbeinige Stand macht mir Mut. Mit einem breitbeini-
gen Stand zieht sich die Hilflosigkeit zurück. Ich muss jetzt
etwas tun. Erinnern und nachdenken, aber auch handeln.
Mich nicht nur mitreißen lassen von dem, was mir geschieht. Raus aus dem Erleiden. Am Geschehen teilneh-
men. Jetzt.

Ich ziehe mich an. Ziehe mich fraulich an. Bekleide mich als
Lehrerin. Hose, Bluse, Slipper, etwas Wimperntusche, Lip-
gloss.

In der Realschule in der Kreisstadt ist gerade Pause. Klaus-
Peter, der Direktor, steht am Fenster. Winkt mir zu. Freut
sich immer, mich zu sehen. Wir, damals im Studium.
Klaus-Peter der Gitarrenspieler. Zwölfseitige Gitarre, der
Klaus-Peter. Rote, krause Haare. Heute bereits Halbglatze.

„Schwierig", sagt er, „nach so vielen Jahren. Aber schreib doch einfach eine Bewerbung. Muss das dann mit dem Schulministerium absprechen. Und sonst, geht's dir gut?" „Ja, ja", sag ich, und bin schon wieder draußen. Pause vorbei. Alles in Ordnung, ja, ja. Warum hab ich ihm jetzt nicht die Wahrheit gesagt? Ich wollte doch auf jeden Fall mit offenen Karten spielen. Nicht drum herum reden. Schon wieder diese Scheinheiligkeit. Heile Welt in Trümmern, aber immer noch so tun als ob. Warum? Weil du dann erst recht keine Chance hättest, Satu. Und so, habe ich so eine Chance? Will ich überhaupt eine Chance? Kann ich überhaupt wieder eine Lehrerin sein, so wie ich jetzt bin? Und wenn nicht, wer kann ich ansonsten sein?

Fahre ins Pflegeheim. Mama sitzt mit zwei älteren Damen am Fenster und strickt. Sie hat zugenommen. Sie sieht rosig aus. Es geht ihr gut. Und sie strickt. Ich bin erleichtert und erstaunt. Seit wann kann Mama stricken?

„Seit wann kannst du denn stricken, Mama?"

Sie hebt den Blick, schaut mich über den Rand ihrer Brille an, amüsiert, belustigt. Ist das meine Mutter?

„Stricken", sagt sie, „immer schon. Früher habe ich alles gestrickt. Pullover, Westen, Strümpfe, Handschuhe. Na ja, früher halt.

Und so gerne, ich habe so gerne gestrickt. Sogar die Muster habe ich mir selbst ausgedacht. Schau das hier, das wird eine Jacke für den kleinen Paul."

Es ist kaum zu glauben, aber offensichtlich hat sie alles was sie braucht. Hier gibt es nichts für mich zu tun. Kann einfach dasitzen, zuschauen, lächeln. Mama vergnügt vor mir mit Kaffee und Streuselkuchen um halb zwei. Es ist ihr gelungen an längst Verlorengeglaubtes anzuknüpfen. Um das zu können, musste sie ihren Mann verlassen. Was für eine Ironie.

Das Handy klingelt.

„Ach ja, Robert. Nein, ich habe dich nicht vergessen. Wir treffen uns in einer Stunde."

Auf dem Parkplatz setze ich mich auf eine Bank. Es ist noch Zeit. Ist da auch bei mir noch irgendwo etwas Verlorengeglaubtes? Etwas, das noch da ist, obwohl ich es verloren glaube? Was? Was? Etwas außerhalb von Alex? Von dem auch die Kinder nichts wissen?

Eine Leidenschaft, eine Passion? Reisen vielleicht. Ja, Reisen ist immer schon so eine Sehnsucht. Wird es jetzt auch vermutlich bleiben. An Reisen ist in unserer Situation ja nun gar nicht zu denken. Schade.

Vor mir auf dem Rasen streiten sich zwei Amseln. Vielleicht spielen sie auch. Spielen eher nicht, balzen vielleicht. Ja, es sieht so aus, als tanzten sie einen Balztanz. Tanzen? Tanzen. Ja, das ist es. Tanzen. Jeden freien Abend in der Disko. Tanzen. Auf der Kirmes. Beim Sommerfest. Immer mittendrin und tanzen. Oh, wie wunderbar war das früher. Mit Alex hörte das Tanzen auf. Alex, der Sportfreak. Klettern ja, und Joggen. Auch Mountainbiken und Skilaufen. Aber Tanzen? Nein, Satu, Tanzen ist nicht mein Ding.

„Aber meins", sage ich jetzt, zwanzig Jahre später.

Zu spät? Nein, nicht zu spät.

Und plötzlich ist er da. Hier vor dem Pflegeheim auf einer Bank, ist er da. Ein klarer, vollständiger Gedanke in meinem Kopf, der nur auf seinen Auftritt gewartet hat und der sich richtig und natürlich anfühlt. Eine Entscheidung. Meine Entscheidung.

Alex, werde ich ihm sagen, Alex, ich liebe dich und wir werden diese schreckliche Geschichte gemeinsam bewältigen. Gemeinsam, Alex, aber nicht zusammen. Ich brauche Zeit für mich, Alex, werde ich ihm sagen, Zeit und Raum. Damit meine ich, Alex, ich will erst einmal für mich alleine wohnen, nicht leben, Alex, nein, leben will ich mit dir. Aber wohnen, Alex, wohnen werde ich erst einmal alleine. Damit ich mich finde, Alex. Damit ich mich wiederfinde.

Das ist es, was ich so lange gesucht habe. Einen Weg durch die Furcht direkt ins Leben, in mein Leben. Vielleicht geht der Weg ins Leben immer erst durch die Furcht. Durch das, was passierte, kann ich jetzt schwach aber deutlich genug fühlen, was Freiheit bedeutet. Heißt meine Freiheit vielleicht nur, ohne Furcht zu sein?

Jemand tippt mir auf die Schultern. Die Stationsschwester reicht mir einen Brief.

„Für ihren Vater", sagt sie, „die beiden schreiben sich regelmäßig."

Am Fenster sitzt Mama und winkt. Ich winke zurück. Von Herzen. Ich winke von Herzen zurück.

Vor dem Haus steht ein roter Volvo. Robert ist schon da. Sitzt hinter dem Steuer, raucht.

„Da bist du ja endlich."

Wir belegen Brote, kochen Tee, Kissen auf die Terrasse und Kerzen an. Ich erzähle. Fasse in Worte, was ich beschlossen habe und was noch unfertig und in Rohfassung in meinem Kopf wabert. Robert ist begeistert.

„Weiß Alex schon Bescheid?"

„Nein. Aber ich weiß es, Robert. Und ich weiß es genau. Das einzige, was ich noch nicht weiß, ist: wohin? Nein, wo ich hin will, das weiß ich noch nicht."

„Ich erzähl dir jetzt mal was", sagt Robert, zündet sich die hundertste Zigarette an und lehnt sich in die Kissen.

Robert ist Tourismusmanagerin. Sie ist seit 'zig Jahren im Geschäft. Mittlerweile gehören ihr acht Tourismusfilialen im Ruhrgebiet.

„Warum bin ich heute wieder hier, Satu? Genau, ich eröffne im nächsten Monat ein Reisebüro in der Stadt. Gegenüber der Deutschen Bank, weißt du, da wo früher die kleine Buchhandlung war."

Robert arbeitet nicht selbst in ihren Reisebüros, nein, Robert ist die Geschäftsführerin und Organisatorin.

„Wir haben jedes Jahr ein besonderes Land als Attraktion. Dazu besuchen wir dort die Sehenswürdigkeiten, die touristischen Highlights, die Hotels und die landeseigenen Touristikeinrichtungen. Wir kooperieren mit denen und machen dann unseren Kunden spezielle Angebote. In diesem Jahr ist es Ungarn."

Robert war in diesem Jahr schon dreimal in Ungarn. Kennt sich aus in Budapest und am Plattensee. Meistens fährt eine Kollegin oder ein Kollege mit. Die Kontakte werden gepflegt.

Man will den Kunden nur das anbieten, was man selber kennt. Im letzten Jahr war Chile dran. Das hat eine Kollegin aus Recklinghausen fast alleine übernommen, weil die fließend Spanisch konnte.

„Und wer entscheidet, welches Land dran kommt?", frage ich.

„Ich", sagt Robert, „wer denn sonst?"

„Warum erzählst du mir das alles gerade jetzt, Robert?"

„Tja", sagt Robert, „ich suche dringend eine Tourismuskauffrau für die Reisebüros in der Stadt und in Köln-Nippes.

Das kann auch eine Quereinsteigerin sein. Hauptsache ist, dass sie zuverlässig ist und gerne reist."

„Hast du schon ein Land ausgesucht für das nächste Jahr, Robert?"

„Nein, noch alles offen."

Meine sonst so kalten Hände sind heiß und fahrig. Klemme sie unter meine Oberschenkel, wippe hin und her. Wippe hin und her wie in Kindergartenzeiten, wenn ich etwas wusste, was die anderen Kinder nicht wussten, oder wenn ich dachte, ich wüsste etwas, was sie nicht wüssten. Das Telefon klingelt, und der Brief an Papa liegt immer noch auf dem Küchentisch. Papa, denke ich, und ob ein Mann in seinem Alter diese Reise ...? Aber gegenüber der Deutschen Bank auf keinen Fall. Und Köln-Nippes? In Köln wohnt doch meine Pia.

„Robert", wippe ich herum, „wie wär's mit Finnland?"

„Finnland, nicht schlecht. Gute Idee, Satu. Finnland hatten wir noch nicht im Programm. Soll ja eine sagenhafte Naturlandschaft haben."

Und dann zwinkert sie mir zu, die alte Hexe, lacht bis hinunter zu den Fichten, schnappt mich an den Schultern, dreht mich im Kreis, bis auch ich fast umfalle vor Lachen. Dreht mich hin und her, so wie früher, als wir uns heimlich trafen, um in die Disko zu trampen, während unsere Eltern dachten, wir würden uns zum Lernen treffen.

Zwei Tage sind vorbei, seit Alex die Insolvenz beantragte und zurück nach Bayern fuhr, um mir Zeit zu lassen. Zwei Tage reichten, um Türen zu schließen und Türen zu öffnen. Das Gute ist, dass ich zwar das alte Leben verlassen muss, nicht aber die Menschen darin. Und dass ein Weg sichtbar ist, ein Weg hinter der Furcht.

Auf der Terrasse flackern die Kerzen. Im Haus klingelt schon wieder das Telefon. Die Nachbarin lässt den Hund in den Garten. Sie grüßt uns nicht. Hat sie noch nie getan.

„Bleibst du heute Nacht bei mir hier auf der Terrasse, Robert?"

„Aber nur, wenn du noch eine Flasche von dem guten Rotwein hast, Satu."

www.ingramcontent.com/pod-product-compliance
Lightning Source LLC
Chambersburg PA
CBHW031334020726
47499CB00005B/1260